Message Stone
Die Queste
Steven O. Guth

Steven O. Guth

MESSAGE STONE

Die Queste

ARAKI

Die Deutsche Nationalbibliothek verzeichnet diese Publikation im Internet
https://dnb.d-nb.de/

MESSAGE STONE
Die Queste

Steven O. Guth

©ARAKI Verlag
in der
Gesellschaft für Integrale Ökologie und Sozialforschung
Leipzig
2012

Mit Ausnahme des Autors und seiner Frau sind
alle Personen des Buches frei erfunden.
Ähnlichkeiten mit lebenden Personen sind rein zufällig.

Alle Fotos vom Autor
außer Bundesarchiv Bild_102-07741,_Berlin,_'Koks_Emil'
Dem Stadtarchiv der Stadt Worms
sei hier gedankt für mehrere Fotos ohne Autor.

Der Autor und der Verlag bedanken sich bei allen, die während der
Herstellung des Buches in Leipzig
mit viel Geduld und Engagement mitgearbeitet haben:
Anna Dietzsch, Patricia Bobe, Niels Sörensen, Brigitte Bernhardt.

Besonderer Dank gilt auch
Miriam, Stefan, Ursula, Dieter, Hans-Martin, Geerd, Georg
und vielen anderen, die als gute Geister auf Reisen und mit ihren Ideen und Gesprächen an der Verwirklichung beteiligt waren.

Layout, Grafik, Satz Anja Schaller
gesetzt aus der Bembo
Lektorat Georg Dehn

Druck AJSP Vilnius
ISBN
978-3-941848-11-5

Inhalt

Von Sydney nach Singapore	7
Leben im Transit	13
Das Abenteuer beginnt	27
Der Römische Zauberer	33
Tunnel zur Apokalypse	45
Auschwitz	65
Zwerge betreten den Plan	89
Checkpoint Braunau	111
Inspektion im Adlerhorst	131
Eintausend Jahre	151
Harz - Reise ins Zentrum der deutschen Volksseele	173
Quedlinburg - esoterische Opernluft	187
Die Externsteine - das Herz Deutschlands	207
Unter der Schwarzen Sonne	225
Der große Ritus	241

Von Sydney nach Singapur

„Warum sind wir so übereilt abgeflogen, alles ging so unglaublich schnell – ist jemand hinter dir her?"
„Ja und nein", antwortet Steven. „Navid gab mir das Geld für den Flug. Das ist einer der Gründe."
„… und hat er dir gleich noch ein Päckchen mit Drogen zugesteckt?"
„Nein, es sei denn er hat die Drogen heimlich in unser Gepäck geschmuggelt."
„Da bin ich aber erleichtert", witzelt Kathrin. „Jetzt raus damit, wer ist hinter dir her?"
„Ok, es ist unsere Kundin Lorraine, die den Araber reitet."
„Du hast dir also Geld von Navid geliehen, weil du eine Freundin hast, die…"
„Nein, nein, es ist ganz anders als du denkst."
„Wirklich?" Ihr Zweifel ist deutlich hörbar.
Der riesige Airbus summt wie eine Biene ruhig dahin. Die Passagiere testen das Angebot des In-Flight-Shops, ein Baby schreit sich aus Langeweile die Lunge aus dem Leib und die Oberfläche der breiten Tragfläche glänzt rötlich im Licht der untergehenden Sonne.
„Ähm, ich muss dir doch alles sagen, mindestens soweit ich was weiß".
„Na endlich, es dreht sich doch um den Stein, oder?"
„Genau. Ich glaube, Reverend Patrick hatte Recht. Er behauptete, dieser Stein sei ein Riesenproblem."
„Warum wirfst du ihn dann nicht einfach weg?"
„Einen ‚Message Stone' wegwerfen? Nein, der Gedanke wäre mir nie gekommen. Gemäß Albert und Navid würde er die falschen Leute töten – und Frauen tötet er auch. Ich hab dir noch

gar nicht verraten, dass Lorraine und ihre Freunde versuchten, ihn mir zu stehlen, genauer gesagt uns."

„Und was wäre daran so schlimm? Ich nehme mal an, dass Rex sie darauf gebracht hat. Der ist ein Angeber, aber nicht gefährlich."

Steven überlegt, „Lorraine arbeitet im Ministerium des Premiers als Agentin, sie versucht mit magischen Praktiken an Informationen zu kommen. Ihr Chef wollte mich schon überreden, den Stein herzugeben. Ein paar Tage später – glücklicherweise hatte ich ihn bei Dan liegen lassen – wurde ich von zwei Zivilpolizisten durchsucht. Sie müssen meine Emails überwacht haben."

„Warum hast du mir das nicht früher gesagt?"

„Ich wollte dir keine Angst machen." Steven lehnt sich zu ihr hinüber und legt seine Hand auf ihren Oberschenkel. Ihre Muskeln sind hart und verspannt. „Als ich mit Albert nach Glastonbell fuhr, haben wir einen elektronischen Positionsmelder unter meinem Auto gefunden."

Kathrin legt ihre Hand nun auf Stevens Bauch. „Du hast

mir erzählt, dass Albert dir zeigte, was man mit dem Stein tun kann. Aber hast du mir wirklich alles gesagt?"
„Er führte mir vor, was der Stein verursachen kann – es passierten Dinge, die einfach außergewöhnlich sind."
„Heraus damit!" Ihre Stimme ist nun offener.
Steven sinnt nach, bevor er fortfährt. „Ich habe dir von meiner Erfahrung berichtet. Mehr hat Albert mir nicht erklärt Er ist ja kein Wissenschaftler und kann die Dinge nicht mit großen Worten beschreiben. Meine eigene Erfahrung war, dass der Stein Öffnungen in Zeit und Raum verursachen kann, wenn er auf die richtige Weise von der richtigen Person benutzt wird. Für andere kann es gefährlich werden."
„Für Frauen zum Beispiel?"
„Genau! Navid sagte das auch."
„Erzähl mir mehr über Navid. Er muss ja unglaublich großzügig sein."
„Ich bekam Navids Telefonnummer von Albert, der ihm seine Aborigine-Kunstwerke verkauft. Ich rief an und fuhr gleich hin um ihn kennen zu lernen. Er hat ein Riesengeschäft in

Canberra. Ein Deutscher mit blonden Haaren und blauen Augen war gerade bei ihm im Büro. Beide hatten Kontakte mit dem Auswärtigen Amt und hatten seit Jahren als Spitzel gearbeitet.
Der Deutsche hieß Manfred. Er fand schnell heraus, dass ich Jude deutscher Abstammung bin. Sowohl er als auch Navid meinten, meine Chancen stünden schlecht, falls ich den Stein behielte."
Kathrin unterbricht: „Also hat Navid einfach seinen Safe geöffnet und dir Geld gegeben? Das klingt ein bisschen unwahrscheinlich."
„Es war fast so, aber nicht ganz. Navid hatte zehntausend Euro in bar, die er Albert schuldete – und anstatt sie Albert zukommen zu lassen, gab er sie mir."
„Das ergibt keinen Sinn."
„Navid konnte Albert nicht in Euro bezahlen und es wäre für ihn schwierig gewesen, das Geld zu wechseln. In der Kultur der Aborigines wird Besitz geteilt. Seine Sichtweise war also, dass es das Beste ist, ein ganzes Känguru zu teilen, statt es herum zu schleppen. Wozu einen Mühlstein herumtransportieren? Man lässt ihn zurück, denn die Welt funktioniert auf der Basis von Bedürfnissen und nicht von Besitztum.
Navid schien bei Manfred eine gute Figur machen zu wollen. Der hatte vorgeschlagen, ich solle nach Deutschland fliegen, um den Regierungsleuten zu entwischen. Beide waren der Meinung, dass mich Lorraines Abteilung in Europa nicht leicht finden würde."
„Das lass uns darauf hoffen", Kathrin lehnt sich zu Steven, um seinen Arm zärtlich zu berühren. „Könnten sie magische Kräfte benutzen, um dich zu beeinflussen?"
„Das weiß ich nicht. Ich glaube, diese Kräfte einzusetzen, bedeutet jede Menge harte Arbeit und eine Menge Probleme. Deshalb ist der Stein so wertvoll. Er hat die Eigenschaft, uns

wie ein Wirbel, ein Strudel oder Sog durch Zeit und Raum zu schleusen – uns aus der Realität zuholen, in der wir leben."

„Das war's, was Albert dir sagte?"

„Keineswegs. Er ist ein Aborigine, kein Wissenschaftler. Dennoch half er mir Dinge zu erleben, die, obwohl sie unmöglich waren, wirklich passierten – und ich erinnere mich an sie, weil Albert meinen Arm verbrannte."

Steven zieht das Hemd herunter. Am linken Arm leuchtet noch die tiefrote Narbe unterhalb des Ellenbogens.

„Warum hat er das gemacht? Und warum hast du mir das nie erzählt?"

„Ich wollte dir keine Angst machen. Albert hat mich initiiert. Er verschaffte mir Zugang zu Sphären, zu den Menschen normalerweise keinen Zugang haben. Es war ein Geschenk, das eine Pflicht mit sich brachte. Er hat automatisch die Verantwortung für mich. Wir sollten uns nicht einfach in Europa verstecken, sondern Navids Vorschlag folgen und die Nazizeit erforschen. Ich habe ja auch persönliche Gründe dafür."

„Du meinst, was deiner Familie widerfahren ist? Du hast mir bis jetzt nicht viel darüber erzählt."

„Es gibt viele Details, die ich wissen möchte. Aber ich habe nur eine große Frage: Was ist der Grund dafür, dass sowohl meine Eltern als auch ihre deutschen Freunde zu derart verstörten, staaten- und heimatlosen Menschen wurden? Und ich möchte wissen, wie es den Nationalsozialisten gelang, in so kurzer Zeit so viel zu erreichen. Ich werde meinen Freund Georg während des Umsteigens von Singapur aus anrufen. Mache dir keine Sorgen. Er wird sich um uns kümmern – falls es nicht klappt, kämen wir allein zurecht. Mein Deutsch ist passabel und hat sich sogar verbessert, seitdem ich sein Buch übersetzt habe.

Leben im Transit

„Du hast Glück, mich zu erwischen, ich mache mich gerade auf zum Bäcker, um mein Frühstück zu besorgen."
Georg spricht rheinhessischen Dialekt. Er ist überrascht, Steven zu hören wechselt aber sofort ins Englische. „Du kommst nach Deutschland? Mit Kathrin? - Du bist schon auf dem Flug von Singapur nach Frankfurt? Im Ernst? - Dann werde ich meinen Bruder im Hunsrück einen Tag früher als geplant besuchen. Das passt! So kann ich euch am Flughafen abholen. - Singapur Air? Okay, finde ich. Ich bitte Stefan, euch ein Zimmer im blauen Haus zu besorgen – wir werden aber erst nach Mitternacht ankommen. Das wird ein langer Tag. - Das ist okay. Was, du hast eine erstaunliche Geschichte für mich? Ist schon okay - erst mal tschüss."

„Endlich fliegen wir los", Stevens Erleichterung ist zu hören. „Wir sind zwei ganz normale Passagiere in einer ganz normalen BOEING 777." Steven hat innerlich auf Deutsch umgeschaltet. Das Paar vor ihnen unterhält sich in gutturalem Deutsch, das ganz anders klingt als die leichteren, fast musikalischen Laute, die er aus seiner Kindheit in Wien kennt. Bei diesem kehligen Deutsch fühlt er sich immer wieder unbehaglich, wie bedroht.
„Ich hatte keine Ahnung, dass so ein Flugzeug nur zwei Motoren braucht, um 13 Stunden zu fliegen." Kathrin berührt Steven, der ihr schnell antwortet.

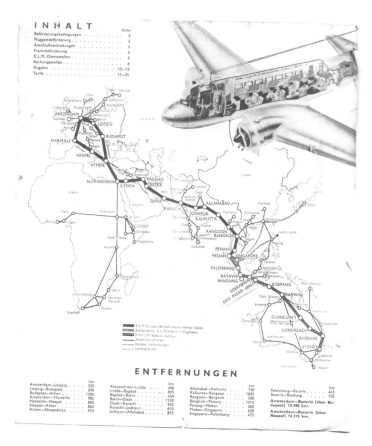

„Ja, zwei Motoren - Das ist ein guter Ausgangspunkt. Meine Mutter flog 1939 von Wien nach Sidney mit einer zweimotorigen DC3, dem ersten modernen Flugzeug. Ich habe alte Papiere dabei. Ich zeig' sie dir."

Steven greift tief in seinen kleinen Rucksack und holt eine Plastiktasche mit Reißverschluss heraus. Er breitet sie auf dem ausgeklappten Tisch vor sich aus.

„Schau dir das an, eine Karte von ihrem Flug. Jeder weiße Punkt darauf bedeutet eine Übernachtung. Damals flog man nur tagsüber, wenn das Wetter gut war. Ich habe Fotos, die sie in Bangkok, in Jodhpur und in Jakarta zeigen. Es gibt sogar noch eine Platzkarte. Sie saß auf Platz Nummer sieben."

„In Jodhpur verbrachte sie die Nacht im Palast des Maharadschas. Mutter erzählte gerne folgende Geschichte darüber: Mitten in der Nacht stand sie auf, fand mit einiger Mühe ihren Weg zur Tür und stolperte über einen riesigen Inder mit einem Turban auf dem Kopf, der vor ihrer Tür lag. Sie stieß einen Schrei aus, der Inder sprang auf und als er sich verbeugte, erschien der Pilot und sagte zu ihr in deutscher Sprache, „Wissen Sie, Frau Zinniel, Sie haben blaue Augen, Sie sind blond, Sie sind jung – Sie sind eine seltene Schönheit in diesem Land. Dieser Mann hier ist Ihr Wächter. Wir haben dafür bezahlt, dass er vor Ihrer Türe aufpasst."

Kathrin kichert. „Du bist jetzt besser gelaunt, nicht wahr – aber deine Mutter war doch Katholikin und nicht Jüdin."

„Oh ja, und nicht nur das. Sie war Arierin und hübsch dazu. Hier, schau' dir mal ihren Ausweis an, ein ordentlicher Großdeutscher Pass – erkennst du den Adler auf der Swastika? Und hier, ihre Haarfarbe wurde als blond angegeben und ihre Augen als blau."

„Und dein Vater war Jude. Was soll's, ich bin ja schließlich auch Chinesin, du bist Europäer, also wo liegt das Problem?"

„Das Problem war eine Frage von Leben und Tod für Millionen von Menschen."

„Dein Vater entkam – ist das der richtige Ausdruck?"

„Ja, genau."

„Und wie ist ihm das gelungen?"

Steven ordnet seine Gedanken, bevor er die ganze Geschichte ausbreitet. „Mein Vater hat nie darüber gesprochen, lediglich über den Nazi, den er fast erschossen hatte, weshalb er nach Paris fliehen musste."

„Erschossen? Er wollte jemanden ermorden?"

„Stell Dir vor, es war eine Zeit, in der kein normales Gesetz mehr galt und es wurde viel geschossen in diesen Tagen, selbst in Wien. Viele Leute trugen einen Revolver bei sich. Vater arbeitete eine Nachtschicht in der Fabrik meines Großvaters. Sie kümmerten sich um die Verpackung von Trockenbohnen und Getreide, als sie plötzlich von einem Einbrecher bedroht wurden. Er hielt halt drauf und erwischte den Typ am Bein. Der Einbrecher konnte türmen, Vater dachte nicht weiter darüber nach und legte sich schlafen. Doch frühmorgens weckte ihn ein aufgeregter Anruf.

‚Fredl, der Mann, der Einbrecher, den du letzte Nacht verwundet hast, ist ein bedeutendes Tier in der NSDAP. Verlass sofort Wien.' Der Freund arbeitete zufällig in dem Krankenhaus, wo der Kriminelle behandelt wurde. Allein schon um von dem Delikt abzulenken, mußte die Presse einen Mordversuch draus machen. Es durfte keine Minute gezögert werden.

Vater flüchtete nach Paris, aber sein Bruder Otto landete dafür in Dachau. Ich weiß sogar die Nummer seines KZ-Blocks und die Zellennummer. Die Familie konnte ihn loskaufen und er entkam nach New York. Ich hab' mir das aus den Briefen und Dokumenten zusammengereimt, die ich von Lola erbte, der Schwester meiner Mutter.

Sie lebte 60 Jahre lang im gleichen Appartement in Wien, in der Nähe der Stadtmauer. Als sie starb, wurde alles aus ihrer Wohnung, die Bilder, die Bettwäsche, die Möbel und alle Dokumente an mich gesandt. Darunter waren auch Vaters Familienpapiere. Sogar sein Führerschein von 1923 war dabei.

Vater verbrachte ein ganzes Jahr in Paris und probierte alles Menschenmögliche, um aus Europa herauszukommen. Niemand wollte Juden aufnehmen, die ganze Welt ignorierte sie."

„Steven, reg' dich nicht auf", beruhigt ihn Kathrin, während der Flugbegleiter das Essen serviert. Für Vegetarier noch halbwegs genießbar, aber natürlich keine Bio-Kost. Kathrin räumt das kleine Tablett mit ihrer Flugmahlzeit ordentlich

Konzentrationslager Dachau 3 K

Meine Anschrift:
Name: Guth Otto
geboren am: 22. 6. 11
Block: 10   Stube: 1

Dachau 3 K, den: 11. 9. 38.

Meine Lieben, vielen Dank für Euren Brief. Mir geht es weiter gut und bin vollkommen gesund. Ich muß Euch vor allem dringendst bitten, mir genauen und ausführlichen Bericht über Mutters Krankheit zu geben, da ich diese Ungewißheit einfach nicht länger

[linke Seite, Fortsetzung:]

zum Doktor gratulieren, grüße und küsse Euch alle auf das Herzlichste. Otto

---

aushalten kann. Vaters Entschluß schon sehr bald zu fahren, finde ich sehr vernünftig. Vater hat ja nichts mehr in Wien zu tun und da, wie Ihr schriebt, für mich auch alles erledigt ist, werde ich mich dann auch nicht lange mit Wegen aufhalten müssen. So kommt Ihr doch wenigstens mit Fred zusammen. Lilly danke ich vielmals für ihren Bericht. Du weißt ja, Lilly, daß es

mein Herzenswunsch ist, mit Euch zusammen zu bleiben; oder sollte ich nicht in die Ferne reichen? Aber ich sehe noch nicht, wie es möglich sein soll. Was macht Elba? Lernt sie brav singen? Es freut mich, daß Ihr mit Willy Freundschaft geschlossen habt, er ist ein lieber feiner Mensch. Ich freue mich für Emmerich und Bo (wo hat er die Stelle?) Lasse Hans noch auf, während Steven seines in einem ziemlich schmuddeligen Zustand hinterlässt und mit seiner Geschichte fortfährt.

„Wir haben neuneinhalb Stunden Flug vor uns und es gibt noch einiges zu erzählen. Wo waren wir stehen geblieben? Paris. Vater hatte keinen Pass, da die Juden 1938 ihre Staatsangehörigkeit verloren. Jedes Land, in dem Juden um Aufnahme baten, wollte erst einmal eine Stange Geld - und zwar wirklich eine ganze Menge Geld, bevor es bereit war, ein Einreisevisum zu geben. Australien verlangte eintausend Pfund. Dafür konnte man sich damals ein Haus kaufen. Weil mein Großvater mit Getreide handelte, konnte er Geld nach New York überweisen. Die Millionen von Juden, die zurück blieben, hatten da weniger Glück.

Kurz und gut, er schiffte sich nach Australien ein. Mutter kam nach – ich habe dir ja von ihrem Flug erzählt.

Sie muss ihn sehr geliebt haben, dass sie ihre Welt so vollkommen hinter sich ließ – oder vielleicht war ihr nicht ganz klar, wohin sie unterwegs war. 1939 war Sidney nicht wie Rom oder Paris. Im Gegenteil, es war eine absolut britische, unzivilisierte Arbeitskolonie am anderen Ende der Welt. Dann erklärte Australien Deutschland den Krieg und mein Vater wanderte als feindlicher Ausländer in ein Internierungslager.

Stell' dir vor, er sprach überhaupt kein Englisch. Er gehörte – selbst als Jude und Staatenloser - zu einem Land, das sich mit dem Britischen Empire im Krieg befand. In wenigen Monaten erwartete man eine Invasion der Japaner und meine Mutter erwartete ein Kind."

„Und dieses Kind warst du?" fragt Kathrin.

„Ja", antwortet Steven. „Jene Zeit hinterließ Spuren und ich blieb ihr einziges Kind. Andere Juden aus Europa kamen – alle hatten eine tragische Geschichte. Sie hatten ihre Familien zurückgelassen, sprachen kein Wort Englisch, waren voller Verzweiflung, voller Ungewissheit, traumatisiert. All das war so

fürchterlich, dass sich die intelligenteren unter den Frauen oft in den Suizid flüchteten, während ihre Männer Vergessen im Alkohol suchten. Wenigstens hier bestand eine gewisse Ähnlichkeit zwischen der österreichischen und der australischen Kultur."
„Und wo ist dein Platz in all dem?"
Steven schließt die Augen. Er spürt die ungeheure Geschwindigkeit des Düsenjets fast körperlich, fühlt die Distanz vom Erdboden, sie scheint in direkter Proportion zu seiner vergangenen Lebenszeit zu stehen.
„Weißt du, das ist eine tiefgehende und schwierige Frage. Eine Phobie war mein Schlüsselerlebnis. Es hat Jahre gedauert, bis ich sie überhaupt begriff. Vom Akzeptieren ganz zu schweigen. Sie wurde mir bewußt, als ich ein Foto von den Todeskammern in Auschwitz sah. Ich glaube, dass meine Inkarnation stattfand, während ich auf die Gruppen der eng aneinander gepressten Menschen auf dem Weg in die Gaskammern blickte. Ihre Angst, ihre Verwirrung – ich weiß nicht, welche Worte die richtigen wären. Es handelte sich um Menschen auf dem Weg in den Tod. Und dann schien es, als ob ich über den Toten, die aber noch am Leben waren, in der Luft hängen würde. Es verfolgt mich immer noch. Jedes Mal, wenn ich mich anstellen muss oder wenn ich mich in einer Menschenmenge befinde, habe ich plötzlich ein ganz starkes Bedürfnis zu entkommen, wegzulaufen, bevor ich sterbe, bevor ich ersticke."
„Ich weiß", Kathrin berührt Stevens Knie. „Ich habe dich im Supermarkt an der Kasse erlebt. Mehr als einmal hast du den vollen Einkaufswagen einfach stehenlassen und ich musste dazukommen und mich nochmals anstellen. Aber du hast mir nie erklärt, warum das so ist."
„Ich glaube, ich schäme mich oder schämte mich. Vielleicht war es auch die Angst, dass ich Durchdrehen könnte. Mittlerweile habe ich akzeptiert, dass die Gaskammern ein wesentli-

cher Teil meines Lebens sind. Etwas, das in meinem früheren Leben passierte und ich würde es liebend gern abschließen."

Kathrin fragt mit tiefer Anteilnahme: „Warst du ein Jude, der in den Gaskammern umgekommen ist?"

„Nein, ich sehe mich als ein Kind der Aborigines. Aber ich möchte momentan nicht darauf eingehen. - Also, ich wurde geboren und war ein Baby in einem Elternhaus, in dem nur deutsch gesprochen wurde und es gab kein Radio – vielleicht war es ihnen verboten worden, eines zu kaufen, denn schließlich waren sie ja feindliche Ausländer. Oder sie konnten es sich nicht leisten. Auf jeden Fall hätten sie das Englische ja sowieso nicht verstanden. Also hatte ich nie die englische Sprache gehört. Mein erster Tag im Kindergarten – ich war sechs Jahre alt – war eine große Überraschung für mich. Niemand und nichts was ich hörte, ergab irgendeinen Sinn."

„Und dein Vater, deine Mutter?"

„Das war ebenfalls unverständlich für mich. Ich hatte wirklich keine Ahnung, wie und was sie damals dachten. Aber ich weiß, was sie fühlten. Dies spüre ich alles in meinem Körper."

„Und was waren das für Gefühle?"

„Angst, Einsamkeit, Kummer und die überwältigende Ungewissheit, was die Zukunft bringen würde. Finanziell war die Situation ebenfalls katastrophal und deshalb leide ich auch an einer beständigen Angst, ohne Geld zu enden."

„Das ist ziemlich normal. So viele Menschen sind geldgierig."

„Nein, das ist es nicht. Hier bedeutete es Ungewissheit, selbst wenn man Geld hatte. Das war auch ein Problem. Es konnte einem jederzeit weggenommen werden. Die Polizei konnte vor deiner Tür stehen und dich mitnehmen. Einfach nichts ergab einen Sinn, nichts war vertraut. Es reichte, dass man am Leben geblieben war und weit fort in der Fremde. Niemand wusste genau, was jetzt in Europa geschah."

„Ich verstehe natürlich, dass frühe Traumata sehr tief gehen.

Schließlich wuchs ich während der japanischen Besetzung in Singapur auf und habe meine eigenen Ängste, die sitzen auch tief."

„Ich weiß, die Furcht davor, packen zu müssen, alles zurückzulassen, den Wohnort zu wechseln, Dinge zu verlieren."

„Die Japaner liebten es, uns von einem Ort zum anderen zu bringen. ‚Stellt euch auf, ihr geht nach rechts, ihr nach links.' Die Leute in der linken Gruppe verschwanden auf Nimmerwiedersehen. Das ist vorbei, es passierte vor langer Zeit und ich habe jetzt japanische Freunde. Aber wie geht deine Geschichte weiter. Hast du dann Englisch in der Schule gelernt?"

„Ja, und der Grund dafür ist interessant. Meine Eltern sprachen Englisch mit einem schrecklichen deutschen Akzent. Es war sofort klar, dass sie Deutsche waren. Die Australier britischer Herkunft nannten sie „bloody reffos", was so viel wie verdammte Flüchtlinge bedeutet. Sie mochten überhaupt niemanden, der nicht britischer Abstammung war. Deshalb war es meinen Eltern ganz wichtig, dass ich mit einem britischen Akzent spreche. Ich glaube, das haben sie ganz gut hinbekommen. Aber ich wurde jahrelang von den anderen Kindern ausgegrenzt. Ich nehme an, dass ich ohne die Möglichkeit verbaler Kommunikation meine natürlichen Intuitionskräfte erhalten konnte."

Mit einer Handbewegung stoppt Kathrin Steven´s Redefluss. Das Vibrieren des Flugzeugs ist zu spüren. „Jetzt beginne ich zu begreifen, warum du den Stein erhalten hast und warum du zurückgehen musst. Vielleicht sind es die Seelen der in den Gaskammern getöteten Menschen, die dich in etwas hineinziehen."

„Das ist ein interessanter Gedanke, wir werden ja sehen, wie es weitergeht, wenn wir in Deutschland sind."

„Und wie ging es damals weiter? Erzähl' mir mehr."

„Soll ich das wirklich? Eigentlich reicht es mir. Es tut mir weh, darüber zu sprechen. Nur noch Folgendes: Ich konnte die

Gemeinschaft der in Australien lebenden Juden nie begreifen. Es war offensichtlich, dass sie meine Mutter nie akzeptierten – schließlich war sie Arierin und repräsentierte den Typus, der all dies verursacht hatte."

„Wusste sie das?"

„Ich habe das Innenleben meiner Eltern nie verstanden. Aber ich weiß, dass sie es fühlte – und ich spüre es auch in mir selber. Eine Hassliebe über die Tatsache, dass ich auch jüdisch bin. Ich habe es schon lange aufgegeben, daraus etwas für mich Eindeutiges zu machen. Es ist genug, einfach nur zu leben."

„Was ein weiterer Grund dafür ist, dass der Stein in deine Hände gelangte."

„Lass mich ausreden. Mir war es immer ein Rätsel, wie mein Vater und so viele in seiner Situation erfolgreich sein konnten. Vielleicht, dachte ich manchmal bei mir, waren es die Juden, die wirklich die Herrenrasse waren und die Briten und die Deutschen dominierten – und dass das der Grund war, dass man sich so anstrengte, sie loszuwerden."

„Du machst Witze", erwidert Kathrin.

„Also, vielleicht ist das so. Aber wenn ich es mal zusammenfassend ausdrücken kann, dann waren meine Eltern in den Jahren 1945 bis 1965 nie wirklich in Australien. Vielleicht am Tag, aber nachts reisten sie innerlich zurück nach Wien. Sie standen unter Schock. Ich fragte sie und ihre Freunde, was denn mit Europa passiert wäre und sie schauten sich wirklich sofort nach der nächsten Schnapsflasche um. Wenn sie es wussten, war es ihnen unmöglich, darüber zu sprechen – aber ich glaube, sie wussten es wirklich nicht."

„Es fällt mir schwer, das zu glauben."

„Es war aber so. Deine Zeit in Singapur war hässlich, verwirrend, angsteinflößend. Doch die Situation in Deutschland war eine andere. Im Jahr 1991 las ich Trevor Ravenscrofts Buch „Die heilige Lanze" und dadurch sah ich allmählich einen Sinn in allem was geschehen war. Ich begann zu vermuten, dass ein Fluch ausgesprochen worden war – Magie, Hexerei, Massenhysterie. Alles auf einmal und jetzt habe ich die Gelegenheit, es herauszufinden und ich glaube, es ist meine Pflicht, es zu versuchen."

Kathrin überlegt. „Warum war Ravenscrofts Buch so wichtig?"

„Das ist eine gute Frage. Ich glaube, er ging von der Hypothese aus, dass das Unmögliche möglich werden konnte. Was die Deutschen das Dritte Reich nannten wird ausschließlich rational erklärt. Für mich hat diese Zeit nie Sinn gemacht. Ich denke, dass viele, so wie ich, nach einer besseren Antwort suchten und hier war ein Buch, das eine Antwort gab. Ein Buch, das ungewöhnlich aber auch verwirrend war. Jetzt möchte ich es für mich selbst herausfinden."

„Und du bist im Besitz des Steins!", triumphiert Kathrin.

Der Bildschirm vor ihnen zeigt noch zweieinhalb Stunden Flug bis Frankfurt an.

„Bitte erzähle mir auch über dein Leben in den fünfziger und sechziger Jahren."

„Am besten fange ich bei der jüdischen Gemeinde an. Die Juden waren immer noch damit beschäftigt, ihren Platz zu finden. Die meisten Juden, mit denen meine Eltern zu tun hatten, waren aus Österreich. Einige waren aus Deutschland, einige wenige aus Ungarn. Israel war als Staat gegründet worden und es herrschte großer Druck, für Israel Geld zu spenden. Mein Vater und alle seine Bekannten hielten den Zionismus für eine sehr schlechte Sache. Haben die Katholiken etwa eine eigene Nation oder die Lutheraner oder Methodisten? Nein, die hatten eine Religion, die sie ablegen konnten, falls sie es wollten. Warum sollte es bei den Juden anders sein? Mein Vater wurde Freimaurer und viele andere auch. Die Idee, dass alle Menschen Brüder sind, war von großer Anziehung und sie verschaffte ihnen auch einen Zugang zur australischen Gesellschaft.

Sie schickten mich in eine Jesuitenschule. Es war eine gute Schule und da sie voller italienischer Einwandererkinder war, war es nicht mehr so schlimm, ein Deutscher zu sein.

Ich mochte die intellektuelle Anforderung. Eine Zeit lang war ich sogar so etwas wie ein guter Katholik – die Beichte, die Kommunion, die Firmung. Obwohl ich all das tief empfand, fand ich es auch wieder langweilig. Mein Gefühl für die Natur war stark und wurde noch stärker.

Die jungen Leute, so wie ich, gingen zur Universität, ergriffen Berufe und lebten den typischen australischen Lebensstil. In den sechziger Jahren kamen die Hippies und einige begaben sich in die Kibbuzim in Israel. Es war eine traumhafte Zeit für die Juden. Alles ging besser und das alte Europa konnte man hinter sich lassen. Es existierte nur noch in Albträumen.

Mit ungefähr sechzehn war mir klar geworden, dass ich anders war, dass ich die Fähigkeit hatte, besondere Kräfte anzuwenden. Einige der Jesuitenpater schienen das zu bemerken. Vielleicht wurde ich schon einmal als Bischof, oder Kardinal inkarniert – und das führte zu meiner Fähigkeit der Ausdehnung und des Ausfüllens eines Raums. Es beunruhigte die Menschen und ich strengte mich an, diese Kräfte abzustellen. Als ich zur Universität kam, war ich wieder „normal". In der Tat, an der Uni war ich nur ein durchschnittlicher Student. Was mich aber anzog, war Psychologie. Später ermöglichte mir dieser Teil meines Studiums eine Basis, auf der ich mein Verständnis der Kultur der Aborigines aufbauen konnte.

Die Zeit der Ureinwohner begann für mich nach einigen Jahren, in denen ich versucht hatte, mich mit Buch-Design und -Herstellung selbständig zu machen. Dann kam das Angebot „Community Development" draußen im Busch. Es war für die Universität Sidney und bedeutete, im Outback zu leben. Die Stammesältesten wurden meine Freunde. Sie erkannten sofort meine hellseherischen Fähigkeiten und begannen, mich zu unterrichten. ‚Siehst Du haarigen Mann? Kannst Du sehen, die waren letzte Nacht zusammen?' Es war schwierig, was sie von mir wollten, aber ich war tief gerührt von ihrer Zuneigung. Allerdings waren sie gesellschaftlich in einer verzweifelten Situation. Durch meine Arbeit konnte ich ihnen leider nur ganz beschränkt helfen.

Wenn ich darüber nachdenke, sehe ich die Parallelen zwischen der Situation meiner Eltern und der der Ureinwohner. Massenmord, Ausgrenzung, Verwirrung. Und wie die Juden der fünfziger und sechziger Jahre, hatten sie weder Ärger noch ein starkes Bedürfnis nach Rache in sich – das ist eine neue soziale Entwicklung, ein gesellschaftliches Phänomen.

Das Abenteur beginnt

Der Mercedes 420 ist zwar das gleiche Modell, wie es Steven zu Hause in Australien fährt, aber vor ihm ist kein Lenkrad. Georg sitzt am Steuer – auf der falschen Seite. Der Tag ist zur Nacht und links zu rechts geworden. Stevens Gedanken sind durcheinander, er braucht Unterhaltung.
Georg redet deutsch. „Mach die Augen zu, dann wird es leichter, in der Nacht zu fahren. Jetzt muss ich mich zwar konzentrieren, aber ich kann dir zuhören. Erklär mir mal, wie Du so überraschend hier angekommen bist."
Stevens fragender Blick trifft Kathrin, neben ihm auf dem ausladenden Rücksitz. „Weißt du, warum wir hier sind?"
„Um aus Canberra wegzukommen und vor der Frau zu flüchten, die hinter dir her war?"
„Das ist nur die Hälfte der Wahrheit", Stevens Stimme verrät einen Anflug von Ärger. „Es ist wegen eines Steines, des ‚Message Stones'. Es ist Neugier – es ist Manfred, dieser Bilderbuchdeutsche und Navid, der Sufi, der uns das Geld gab, damit wir hierher kommen konnten."
„Schön", freut sich Georg, „dann hast du ja prima Ferien."
„Ganz so einfach ist das nicht."
„He?"
„Ich versuche es dir zu erklären, aber ich bin verwirrt. Mir bekommt das Reisen nicht gut - kann mich jetzt nicht klar ausdrücken. Ich gebe dir Teile des Puzzles, vielleicht passen sie ja zusammen."
„Okay, wie in einem Orakel. Falls du und ich eine andere Sichtweise haben, dann ist es eben so. Sprachst du nicht gerade von einem Message Stone?"
„Ja, damit können wir anfangen. - Nein, ich fange am Ende an. Gerade bevor wir abreisten, ging ich durch eine Kiste mit

alten Dokumenten und fand drei Viertel meines Namens auf einem Brief aus dem KZ Dachau. Von meinem Onkel. Er hat überlebt und wurde Dolmetscher der Amerikanischen Armee".

„Und dann?"

„Wo war ich noch? Richtig, meine Hauptfrage ist: Warum gab es Hitlers Bewegung und warum passierte das alles so schnell?"

„Warum?" sagt Georg, umfasst das Lenkrad oben und drückt seinen Rücken tiefer in den Sitz. „Das ist ganz einfach, es war die Zeit und der Platz für eine Diktatur."

„Vielen Dank, die Antwort des Astrologen, ich verstehe."

Georg drückt sich noch stärker gegen den Fahrersitz und steigt aufs Gas. „Du bringst mich auf eine sehr gute Idee. Du wirst ein Buch über die Nazizeit schreiben – falls es was taugt, werde ich es verlegen."

„Im Ernst?"

„Ja, ich bin mir da ganz sicher. Ich bin erfolgreich, weil ich einen Riecher für gute Bücher habe. Es ist ein gutes Projekt. Ich kann dir mit dem Buch helfen. Kathrin sollte Fotos machen und du kannst meinen Wagen benutzen. Mein Bruder hat da noch einen neuen Citroen Diesel, den ich solange nehme. Der ist sowieso viel sparsamer."

„Das ist sehr nett von dir – das Auto mag ich gern. Wenn ich geistig erst mal hier angekommen bin, sollte es kein Problem sein. Ich habe übrigens jahrelang Schulbücher geschrieben", Steven versucht selbstbewusst zu klingen.

„Vielleicht hab ich sogar die Zeit, mit dir zu fahren."

„Ich bin ziemlich aufgeregt und glücklich. Ich werde ein wenig meditieren, ok?"

Nach zehn Minuten gibt Steven auf, streckt seine Beine aus und schaut Georg ins Gesicht. „Ich hab dir noch nichts über den Message Stone erzählt. Mit dem begann ja alles."

„Das kann warten. Ich habe nachgedacht, wer uns mit dem Buch helfen könnte. Ich habe einen neuen Freund, den musst du kennenlernen. Ich nenne ihn den ‚Bierpriester'. Er hat sich mit der deutschen Geschichte befasst, wir telefonieren oft."

„Warum sagst du ‚Bierpriester' zu ihm?"

Georg streift einen skeptischen Blick in Stevens Richtung. „Findest du den Namen gut? Seine Familie hat eine Brauerei. Er ist Jesuit, also ist er auch ein Priester. Ich glaube, er ist weggegangen oder hatte irgendwelche Probleme mit der Schule, wo er lehrte. Er ruft mich öfters an und findet es interessant, mit mir über unser letztes Projekt zu sprechen, das „Buch Abramelin". Da geht es um eine sogenannte heilige oder göttliche Magie. Ich mag den Titel sehr, wie findest du ihn?"

Steven verfolgt, wie Georg eine Reihe von Lastwagen überholt. „Vielleicht bin ich noch nicht klar im Geist, aber sprachst du gerade von Abramelin oder Abraham von Worms?"

„Abramelin, das ist das Buch das mein Araki Verlag herausgebracht hat. Warum?"

Steven versucht seine Gedanken zu bündeln. „Falls es das gleiche Buch ist, dann ist das der Grund, warum ich hier bin – irgendwie – sozusagen."

„Wovon sprichst Du jetzt?"

„Davon, den Gefahren einer manipulativen Macht, die im Hintergrund arbeitet, zu entkommen."

Georg bleibt stumm, seine Augen sind auf die Straße vor ihm gerichtet. Steven weiss, dass er sich klarer ausdrücken muss. „Also, sprechen wir über das gleiche Buch. Ich habe ein paar Seiten gelesen. Es dreht sich um einen jüdischen Magier, der seine Zauberkräfte nutzte, um Päpsten und seinem Kaiser zu helfen. Mir wurde erzählt, dass es sich darum handelt, Geister anzurufen. Aleister Crowley hat so etwas im Krieg benutzt."

„Sprich nicht weiter", unterbricht ihn Georg. „Es handelt sich um das gleiche Buch."

„Und du hast es herausgebracht?"

„Ja, aber wovon du eben sprachst, beschreibt nur eine Seite

des Buches. Es hat auch einen Aspekt von Selbstverwirklichung und spiritueller Entwicklung. Man arbeitet daran, mit dem Wesen in Verbindung zu treten, das der ‚Heilige Schutzengel' genannt wird. Die Exerzitie verlangt, sich eineinhalb Jahre lang zurückzuziehen, zu beten, zu meditieren."

„Ich kann mir gut vorstellen, dass das einen Jesuiten fasziniert. Wie auch immer, alles würde mehr Spaß machen, als Lausbuben wie uns im Gymnasium zu unterrichten."

„Steven, du kommst wieder von der eigentlichen Frage ab. Ich verstehe immer noch nicht, warum ihr hier seid."

Steven dreht sich um und stellt fest, dass Kathrin eingeschlafen ist. Ihr Kopf liegt auf dem Türknopf, ihr Nacken krumm, die Füße auf dem Sitz.

„Ich bin verwirrt. Dieses Straßenschild zeigt Ludwigshafen, aber wir sind doch gar nicht in der Nähe des Meeres. Ich weiß nicht, ob es Tag oder Nacht ist und nicht einmal, wo ich jetzt bin. Entschuldige bitte - warum bin ich hier? Um einen Stein zu retten, der die Eigenschaft hat, uns wie durch einen Sog in andere Zeiten, in einen anderen Raum zu versetzen."

Georg ordnet sich rechts ein. Steven, „Ich glaube, dass der Stein für mich das Richtige tun wird. Ich habe eine Narbe auf meinem Arm. Das ist das Zeichen einer Einweihung durch einen Aborigine-Ältesten. Er gab mir einen Geistführer, der hilft, den Stein zu benützen. Ich bin hier, um ein paar mächtigen australischen Beamten zu entkommen, die ihn zu stehlen versuchen. Sie wollen seine Zauberkräfte nutzen. Das Gleiche wie die Abramelinkräfte, Zauber, der Päpsten und Politikern helfen könnte oder so was Ähnliches. Verstehst du, was ich meine?"

„Ich glaube schon. Mein Englisch war schon besser. Was du mir sagen willst, ist, dass du einen Zauberstein hast, der wie die Kräfte Abramelins, aber schneller und einfacher wirkt."

„Ja. Der Stein produziert einen Sog, der die Traumzeit öffnet, also uns förmlich in sie hineinzieht. Manche Aborigine-Steine können das – und die Eingeweihten nutzen sie."

„Also bist du hier, weil ein paar Leute aus deiner Regierung ihn dir wegnehmen wollen. Das klingt unglaublich. Es ist der Schutzengel, der auch zu dem Stein gehört."

„Ich hoffe, es macht dir nichts aus. Ich habe den Stein mit mir in einer Dose, um ihn vom Licht fernzuhalten. Ich glaube, dann wirken seine Kräfte nicht. Leider kann ich ihn auch niemandem zeigen."

„Das ist okay. Wir sind gleich an einer Raststätte. Wir brauchen Sprit fürs Auto und Kaffee für mich. Könntest du bitte Kathrin aufwecken?"

„Ich lasse sie lieber schlafen. Wie viele Kilometer haben wir noch zu fahren?"

„Also, wir brauchen noch gut 50 Minuten bis Leisel."

Während Georg den Wagen in die Ausfahrt steuert, fragt Steven: „Was sollten wir alles sehen, wenn wir in Deutschland sind? Ich kenne nur Dachau, Auschwitz und irgendeinen Ort mit einem Garten, wo Hitler lebte. Manfred, der Freund von Navid, erzählte mir davon und ich weiß nicht mal, wo das ist."

Georg überlegt einen Moment, „Lass uns das mal überschlafen. Morgen werden wir in der Sonne spazieren gehen. Dann wirst du nicht mehr so zerrissen wirken und wir können Stefans PC benutzen um ein paar Landkarten anzuschauen."

KELTISCH-RÖMISCHE SPUREN

DER RÖMERZEITLICHE GRABHÜGEL VON SIESBACH
(2. JAHRHUNDERT N. CHR.)

Kopf des Gottes Mars

Der römerzeitliche Grabhügel liegt 490 m ü. N. N. auf einer kleinen Lichtung im Waldbezirk „Kipp" am Südfuß des Hunsrück. Zur Zeit seiner Errichtung, in der zweiten Hälfte des 2. Jahrhunderts n. Chr., dürfte das Land über die heutige Rodungsgrenze hinaus erschlossen gewesen sein.
Der Hügel wurde 1976 und 1977 durch das Rheinische Landesmuseum Trier vollständig freigelegt und anschließend rekonstruiert. Die Ausgrabungen erlauben Angaben zu Bauweise und Datierung dieses Grabmonumentes, das von einer wohlhabenden romanisierten Landbesitzerfamilie errichtet wurde. Die Lage ihres Gutshofes ist allerdings nicht bekannt.
Das Grabdenkmal gehört zu einer Gruppe von Grabhügeln in der nördlichen Provinz Gallia Belgica, die sich durch eine aufwendige architektonische Gestaltung auszeichnen. Der Hügel wurde von einer Ringmauer von 21 m Durchmesser umgeben, die die ursprünglich wohl 4-5 m hohe Hügelanschüttung begrenzte. Die Mauer bestand aus einer Lage von rechteckigen Quadern unterschiedlicher Größe und darauf liegenden halbwalzenförmigen Abdecksteinen aus Sandstein und Konglomerat, die rund 3 km südöstlich des Grabhügels (?) stehen.

Kopf eines Mannes mit phrygischer Mütze

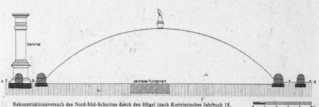

Rekonstruktionsversuch des Nord-Süd-Schnittes durch den Hügel (nach Kurtrierisches Jahrbuch 18, 1978, 199 Abb. 2 mit Ergänzungen)

Auf einem Pinienzapfen sitzender Adler, der in seinen Fängen eine Schlange hält.

Der immergrüne Pinienzapfen gilt als ein Symbol für ein Leben nach dem Tod, während der Adler dazu diente die Toten ins Jenseits zu tragen.
Unter der Hügelaufschüttung wurde in der Hügelmitte eine 3x3,50 m große und etwa 0,80 m tiefe Fundamentgrube freigelegt. Hier befand sich möglicherweise eine Grabkammer mit der Bestattung derjenigen Person, für die das Grabmonument errichtet wurde. Die Rekonstruktion muß jedoch hypothetisch bleiben, da das Hügelzentrum zum Zeitpunkt der Ausgrabung bereits erheblich durch Grabungen des 19. Jahrhunderts gestört war. Östlich und westlich dieser Grube lagen jeweils zwei weitere Gruben, die die Reste der im Rahmen von Totenfeierlichkeiten verbrannten mindestens 248 Keramikgefäße, Glas- und Metallfunde, Perlen sowie Knochenartefakte enthielten. Verkohlte Eichen- und Rotbuchenholzstücke aus diesen sog. Aschengruben konnten dendrochronologisch in die Jahre 167 n. Chr., 173 n. Chr. und 174 n. Chr. datiert werden. Zusammen mit den Funddatierungen geben sie damit den Zeitpunkt für die Verfüllung der Gruben an.

Die Ringmauer war zusätzlich von einer quadratisch verlaufenden Mauer gleicher Bauweise von 24,5 m Seitenlänge umgeben. Auf der nördlichen Seite verbreitete sich das Fundament der Viereckmauer auf einer Länge von 3,75 m. Hier befand sich ursprünglich ein Grabdenkmal oder Altar. Auch die in diesem Bereich gefundenen Architekturteile, Skulpturreste und Bruchstücke einer Inschrift weisen darauf hin.
Insbesondere dem auf einem Pinienzapfen sitzenden und in seinen Fängen eine Schlange haltenden Adler kommt dabei eine symbolische Bedeutung im Grabkult zu.

Dr. Angelika Abegg-Wigg

Trink- und Eßgeschirr aus den unter dem Grabhügel gefundenen Aschengruben (Foto Rheinisches Landesmuseum Trier)

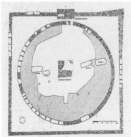

Plan des Hügels (nach Trierer Zeitschrift 52/1989, 258 Taf. 1)

SIRONA-WEG

Der Römische Zauberer

„Klar ist mein Englisch gut!", lacht Stefan selbstbewußt. „Ich tu das Selbe, wie Dein Onkel, ich arbeite als Dolmetscher für die Amerikaner. Die haben große Stützpunkte in unserer Gegend, das ist immer noch mein Beruf."
Sie sitzen beim Frühstück. Kaffee, Schwarzbrot mit Sonnenblumenkernen, vier Sorten Käse auf einem Brett angerichtet, Preiselbeermarmelade, Butter.
Steven sieht aus dem Fenster in die Mittelgebirgslandschaft. "Ich sehe nur Wald um mich herum. Gestern fuhren wir ewig durch Wälder, bis wir hier ankamen. Ist dieses Dorf auch von Wald umgeben?"
„Natürlich", Stefan lächelt wissend. „Hier ist das Land von Asterix. Der ist dir doch sicher ein Begriff?"
Steven nickt. Kathrin sieht jedoch so aus, als ob es ihr gar nichts sagt und Ursula, die Hausfrau, scheint die ganze Unterhaltung in englischer Sprache wenig zu interessieren. „Alte Wälder, alte römische Ruinen. Die größte Römerstraße führte von der deutschen Grenze nach Frankreich und ging hier durch. Wildschweine lebten damals in den Wäldern und heute übrigens auch noch genauso wie Rehe. Es ist kalt hier. Die Häuser sind billig, deshalb lebe ich hier. Und warum bist du hier?"
Steven schaut Kathrin an, um einer Antwort näher zu kommen. Sie leidet immer noch unter dem Jetlag. „Ich habe ganz persönliche Gründe. Aber eine einfache Antwort auf deine Frage wäre: ‚Um mehr über dieses ‚Dritte Reich' herauszufinden.'
Gestern Nacht, im Auto meinte dein Bruder, ‚In Deutschland

interessieren wir uns sehr für Abstammung. Dein Vater war Jude und die Verfolgung hat ihn schwer gezeichnet. Du kannst dich nicht wirklich selber begreifen, bis du weißt, was ihm widerfahren ist.' Ich bin also gekommen, um das herauszufinden. Er konnte nie begreifen, wie die Nazis so schnell an die Macht kommen konnten."

Stefan schmiert Preiselbeermarmelade auf sein Schwarzbrot und meint: „Wirtschaftliche, politische und religiöse Gründe sind dafür verantwortlich."

„Religiöse? Und der Holocaust, die Gaskammern?"

„Ja, religiöse."

„Sprichst du von schwarzer Magie?"

„Was ist Schwarz? Was ist Weiß? Es geht um natürliche Kräfte", antwortet Stefan.

„Das kann ich nicht glauben."

„Du weißt vielleicht Einiges über mich, aber hat dir Georg auch erzählt, dass ich die alte Religion studiert habe?"

Steven öffnet die Augen, um sein Interesse und sein Erstaunen zu zeigen, während Stefan weiterdoziert. „Es geht darum, dass man die Kräfte, die aus dem Boden kommen, benutzt. Hitlers Leute waren versessen auf ‚Blut-und-Boden'-Propaganda. Dieser Slogan wurde oft benutzt und ist schwer in andere Sprachen zu übersetzen. Er kann alles von politischem Nationalismus bedeuten bis zum Tränken des Bodens mit menschlichem Blut."

„Willst du damit sagen, sie haben so etwas gemacht?"

„Ja, das war ihre Magie. Der Holocaust war natürlich schwarze Magie, aber zunächst war die jüdische Frage wirtschaftlich und politisch. Natürliche Energien dieses lebendigen Planeten kann ich euch morgen früh in Leisel vorführen."

„Und die schwarze Magie?"

„Das ist ein anderes Kapitel. Diana, die Jagdgöttin, lebt hier. Wenn du auf schwarze Magie aus bist, finde sie für dich selbst

heraus. Fahr nach Berlin, schau dir deine jüdische Geschichte an, besuche die Lager: dort wirst du Blutopfer finden."
Steven ist überrascht von Stefans direkter Sprache. Sie scheint nicht zu dem sanften Ausdruck seiner Augen zu passen und er schaut schnell hinüber zu Kathrin, die meint: „Aber das war es doch, was du tun wolltest, um deinen Albträumen ein Ende zu setzen."
Stefan rückt den Stuhl nach hinten. „Ich muss nach Ramstein zur Arbeit. Ein hoher General ist hier, offizieller Besuch. Georg wird sich um euch kümmern. Morgen werde ich euch die römische Straße und den Hügel der Diana zeigen."
„Ist das weit von hier?"
„Es ist genau hier", Stefan zeigt auf eine weiße, kleine Kirche, die hinter den Bäumen vor dem Fenster ein wenig versteckt zu sehen ist.

Am nächsten Morgen sind sie zu fünft. Georg und Stefan, Steven, Ingrid, eine Besucherin aus Stuttgart, und Ursula, der das Haus gehört. Kathrin schläft noch und Steven hat den Message Stone in seiner Umhüllung in die Tasche gesteckt. Er hofft, dass der Stein ihm den Durchblick verschaffen würde, den er braucht, um zu sehen, was Stefan ihm zeigen will.
Die Gruppe verlässt das Dorf und wandert die enge Straße hinauf, die zu der Kirche und dem Friedhof oben auf dem römischen Hügel führt. Nach ein paar Schritten stoppt Stefan die Gruppe: „Versucht euch vorzustellen, dass wir es hier mit einer römischen Straße zu tun haben. Gerade so breit war sie. Wir laufen über die gleichen Steine. Es ist die Straße nach Frank-

reich. Siehst du, wie gleichmäßig der Hügel verläuft? Stell dir mal den wilden Asterixwald auf jeder Seite vor. Oben war dann ein Tempel. Soldaten, die nicht mehr zum Kampf taugten, bauten Gemüse an. Es war eine Chance, ein Bad zu nehmen und sich auszuruhen."

Steven hält den Stein fest in der rechten Hand und versucht, sich in eine leichte Trance zu versetzen. Er glaubt, einen Hund zu hören. Ein tiefes Bellen von einem Riesenhund. Er blickt auf und sieht nichts als die schwarzgeteerte Straße. Erleichtert taucht er wieder in seine Trance und dieses Mal sieht er den großen, braunen Hund. Er hört Stefan. „Hier ist ein Wächter. Ich werde ihn bitten, dass er uns den Hügel hinaufführt. Er mag mich gern, versucht aber, alle anderen zu verscheuchen."

Etwas später weist Stefan an: „Marschiert wie ein Soldat, mit einem gleichmäßigen, langsamen Schritt. Ihr werdet merken, wie leicht es dann ist, den Hügel hinaufzukommen. Wie geht es dir dabei, Steven? Du siehst aus, als ob dir schwindlig ist. Oder bist du etwa eingeschlafen?"

Steven hört, dass jemand ihn beim Namen ruft merkt, dass Georg herschaut und antwortet: „Ach, es muss doch dieser Zauberstein sein – schaut her: er hält ihn in der Hand in seiner Hosentasche. Wir können weitergehen, es geht ihm gut. Es ist einfach so, als ob er viel Marihuana geraucht hätte.

„Steven, hallo, lass uns weitergehen!" Steven folgt nun Georg und die Gruppe marschiert weiter. Stefan: „Merkt ihr, wie einfach es ist, den Hügel zu erklimmen? Die Römer haben ihre Straßen so gebaut, dass sie die Energien, die zu den Hügeln hinauf fließen, in ihre Konstruktion mit einbezogen."

Steven hört zu, als er weiter marschiert. Seine Mokassins berühren den Boden mit leichtem Schritt. Innerlich sieht er einen Wald, der sich an ihn herandrängt, dunkel olivgrün und der aus den Steinen herauszuwachsen scheint.

Die Wanderung ist bald zu Ende. Die Gruppe steht vor einem riesigen Baum. Viele solcher uralten Bäume bevölkern den Hügel. Ihre weit ausladenden Arkaden von Ästen berühren fast den Boden. Alle sind fruchtbar und haben junge Triebe. Mitten unter diesen natürlichen, lebendigen Kathedralen steht eine bescheidene, weiße Kirche.

Stefan geht voran. „Dort drinnen ist eine römische Zisterne, aus der sich seit zweitausend Jahren ununterbrochen das Wasser ergießt. Sie ist aus dem Felsen gehauen worden, aus dem das Wasser durch einen Spalt heraustritt. Das ist alles, was hier von den Römern übrig geblieben ist. Ihre Steine sind aber alle im Dorf und bilden den Untergrund für einige Kellerräume der ältesten Häuser."

Steven erscheint eine Statue von Diana, nicht als Jagdgöttin, sondern als Mutter der Erde, Beschützerin der Unterwelt. Neben ihr liegt ein großer, brauner Hund. Sie trägt einen Speer in

der Hand. Das Wasser fließt durch einen offenen Kanal zu einem großen, viereckigen Teich, der überdacht ist. Weiter unten befindet sich eine Siedlung, die aus ein paar Gebäuden besteht. Es gibt dort Pferde, Zäune, Menschen.

In der Kirche zählt Stefan die Gebetbänke: „Sechs, sieben, acht..." und geht ein paar Bänke weiter. Er beugt sich tief herunter und spielt an einem Metallring, der unter Reihe Sieben liegt. Nachdem er ihn leicht gedreht und daran gezogen hat, bewegt sich der Boden, „Wer möchte mal hinunterschauen?"

Ingrid will als erste hinein. Stefan gibt ihr ein Feuerzeug. „Es ist wenig Platz da drin, aber es besteht keine Gefahr."

Ingrid knipst das Feuerzeug an, kraxelt hinein und ist bald wieder oben. „Ja, du hast Recht, viel Platz gibt es da unten nicht." Sie reicht Steven das Feuerzeug als Nächstem. Der Felsen unter ihm ist vollkommen glatt, als ob er seit Jahrhunderten vom Wasser abgeschliffen worden wäre. Er fühlt einen tiefen Spalt in der Mitte. Steven holt den Stein aus seiner Tasche und reibt ihn zwischen den Händen. Es geht ganz schnell. Er befindet sich sofort in einer Parallelwelt. Diana ist die Wächterin, das Wasser fließt und der Fluss Styx wird von Pluto geschützt. Helles Licht leuchtet überall. Alles ist voller Leben, Licht und Wachstum. Es ist die Unterwelt, in der die Jahreszeiten entstehen: das Wachsende, wo die körperliche Liebe stattfindet, die Befruchtung, die Ähren, die Babyfüchse, die wirkliche Welt. Die Welt, in der die Unsrige wuchs.

Steven hört Georgs Stimme, der mit seinem Bruder spricht. Sie klingt laut und scharf. Steven verstaut den Stein wieder in seiner Hosentasche und ruft: „Hier bin ich, ich komme".

Er zieht sich selbst wieder aus der Unterwelt heraus.

Georg, „Wir haben uns schon Sorgen gemacht, du warst ja gar nicht mehr zu hören, seit einer Viertelstunde nicht mehr. Ich habe den Leuten gesagt, du bist ok. Bist du auch echt ok?"

„Gib mir ein bisschen Zeit. Es ist schwer, wieder an die

Oberfläche zu kommen. Es ist so schön da unten, auch sexy und irgendwie unglaublich. Wie ein Traum. Ich hatte keine Ahnung, dass das alles da unten ist – das muss damals auch so gewesen sein."

Stefan hat zugehört. „Wir werden dich zum Friedhof mitnehmen, es ist ein malerischer Ort. Jeder möchte dort begraben werden, nahe bei Diana, die das Tor für die Eingeweihten und die Toten öffnet."

Der Friedhof ist außerordentlich. Gepflegte Rasenflächen, Blumen, die uralten Bäume. Die Deutschen tun viel für ihre Toten. Stefan geht ungefähr fünf bis zehn Minuten herum, bevor er Steven anspricht, "Was ist mit dir passiert, ich habe mir Sorgen gemacht. Alles war so ruhig."

„Ich weiß auch nicht genau. Weißt du, ich besitze diesen Stein, der es mir ermöglicht, manchmal durch Zeiträume und Realitäten zu wandern. Was ich gesehen habe – und verstehen kann ich es überhaupt nicht – war eine Unterwelt voller Licht, weißem Licht, in der vieles wuchs. Überall gab es das Bedürfnis des Wachsens, des Werdens."

Stefan geht um ein Grab herum und steht wieder neben Steven. „Ich kann nicht sehen oder wahrnehmen, was du wahrnimmst. Aber ich habe die Römer studiert, das ist ziemlich leicht in Leisel. Ich glaube, dass dieser Fleck Erde hier auf der einen Seite wie eine Autobahnraststätte war, aber es war auch ein magischer Ort. Ich glaube, dass alles in römischen Zeiten magisch war. Es war aber so, dass die Kirche die römische Magie hasste. Sie wurde einfach aus der Geschichte verbannt.

Diana, die Jagdgöttin, muss da gewesen sein. Ich glaube, du hattest Recht. Sie war die Hüterin der Quelle und die Quellen waren zu der Zeit lebendig. Sie waren der Eingang zu anderen Welten. Soviel ich weiß, war diese Quelle ein Seitenarm des Flusses Styx. Diana muss ihren Jagdhund dabei gehabt haben und viele andere Götter auch."

„Einen Hund?", fragt Steven. „Ich glaubte einen gehört zu haben, als ich den Hügel heraufkam."

„Ich meine auch, einen Hund gehört zu haben. Wie sah er denn aus?"

„Ein großes Tier, massiv. In meiner Vorstellung hatte er tiefbraunes Fell."

„Ok", sagt Stefan, „ich kann dir ein bisschen mehr dazu erzählen: die Griechen und die Römer sehen eine Art Parallelwelt unter der Bestehenden. Die Jahreszeiten kamen von dort und einige der Götter lebten dort. Es war die Welt, aus der unsere entstand."

„Ich erlebte das Werden von vielem Neuen", sagt Steven und nach einer kurzen Pause, „Es ist schwer zu erklären. Dieser Wunsch, sich der Erneuerung zu nähern, um zu werden. Mir fehlen die richtigen Worte dazu."

„Du bist nicht der Einzige, der diese Erfahrung hat. Es sind viele Bücher darüber geschrieben worden. Du bist an der Vergangenheit interessiert. Ich glaube, dass die rechte Bewegung stark von der Erfahrung beeinflusst war, die du gerade gemacht hast. Sie waren von der Unterwelt fasziniert. Viele von ihnen glaubten an eine Erde, die innen hohl ist, die von einer Zivilisation beherrscht wird, mit der sie sich verbünden könnten. Sie lasen zum Beispiel „Vril, Eine Menschheit der Zukunft". Es geht dabei um die hohle Erde, ihre Energie und auf welche Weise die Zukunft von dort kommen wird."

„Eigenartig, sehr eigenartig", meint Steven. „Darüber habe ich in Australien nie etwas gehört."

„Wir haben es hier mit Rom zu tun", sagt Stefan. „Schau, selbst die Kirche steht auf Grundsteinen aus römischer Zeit. Trete durch die Falltür und du befindest dich in Rom."

Auf dem Weg zurück zum Dorf geht Stefan neben Steven. „Erinnerst du dich an gestern? Als du kamst, haben wir uns über Magie unterhalten. Die Nazis nutzten sie und ich begreife, dass du davon fasziniert bist."

„Nein", erwidert Steven. „Ich bin davon nicht fasziniert. Nicht in dem Sinne, wie es Neonazis sind oder irgendwie in dieser Richtung. Es hat mit meiner Familiengeschichte zu tun. Der rechte Terror ist so weit ich zurückdenken kann für mich immer ein Albtraum gewesen. Meine Eltern waren vollkommen außer sich, vollkommen durcheinander durch das, was ihnen widerfahren war."

„Das tut mir leid. So habe ich es nicht gemeint. Du musst davon ausgehen, dass ich großes Interesse an römischen Dingen habe. Das hat damit zu tun, dass ich hier lebe. Das ganze Dorf ist auf römischem Stein gebaut. Auf Steinen, die die Römer aus dem Boden gemeißelt haben. Und diese Steine wurden wieder und wieder verwendet."

„So wie Kinder, die immer wieder Legosteine verwenden?"

„Ja, genau so. Jetzt fängst du an zu begreifen. Magie, wie sie die Nazis einsetzten, war die der Ideen und Gefühle, die im spirituellen Umfeld herrschten. Die hohle Erde – das war eine Idee, die sie aufgriffen und gebrauchten."

„Siehst du dann die römischen Gebräuche als die Legosteine des Totalitarismus?"

„Ja", Stefan klingt enthusiastisch. „Aber ich habe ein Problem oder eine Frage: ‚Haben Hitlers Leute die alten Ideen benutzt oder wurden sie von den alten Ideen beherrscht?'

Die Nazis waren ja keine Intellektuellen, aber sie waren Genies, wenn es darum ging, die gesellschaftlichen und politischen Gefühle ihrer Zeit zu verstehen, den Zeitgeist, du weißt schon. Die römischen Ideen hingegen waren der Grundstein für das Denken des Volkes im Allgemeinen, so wie die Steine in das Dorf gehören."

„Aha, deshalb war die Idee vom Lebensraum, d.h. das Land nach Osten hin auszudehnen, sich Sklaven zu halten und die Rohstoffe zu nutzen, politisch so erfolgreich. Und niemand kam darauf, dieses Recht grundsätzlich anzuzweifeln," schlussfolgert Stefan. „Es war eine Grundidee… ein Grundstein, der sozusagen in der Landschaft liegen geblieben war."

Der Tunnel zur Apokalypse

Steven und Kathrin warten vor dem Jüdischen Museum. Georgs Freund Marcus ist schon 10 Minuten überfällig. Ein Polizeibeamter patrouilliert auf und ab. Zwei Kollegen parken auf der anderen Seite. Sie sind die ersten Polizisten, die Steven in Berlin sieht. Sie beobachten das Paar, wahrscheinlich wegen seines langen Haars und dem wilden Bart. Steven fühlt sich eingeschüchtert, ängstlich. In der Nacht hat er über sich als Jude nachgedacht und die Vorstellung der Todeslager nicht verdrängen können.

Steven wendet sich an Kathrin. „Hoffentlich kommt Marcus jetzt endlich. Ich gebe ihm noch fünf Minuten und dann gehen wir rein. Dieser Polizist geht mir auf die Nerven. Ich weiß, es liegt an dem Bart und den langen Haaren – vielleicht hält er mich für einen Araber."

„Besonders weil du ja auch noch deine persischen Sandalen an den Füßen hast", schmunzelt Kathrin.

„Ach hör auf, dich über mich lustig zu machen. Er nervt mich, er hat ja schließlich eine Waffe."

„Er macht nur seine Arbeit."

„Vielleicht gehört dazu, dass er uns in ein paar Minuten sagt, dass wir verschwinden sollen oder uns einsperrt."

Er hat kaum ausgeredet, als ein großer Mann auf sie zutritt und in Englisch zu ihnen sagt: „Sie sind Georgs Freunde, hab ich Recht?"

„Ja, und Sie müssen Marcus sein", Steven streckt sich, um dem großen Deutschen in die freundlich blickenden Augen zu sehen.

„Es hat länger gedauert vom Bahnhof hierher zu kommen als ich es in Erinnerung hatte. Haben Sie lange gewartet?"

„Ist schon gut", meint Kathrin. „Sie sind ja jetzt da."

„Lasst uns reingehen", drängt Steven. „Ich mache mir Sorgen wegen des Polizisten. Mir gehen andauernd Bilder durch den Kopf. Von meinem Vater, der Polizei und was in den dreißiger Jahren passiert ist."

„Von Georg weiß ich, dass Ihr Vater Jude war und Ihre Mutter Österreicherin", entgegnet Marcus, mit einem Akzent im Englischen, der auf eine französische Muttersprache schließen lässt. „Mein Vater war Deutscher, meine Mutter Jüdin und Französin."

„Dann sind Sie ja ein richtiger Jude. Kein ‚Halbjude', wie ich."

„Einem Antisemiten war das egal", antwortet Marcus, als sie durch die schweren Glastüren des Museums treten, die sich vor ihnen automatisch öffnen.

Steven ist überrascht, als er beim Eintritt ins Museum einem Sicherheits-Check unterzogen wird. Steven hat einen Kathmandubeutel, in dem sich der Stein befindet. Nervös stellt er den Beutel auf den Röntgenapparat. Als er ihn wieder abholt, steigt der Röntgen-Mann von seinem Hocker herunter und befiehlt über das Fließband hinweg: „Sie haben ein Messer in Ihrem Beutel, öffnen Sie ihn."

Während sich Steven abmüht, den Reißverschluss des Beutels zu öffnen, denkt er bei sich ‚vielleicht denkt er, da ist ‚ne Handgranate drin.' Seine Hände zittern, als ihm einfällt, dass er ein Messer im Beutel hat – ein Schweizer Armeemesser mit Schere und Korkenzieher dran.

Der Mann am Fließband schaut weiter auf Kathrin und Marcus und nimmt keine Notiz von dem Messer. Er sagt nochmals in englischer Sprache: „Go on... gehen Sie weiter." Dann setzt er sich wieder auf seinen Hocker.

Kathrin steuert auf ein Schild zu und zieht Steven hinter sich her. „Café, koscheres Essen" heißt es da. Marcus holt die Karten für den Museumsbesuch.

Das Café ist ein riesiger Wintergarten zwischen zwei alten Gebäuden. Es ist vollkommen leer, obwohl 50 Tische darin stehen. Jeder hat vier Stühle, in genauer Ordnung aufgestellt, wie Soldaten auf einem Kasernenplatz.

Marcus kommt auf Kathrin zu, die wartet. „Lass uns rausgehen, in den Raucherbereich". Steven und Kathrin gehen mit ihm hinaus und Marcus zeigt auf eine ultramoderne Würfelform moderner Architektur. „Da gehen wir dann hinein, das ist das Museum."

„Und was sollen all diese komischen Quadrate darstellen?", fragt Kathrin. „Das Museum ist voller Überraschungen, ja."

Marcus überlegt. „Du wirst es merken – setzen wir uns mal hierher. Ich glaube, Steven braucht ein bisschen Zeit, sich an die Art der Deutschen zu gewöhnen."

„Ich hab' keinen guten Tag heute, dieses Röntgenzeug – ich hatte großes Glück – und der Polizist da draußen und meine Träume gestern Nacht."

„Ich geh mal Kaffee holen", bietet Kathrin an. „Hier sprechen sie sicher Englisch – du setzt dich hin und unterhältst dich mit Marcus."

Steven lässt sich in einen dieser unbequemen, modernen Sessel fallen und schaut auf die Pflanzen, die sich über ihm an der Decke hinauf ranken.

Marcus erzählt: „Georg hat mir eine Mail geschickt, möchtest du jetzt mit mir reden?" Steven nickt. „Georg hat mir erzählt, dass du wissen wolltest, wie die Nazis so schnell so erfolgreich sein konnten?"

„Das ist in etwa richtig so", meint Steven.

„Für mich war es das Gleiche", bestätigt Marcus. „Ich habe mir dieselben Fragen gestellt, aber ich lebe hier und habe eingehend darüber nachgedacht, sie sozusagen mit neuen Augen betrachtet. Deshalb kann ich dir ein paar Antworten geben."

„Ich bitte darum", erwidert Steven.

„Aber, entschuldige, deine Fragestellung ist falsch."

„Wirklich?",Steven's Interesse wird geweckt. „Warum?"

„Es ist nicht schnell passiert. Dir kommt es so vor, weil du in die Vergangenheit schaust. Es hat Jahre gedauert, fünfzehn Jahre wohl – das ist ja eines ihrer Geheimnisse. Die Nazis schafften es, das Unmögliche als möglich erscheinen zu lassen."

„Ja, das kann man wohl sagen, aber erklär mir doch, wie sie das geschafft haben."

„Sie haben die Presse kontrolliert und Macht ausgeübt. Es war eine Zeit, in der die Bevölkerung noch an das glaubte, was die Zeitungen schrieben."

„Und?", fragt Steven.

Kathrin ist zurück und setzt sich. „Sie werden die Bestellung zum Tisch bringen. Ich habe auch kosheren Kuchen bestellt."

Marcus nimmt keine Notiz von Kathrin und spricht weiter. "Sie haben den Zeitungen einfach gesagt, was sie zu schreiben haben und wann. Es gab keine Ausnahme, sie waren vollkommen unter ihrer Kontrolle.

„Und dann?"

„Und das war nur für den Kopf. Sie haben auch das Radio benutzt und Aufmärsche, Ansprachen und Propaganda, um die Gefühlsseite, den Bauch, zu befriedigen. Ich bin sowohl Franzose als auch Deutscher. Ich vereine beide Seiten in mir und weiß, dass beide befriedigt werden müssen."

Kathrin, die äußerst aufmerksam zugehört hatte, sagt: „Und die emotionale Seite war, den Ärger gegen die Juden anzuschüren?"

„Exakt. Sie waren schlau und clever, gaben dem Ganzen einen intellektuellen Anstrich, ja die Juden haben das ganze Geld, deshalb ist Deutschland so arm, wegen der Juden hat Deutschland so viele Probleme, es liegt an ihrem giftigen Blut."

Stevens Kaffee wird serviert. Er schüttet Zucker aus einem Papiertütchen dazu und trinkt ein paar Schluck, bevor er sagt: „Aber die Todeslager. Wie konnte nur irgendjemand damit einverstanden sein – Millionen von Menschen, die wie Vieh transportiert und vergast wurden, wie war das nur möglich?"

Kathrin besorgt: „Steven, bitte versuche dich zu entspannen."

Marcus, der das Gefühl hat, dass Schwierigkeiten in der Luft liegen, meint beschwichtigend: „Ich möchte dem, was ich zu sagen habe, eine Entschuldigung vorausschicken. Steven, du überrumpelst dein Gehirn gerade mit deinen Gefühlen. Ich bin Franzose, ich verstehe das. Bitte lass mich das mal erklären. Ich glaube, es wird dir helfen."

Kathrin strahlt. „Ich halte das für eine gute Idee. Wir haben großes Glück, dass Marcus den Tag mit uns verbringen kann."

Steven setzt sich zurück und versucht, sich so weit zu beruhigen, dass er Marcus zuhören kann.

„‚Nazi' ist ein starker Begriff mit einem mächtigen Symbol.

Die Propagandafotos zeigen immer, wie die führenden Parteigrößen sich zusammen vergnügten, wie sie zusammenarbeiteten. Sie suggerieren Übereinstimmung, die in Wirklichkeit nicht bestand. Die größten Diskrepanzen bestanden zwischen Hitler und Himmler. 1942 war Himmler mächtiger als Hitler. Hitler war so mit Drogen vollgepumpt, dass er nicht mehr klar denken konnte."

Kathrin staunt: „Mir war gar nicht bekannt, dass Hitler drogenabhängig war."

„Er hatte einen besonderen Arzt, der ihn mit Drogen abfüllte", sagt Marcus. „Es fing an mit Kokain, Heroin, Pervitin, dann kamen die Beruhigungstabletten dazu. Vitamine, usw."

„Aber warum?", fragt Kathrin.

„Weil Hitler sich gut fühlen wollte, wie ein Gott. So wie alle Drogenabhängigen".

Marcus fährt fort: „Himmler dagegen war schlau, klug, herzlos. Ein Tüftler mit einem Riesengedächtnis für Details. Er war der gefürchtete Chef der Gestapo und er hatte eine Million Menschen unter sich. Er benutzte den Mystizismus von Totenkopfringen, von Schwüren, von Ritualen. Er war wie eine gefährliche Raubkatze."

„Das ist eine Menge, die ich hier zu verarbeiten habe", wundert sich Steven. „Wieso habe ich so etwas vorher noch nie gehört?"

„Weil die Bevölkerung der Propaganda des Führers glaubte. Es war doch das Einfachste dies zu tun, nicht wahr?" Marcus konzentriert sich einen Moment, bevor er fortfährt: „Himmler zollt Hitler Respekt - und machte was er wollte. Er war dabei so schlau, dass Hitler glaubte er hätte selber die Entscheidungen getroffen."

„Ich habe Schwierigkeiten, das zu glauben", entgegnet Steven.

„Lass mich bitte weiterreden. Am besten stellt man sich Deutschland wie zwei getrennte Länder vor. Es gab das Hitler-Deutschland und das Himmler-Deutschland. In politischer Hinsicht ergibt das Hitlerdeutschland einen gewissen Sinn. Es war hässlich, aber auf eine Weise funktionierte die Ausschaltung der Juden politisch für ihn."

„Wie viele sind umgekommen?", fragt Kathrin.

„Ich glaube, die genaue Zahl war ungefähr…", Marcus hält inne, „lass mich überlegen… ungefähr eine halbe Million deutscher Juden 1933 und ungefähr dreihunderttausend gelang es, das Land zu verlassen… und nur wenige wurden umgebracht, bevor Himmler Deutschland unter seine Kontrolle brachte."

„Aber", entgegnet Steven, „Millionen sind gestorben, sechs Millionen in den Konzentrationslagern." Seine Stimme ist voller Wut und Frustration.

„Ja", sagt Kathrin. „ Aber du hörst nicht richtig zu. Das ist später passiert, im Himmler-Deutschland, nachdem Hitler die Kontrolle über die Situation verloren hatte."

Steven sieht Kathrin an und sagt: „Vielleicht bin ich gerade zu emotional, aber ich verstehe nicht, was es noch ausmacht, wer nun dafür verantwortlich war."

„Ich verstehe es aber", meint Kathrin. „Es waren Millionen Opfer, als Indien unabhängig wurde und nicht mehr Teil des englischen Empire war. Oder in Indonesien, wo Millionen von Chinesen innerhalb weniger Wochen umkamen. Einfach deshalb, weil sie reich waren und nicht malaysischer Abstammung. Oder die Intelektuellen Rot-Chinas – und die Welt ist voll von solchen Ereignissen. All das passierte nur wenige Jahre bevor die Deutschen das Gleiche taten."

„Die Konzentrationslager", ergänzt Marcus, „das war Himmler-Deutschland. Sie befanden sich unter Himmlers Kontrolle."

„Was hat das damit zu tun?", wollte Steven wissen.

„Ich bin sicher, dass die beiden irgendwann zu einer Art Vereinbarung fanden. Himmler würde das neue Großdeutschland kontrollieren und Hitler hatte die Kontrolle über das alte, industrielle Deutschland. Himmler hatte unglaubliche Pläne für die Nation, angetrieben durch seinen Glauben an Mystizismus und unter der Kontrolle einer Superarmee, die nur aus arischen Supermännern bestand. Was bedeutete, dass er die eroberten Völker dezimieren musste, um Platz für seine Kolonisatoren zu schaffen - wie in Australien, wo es Platz für die Briten geben musste, nicht wahr?"

„Die Briten haben die schwarzen Pocken und Gewehre benutzt", unterstützt ihn Steven.

„Himmler hat die Konzentrationslager entworfen, um das Gleiche hinzukriegen", fügt Marcus hinzu.

Steven verlässt aufgeregt den Tisch. Er kann nicht ruhig sitzen, kommt zurück und lässt sich erneut nieder. „Nein", meint er, „damit bin ich nicht einverstanden! Die Todeslager sind eine andere Dimension. Ich werde nach Auschwitz fahren, um mir das anzuschauen. Ich muss es einfach tun, um das zu verstehen. Eine Schlachtfabrik, die gebaut wurde, um Menschen zu töten."

„Nein, um eine Bevölkerung zu vermindern, kannst du sie einfach töten. Die Hunnen haben das getan; im Dreißigjährigen Krieg, in Bosnien passierte es, Europa ist voll von solchen Beispielen. Gerade neulich hörte ich von 120.000 Leichen, die 1813 in Leipzig verwesten. Nein, die Konzentrationslager, das ist etwas Anderes. Grundlos. Es übersteigt jede Vorstellung. Ein einmaliger Vorfall in der Geschichte der Menschheit."

„Wir haben genug geredet. Lasst uns sehen, was ihr von dem Museum haltet. Ich habe die Eintrittskarten. Die Leute drin sind anders. Du solltest keine Probleme mehr wegen deines Bartes, deines Haars, deiner Schuhe oder deiner Nase haben!"

Die Karte ist widersprüchlich. Steven versucht, sie zu begreifen und Marcus meint nur: „Nichts ergibt hier irgendeinen Sinn. Lass uns mal hier runter gehen." Marcus händigt seine drei Tickets an einen der Museumsaufseher aus.
Der Korridor ist eine Passage zur Unterwelt. Er geht Steven auf die Nerven. „Es ist so unheimlich hier, nichts kommt mir normal vor. Es sind diese Winkel und wie sie angelegt sind! Das Dach ist schief, es schafft eine neue Realität."

„Ja", bestätigt Kathrin. „Wirklichkeit ist hier nicht möglich. Aber wir sind dabei durchzulaufen. Also muss es ja wohl wirklich sein."

Marcus dreht sich herum, schaut auf das Paar herunter. „Am Ende gehen wir dann eine Treppe rauf – macht' euch nichts draus, ihr werdet euch hier unten nicht verirren und zurück bleiben."

Hinter einer Ecke passieren sie einen Schreibtisch. Dahinter stehen vier junge Museumsführer. Sie wirken ganz anders als die Leute in dem alten Gebäude.

Einer lächelt Steven an und gibt ihm einen Bleistift. „Wollen Sie Ihren Wunsch an unseren Lebensbaum hängen?"

Steven ist heute fast alles zu viel. Er wartet ab. Kathrin nimmt den Bleistift, schreibt chinesische Schriftzeichen auf den roten Ball und hängt ihn an den Lebensbaum.

„Was hast du geschrieben?", fragt Steven.

Kathrin denkt kurz nach: „Friedliches Zusammenleben, das wäre wohl eine akzeptable Übersetzung."

Marcus, „Komm zur nächsten Abteilung. Dort wirst du sehen was es bedeutet, jüdisch zu sein."

„Aha", antwortet Steven. „Vielleicht werde ich dort anfangen, meinen Vater zu verstehen."

„Mir hat es nicht geholfen, aber vielleicht wirst du begreifen, wie sie gelebt haben."

„Weißt du, sie haben nie wirklich darüber gesprochen. Nur ein paar Geschichten und meistens haben sie sich wiederholt." „Viele Leute sind so", sagt Marcus. „Sie vergessen alles, als wäre es die Zeitung von gestern."

„Werden wir alte Zeitungen zu sehen kriegen?"

Im Hintergrund tönt ein französisch sprechender Museumsführer. Die Bewegung in seiner Stimme ist unüberhörbar. Marcus spricht trotzdem weiter. „Hier sind Fotos von Juden als gute Deutsche zu sehen. Wie Juden und Deutsche zusammenlebten - und dann wurden die Juden zum öffentlichen Feind erklärt. Was muss in ihren Herzen vorgegangen sein?"

„In den Herzen meiner Eltern sah es genauso aus". Steven zeigt auf ein Foto, auf dem „Displaced People" steht. „Nichts ergab für sie jemals wieder einen Sinn. Nun waren sie in Australien, aber wie konnten sie wieder zu sich selbst finden, nachdem sie so aus ihrer Heimat gerissen wurden?"

Marcus deutet auf ein Foto. „Die Kristallnacht. Es war die Nacht, in der jüdische Geschäfte und Synagogen zerstört wurden."

„Aufseher wurden vor jüdischen Läden aufgestellt. Über Nacht wurde die Möglichkeit, sowohl jüdisch als auch deutsch zu sein, zerstört."

„Und dann kamen die Nürnberger Gesetze." Steven fährt fort. „Über Nacht wurden die Juden zu Unpersonen erklärt. Feinde, die kein Recht auf Existenz hatten. Das ist es, was meinem Vater passierte."

Die drei wandern herum, folgen den roten Punkten am Boden, bis Steven vor einem Ausstellungsstück stehen bleibt, einem Fenster aus Buntglas. „Hey, hier ist meine Mutter und mein Vater, die Arierin und der Jude."

Kathrin betrachtet das Objekt und Marcus liest die Information laut vor: „Hier sehen Sie einen jüdischen Mann

 und eine deutsche Frau. Man sieht einen jüdischen Mann, der sie anfasst, sie liebkost. Es reicht einmal und eine Frau wie diese ist nicht länger rassenrein. Sie ist zerstört." ‚Jüdisch sein ist wie eine Geschlechtskrankheit', denkt Steven. ‚Das ist die Erklärung, warum australische Juden meine Mutter nie ordentlich behandelten. Die Krankheit hatte sich in den Gehirnen der Menschen auf beiden Seiten etabliert. Meine Mutter war krank, das war der Grund, warum sie mich nie lieben konnte.'

So denkt Steven, aber er sagt, „Haben sie wirklich an dieses arische Rassenzeugs geglaubt? Oder machte es sich nur in politischer Hinsicht gut?"

Kathrin weiß, dass Steven jetzt emotionalen Schmerz empfindet, „Dieser Glaube existiert nicht mehr. Wir wissen beide, dass rassisch gemischte Kinder klüger, stärker…"

Steven ignoriert sie, ein anderes Ausstellungsstück interessiert ihn. Eine Glasvitrine zeigt einen gedeckten Tisch. „Die Suppenlöffel sind die gleichen, die wir zu Hause hatten, als ich Kind war. Ich hab' ewig gebraucht, mich an die runden britischen zu gewöhnen."

Kathrin versucht immer noch, Steven aufzuheitern, „Jetzt sind wir clever und benutzen einfach Stäbchen."

„Ich weiß. Und ich habe auch ewig gebraucht, mit denen umzugehen."

Langsam führt der Weg durch die Vergangenheit, vorbei an religiösen Gegenständen, an berühmten Leuten. Man sieht Einstein. Seine Größe ist eingefangen in der Darstellung, er ist tief in Gedanken. Bis man bei der Zeit des Albtraums angelangt. Bei den Zügen, den panischen Gesichtern, bei den

Leben, die in einen Koffer gepackt und zerstört worden waren. „Wien", steht auf dem Koffer, der später geplündert und im Lager zerstört aufgefunden wurde.

Steven versucht, die Tränen zurückzuhalten. Er kann es nicht. Aber es gelingt ihm, sie vor Marcus und Kathrin zu verbergen.

Marcus steht hinter Steven, als er das Video mit den Zügen anschaut und sagt: „In diesem Museum wird die Gestapo mit keinem Wort erwähnt. Es ist, als ob sie nicht existiert hätte."

Steven dreht sich um, „Auf diesem Auschwitz-Foto tragen die Wächter, welche die Menschen zusammentreiben, Gestapo-Uniformen."

„Ja", erwidert Marcus. „Aber sie werden mit keinem Wort erwähnt."

„Ich muss nach Auschwitz fahren. Es wird schrecklich werden, aber ich muss dem Trauma ins Gesicht sehen. Georg hat mir versprochen, er würde mich hinbringen."

Marcus, „Kommt mal mit mir hier herüber, da ist das Auschwitz-Foto, an das ich mich erinnere."

Steven kämpft wieder gegen die Tränen, „Es ist fürchterlich. Der Holocaust hatte einfach keinen Sinn."

Später kommen sie zu einem Ausstellungsbereich, der Steven erneut berührt. Hier sind Leute wie sein Vater vor Australiens berühmter Harbour Bridge dargestellt. Außerdem kann man dieselben Dokumente sehen, wie die, die er unter den Papieren seines verstorbenen Vaters gefunden hat.

Marcus geht zu Steven. „Es gibt noch ein Zimmer, wo ich dich gerne hinführen würde. Der Geschichtsraum, in dem du die Kinder des Holocausts hören kannst, die ihre Geschichte erzählen."

Steven geht hinüber und benutzt die Kopfhörer, um ihre Stim-

men zu hören. Die meisten sprechen mit einem amerikanischen Akzent und ihre Geschichten klingen genauso wie seine. Sie sprechen von Verwirrung, dem Gefühl der Nichtzugehörigkeit, Wurzellosigkeit. Es geht um genau die gleichen Gefühle, über die er mit Kathrin auf dem Flug gesprochen hatte, als sie sich über Indien befanden. Steven wird klar, dass er nicht der einzige auf der Welt ist, der die Dinge so empfindet und dass Tausende diese Erfahrungen gemacht haben.

„Bis ich 16 Jahre alt war, hatte ich meinen Namen bereits viermal gewechselt. Ich hatte sechs Jahre lang in Deutschland gelebt, der Wahlheimat meiner Eltern und es war weit weg von meiner russischen Heimat. Dies hatte großen Einfluss auf mein Leben und obwohl ich, wenn man es genau nimmt, kein Jude bin, denn nur mein Vater, Küf Kaufmann, hatte jüdische Wurzeln. Meine Mutter dagegen, Marina Rubijowa, war in der Russisch-Orthodoxen Kirche getauft worden. Sowohl meine Mutter als auch mein Vater, der tief im Judentum verwurzelt war, erzogen mich auf der Basis humanistischer Ideale und den Grundwerten, die alle großen Religionen gemeinsam haben. Gemäß dem Wunsch meiner Mutter wurde ich mit sieben Jahren getauft. Ich hatte nichts dagegen einzuwenden."

Kathrin meint, als sie sich zu Steven im Grünen Gedächtniszimmer gesellt: „Du siehst sehr traurig aus. Wir sollten gehen. Bitte, lass uns jetzt gehen. Ich kann die Geister der vielen Frauen und Kinder spüren – und alle sind traurig."

Die drei verlassen den Raum durch diesen unrealistischen – oder eher unwahrscheinlichen - unterirdischen Korridor.

 Ein Platz, übersät mit geordneten Granitblöcken. In der Hand halten sie nussgekrönte Eistüten. Das Eis tropft klebrig. Es ist ein Gegensatz zu dem schweren Granit. Hinter der Holocaust-Gedenkstätte eine Reihe von Souvenirläden, die gleich das Brandenburger Tor mitbedienen.

Steven flüstert, „Ich muß bei meinem Stein sitzen und sehen, was mir dabei passiert. Ich habe es im Museum nicht gewagt, ich bin noch zu tief betroffen."

„Iss zuerst mal das Erdbeereis", rät Kathrin, „das wird dich in eine bessere Laune versetzen."

Marcus genießt die geriebenen Walnüsse auf der schmelzenden Eiscreme und tippt Steven an: „Was hältst du von meinem Gedanken, dass es zwei deutsche Staaten gab, den der frühen Hitlerjahre und dann den der Himmlerjahre?"

„Irgendwie gefällt mir der Gedanke nicht. Es macht die Sache komplizierter und entlastet Hitler."

Kathrin lässt Steven ausreden und sagt, „Mir gefällt die Idee. Da Hitler drogenabhängig war und seine Angestellten davon wussten, hat ihm keiner getraut – und sie haben sich wie ungezogene Kinder benommen und gemacht, was sie wollten."

„Aber ich habe schon früher gefragt, was das denn letztlich für einen Unterschied macht?"

Marcus schweigt und konzentriert sich auf den Rest seines wegschmelzenden Eises.

Kathrin nutzt diese Lücke und wirft ein: „Ja, es macht einen Unterschied, weil man dann besser begreift, wer an allem Schuld ist."

Marcus nuschelt in seine leere Eistüte: „Steven, ich weiß, dass die Ermordeten für immer tot sind und dass sie nichts wieder zurückbringen kann. Aber wenn du meine Idee der beiden Seiten Deutschlands nimmst, so wird es leichter für dich sein, die Schuld demjenigen zuzuschreiben, bei dem sie wirklich lag."

Steven starrt in tiefen Gedanken auf die Granitblöcke.

Kathrin setzt ihre leere Tüte auf dem Boden ab und sagt: „Marcus, sprich doch weiter. Wem ist nun die Schuld zuzuschreiben?"

„Ich finde, viele Leute haben Schuld, angefangen beim Papst. Jeder Deutsche, der in dieser Zeit lebte, hat Schuld. Aber für mich gibt es zwei Leute, die die meiste Schuld haben. Zum einen Himmler und ja, Churchill."

Steven war erstaunt. „Ich hielt Churchill für einen Kriegshelden."

„Ich spreche als Franzose. Was ich jetzt sage, klingt dementsprechend, verstehst du? Weißt du, was Churchill sagte? ‚Die Geschichte wird mir gewogen sein, weil ich beabsichtige, sie zu schreiben'. Und das hat er auch getan. Churchills Memoiren über den Krieg war die erste Weltkriegsgeschichte, die herauskam und niemand hat sie je angezweifelt."

„Wirklich?", fragt Steven.

Marcus erwidert: „Nein, nicht wirklich, viele haben das getan, aber keiner hörte zu. Einer davon, David Irving, schrieb, dass Hitler nie einen Krieg mit England wollte und versuchte, mit England zu verhandeln, aber Churchill wollte absolut nichts davon hören."

Kathrin lächelt. „Falls Churchill nichts davon hören wollte, wie konnte er dann über die Friedensangebote schreiben?"

Marcus fragt: „Es tut mir leid, aber jetzt finde ich dich sehr chinesisch. Was um Gottes Willen meinst du damit?"

Steven greift Kathrins Ausdrucksweise auf: „Sie möchte sagen, dass taube Leute keine Laute hören."

Marcus fährt fort: „Du meinst, er schrieb nur, was er hören wollte'?"

„Genau, und dann auch nur dass, was er uns glauben machen wollte."

„Also bist du meiner Meinung, Churchill trägt ebenfalls Schuld an dem, was unter diesen Holocaust Steinen liegt?"

„Ich weiß nicht", meint Steven. „Es ist vorbei, die Toten sind tot und ich bin kein Historiker. Aber worauf ich mich verstehe,

ist, einen Sog zu kreieren, der den Druck der Realität auf jeden Platz verringert – wie auch hier."
„Was meinst du damit?"
Steven blickt hoch zu Marcus. „Hat dir Georg nicht erzählt, dass ich einen besonderen Stein besitze, der die Dinge öffnet, die im Untergrund versteckt sind?"
„Ich dachte, Georg wollte etwas über Drogen erklären. Er sprach davon, als ob es diese Magic Mushrooms wären."
„Nein, ich bin vollkommen gegen die Anwendung von Drogen. Hier handelt es sich um einen Stein aus vorgeschichtlicher Zeit – ich glaube, er kreiert einen Sog, der die Realität durchbricht."
„Kann ich ihn mal sehen?", fragt Marcus.
„Nein, leider nicht. Nicht einmal Kathrin durfte ihn jemals sehen. Ich glaube, er könnte für manche Leute gefährlich werden. Ich habe ihn immer in einer Blechdose aufbewahrt. Deshalb war ich so schockiert, als der Wächter im Museum meine Tasche checkte."
Steven sucht einen Platz zwischen den Blöcken. Es ist eng und viele Leute wandern herum. Also steigt er auf einen der Blöcke.
Er holt den Recorder und die Büchse heraus, steckt das Mikrofon an sein Hemd und startet das Gerät. Dabei öffnet er die Dose und legt den umwickelten Stein zwischen seine Beine.
Der Stein wird warm. Steven triftet aus der Realität.
‚Ich sehe viele Bilder. Den Eingang zu Auschwitz, mit der Bahnlinie davor. Einen Strand. Einen grauen, österreichischen Hügel. Das japanische Zeichen von Frieden und Ruhe, welches sich im Inneren einer Kirschblüte darstellt.
Ich empfange ein Gefühl, welches sich unter den Steinen befindet. Es ist, als ob sie diese Steine als Finger benutzen, um die Welt zu erreichen, in der wir leben. Farben kommen herauf, um die leeren Räume zwischen den Blöcken zu füllen.
Ich konzentriere mich noch mehr und schließe meine Finger enger um den Stein. Jetzt sehe ich folgendes: jeder Block ist ein Güterwagen voller Menschen auf einem Todestransport. Hun-

derte dieser Wagen und tausende und abertausende von Menschen darin.

Es ist schwierig, mich zu konzentrieren. Es geht hier zu viel vor. Zu viele Leute. Ein ständiges Kommen und Gehen, so viele haben meditiert, um die Vergangenheit zu verarbeiten. Und dieses Leid der Geschichte. Es ist so hart; es handelt sich um so viele Lagen von Wünschen und Gedanken. So viel Schmerz ist hier zurückgelassen worden, damit er sich verflüchtigen sollte. Dieser Ort ist ein Ort der Kunst. Die Menschen reagieren gefühlsmäßig. Ihre Gefühle sind stark. Es sind so viele, dass ich nicht durchkommen kann.'

Steven klettert herunter. „Es tut mir leid, Kathrin. Ich habe nichts gefunden, nur alles voller Bilder, keine Erklärungen."

Marcus meint ungeduldig: „Lass uns zum Brandenburger Tor gehen. Es ist nur einen Häuserblock entfernt."

Menschen vieler Nationen, in den verschiedensten Kleidungen stehen vor dem Tor. Touristenbusse parken wie Schiffe, die am Dock abladen. Das Brandenburger Tor fühlt sich richtig gut an. Es gleicht dem Eingang zu einem Vergnügungspark. Eine Welt, in der Frieden möglich ist. Die Leute stehen herum es gefällt ihnen hier.

Steven pressiert, „Ich muss weiter, träumen, erkunden, meditieren. Lass uns in den Park rüber gehen, da sollte es klappen."

Eine Baumgruppe umkreist Steven, Sonnenstrahlen blinzeln durch frühlingsgrüne Blätter.

Steven lehnt an einem Baum, nimmt den Stein heraus und stellt den Recorder wieder an.

‚Ich scheine mich in einem großen Wesen zu befinden, man kann es Deva nennen, das die Gegend um das Tor bewohnt. Es ist riesig, dreihundert Meter im Durchmesser. Es jagt einen Wasserfall aus Energie hoch ins Firmament.

Es ist die Energie eines Sogs, der anders ist, als der des Steins. Er sammelt die Energie, welche ‚Unter den Linden' entlang strömt. Das Brandenburger Tor verfeinert diese Energie und führt sie weiter in den Westen. Die Menschen mögen sie, deshalb ist dieser Ort so beliebt. Es ist einer der schönen Plätze auf der Erde. Menschen verweilen hier um mit der Deva eine Verbindung aufzunehmen. Jeder will sich in ihrer Energie befinden, denn sie wirkt heilend, entspannend, besänftigend.

Die Deva ist ein altes Wesen, weise, langsam – vielleicht zwanzigtausend Jahre alt. Sie ist riesig, hat viel von der Vergangenheit gesehen, hat viel aufgelöst.

Ich versuche, mich in den Mittelpunkt der Deva zu begeben, ihr zu zeigen, dass ich hier bin. Aber sie ist sehr beschäftigt, denn hier gibt es Tausende von Menschen. Sie beobachtet sie, spielt mit ihnen, beschäftigt sich mit ihren Ideen und Problemen.

Sie ist die Hauptenergie des politischen Berlins, ein übergreifendes Konzept. Sie mag es, in die Menschen einzudringen, um bei ihnen zu sein und um für sie zu denken. Es liegt in ihrer Natur aufzulösen, Dinge in nichts aufzulösen. So wie Wasser auflöst.

Steven verfällt in einen leichten Schlummer. Als er wieder erwacht, ist Marcus in der Nähe. Schnell steckt er Stein und Recorder weg.

„Warum benutzt du denn einen Recorder?"

„Weil ich so leicht vergesse. Der Sog schließt sich und nimmt die Erinnerung an die Erfahrung, welche man machte, wieder mit. Innerhalb eines Tages ist alles verschwunden."

Kathrin kommt dazu. „Wie war es?"

„Es gleicht die Museumserfahrung aus. Es war gut, hierher zu kommen. Ich danke dir, Marcus. Es ist ein großer Strom von Energie. Sie ist immer noch da. Ob es die Menschen nun wissen oder nicht, sie mögen es. Das ist der Grund, warum das Brandenburger Tor ein solch beliebter Platz ist. Es ist Wasserenergie, welche von der Erde aufsteigt, die Quelle des Lebens.

„Berlin ist ein Platz des Wassers", bestätigt Marcus. „Im Untergrund ist feuchter Sand und überall gibt es Grundwasser, das Teiche bildet."

„Jetzt verstehe ich, warum Berlin so beliebt ist. Menschen mögen es, wenn sich ihre Probleme auflösen." Steven denkt einen Augenblick nach. „Aber die andere Seite dieses Zustands ist, dass nichts konstant bleibt. Es war ein Fehler damals, Berlin wieder zur Hauptstadt machen. Es wäre besser gewesen, wenn die Regierung ihren Sitz in Weimar behalten hätte."

Auschwitz

Miriam deutet auf den Brunnen vor ihrer Haustür. „Trinkt daraus, bevor ihr geht. Ich hüpfe jeden Morgen hinein. Er ist voller Leben. Es wird euch eure traurige Reise erleichtern."
Steven erinnert sich an die Quelle in der Kirche von Leisel.
„Waren die Römer hier?"
„Ja", antwortet Miriam. „Die alte Römerstraße ging oben auf dem Hügel entlang und dieser Brunnen hat römische Steine als Grundsteine."
„Es ist also ein Brunnen der Diana, eine Quelle."
„Was willst du damit sagen?"
Georg drängelt, während er das schwere Bierglas an Steven weiterreicht. „Es ist weit bis Auschwitz und wir sollten besser losfahren. Wir können uns unterhalten, wenn wir zurück sind."

Der erste Teil der Straße, welche nach Polen hineinführt, ist nur eine alte, enge Landstraße. Lastwagen und Kleinwagen bilden eine ununterbrochene Schlange. Die Landschaft ist flach, die Felder bewachsen von Getreide und Kartoffelkraut. Die Städte an dieser Straße sind dunkel, eng gebaut und voller Industrie. Die dunkle Farblosigkeit des Kommunismus hängt noch in der Luft.
Georg steuert und Steven fragt müde: „Wie lange dauert dieser Verkehrsstau noch?"

„Wenn wir Glück haben noch eine Stunde, denn dann erreichen wir die große Autobahn, die von Berlin kommt. Polen ist ein großes Land, du musst Geduld haben."

„Es ist keineswegs so, dass ich es nicht erwarten kann da anzukommen, wo eine Million Menschen ermordet wurden", erklärt Steven.

„Auschwitz besteht in Wirklichkeit aus zwei Lagern, Auschwitz Eins und Birkenau", erklärt Georg als der Wagen bewegungslos hinter einem großen Laster hängt.

Der Verkehr beginnt sich wieder zu bewegen. „Das große Lager war Birkenau, es wurde 1942 gebaut, Auschwitz schon 1940. Heute ist es als Museum ausgebaut. Birkenau dagegen ist so wie es immer war. Wir werden es uns anschauen. In den drei Kilometern dazwischen waren Fabriken, in denen die Lagerinsassen arbeiteten."

„War es ein Arbeits- oder ein Konzentrationslager?"

„Es war beides. Die Züge kamen an und an der Rampe wurden die Menschen sofort aussortiert. Gesunde Menschen zur Arbeit, Frauen und Kinder für das Gas."

„Und dann noch dieses berühmte Motto, sarkastischer könnte es ja kaum sein", sagt Steven. „‚Arbeit macht frei.'"

„Das war über dem Tor von Auschwitz Eins in großen Buchstaben zu lesen, aber das wirst du in Birkenau nicht finden", gibt Georg zurück.

"Ich frage mich, was für eine Energie ich wohl im Lager erleben werde", sagt Steven als der Wagen zum Stehen kommt. „Eine Million Menschen müssen ja eine Art Fußabdruck im Gelände hinterlassen, wenn sie dort gestorben sind. Ich möchte wirklich begreifen, welche Energien sich im Untergrund befanden."

„Sicher vermutest du es bereits", sagt Georg, während der Motor läuft. „Ich habe meine eigenen Theorien über den Krieg. Ich glaube, Hitler wollte wirklich keinen Krieg mit England. Ich glaube, dass wir Deutschen die Engländer als unsere natürlichen Verbündeten im Kampf gegen den russischen Kommunismus empfanden. Die Depression im Westen und die russische Revolution hatten den Reichen auf der ganzen Welt gezeigt, egal ob in Deutschland, England oder Amerika, wozu die Masse fähig ist."

„Aha", sagt Steven. „Ist das der Grund für den Flug von Hess nach England, er wollte um Frieden bitten?"

„Jetzt hast du es begriffen. Ja, Hess, er war Hitlers Vertrauter und stellvertretender Führer und er hatte „Mein Kampf" überarbeitet. Wusstest du, dass es jedem Paar zur Hochzeit überreicht wurde? Obwohl Hess es überarbeitet hat, bleibt es irrational. – Wo war ich stehen geblieben? Ja, bei Hess. Ich glaube, dass Hess 1941 nach Schottland flog, um mit der britischen Aristokratie zu verhandeln, d.h. mit dem House of Lords. Es ging darum, die Kriegsabsicht aufzugeben und dafür die übrig gebliebenen deutschen Juden aufzunehmen."

„Stimmt es, dass Hitler plante, die Juden nach Madagaskar, Israel und Australien zu ‚exportieren'?", will Steven wissen.

„Das wurde offiziell vermerkt", antwortet Georg. Er lehnt sich hinüber, um die Heizung neu einzustellen, „Ich muss bald mal für eine Pinkelpause halten."

„Was zu Essen wäre auch ganz nett. Lass uns anhalten, sobald wir etwas Ordentliches sehen", gibt Steven zurück.

Georg streckt sich auf dem Sitz, „Danach darfst du fahren. Ja, wir haben wirklich davon geredet, die Juden zu ‚exportieren'. Wenn man sich die Zahlen anschaut, wird es interessant. 60 Millionen Deutsche und ungefähr eine halbe Million Juden. Die Hälfte von ihnen entkam vor dem Krieg und das bedeutet, dass ungefähr 200.000 bis 300.000 in Deutschland übrig waren. Praktisch gedacht, ergab es kaum Sinn, Juden durch Deutschland zu karren, um sie in Buchenwald umzubringen. Während ein Waffenstillstand mit England es möglich gemacht hätte, die Russen zu besiegen."

Georg spricht den letzten Satz langsam zu Ende. Es dauert eine Weile bis Steven antwortet. „Ich habe gehört, dass Hess verrückt geworden ist und es wird angenommen, dass er nach England desertiert ist?"

Der Wagen fährt langsam, alle schweigen. Eine ganze Minute ist verstrichen, als Georg weiterspricht: „Für uns Deutsche waren England und Amerika die natürlichen, offensichtlichen Verbündeten gegen den Kommunismus. Die Amerikaner investierten regelmäßig weiter in Deutschland, bis die USA im April ´41 den Krieg erklärte. Auch Churchill spielte eine wichtige Rolle: ihm und seinen Hintermännern lag daran, Deutschland den Krieg zu erklären. Chamberlain verhandelte mit Deutschland über „peace in our time", also Frieden in unserer Zeit. Der Duke of Windsor, der der nächste König von England werden sollte, besuchte Hitler in seinem Sommerhaus und betrachtete ihn sogar als einen möglichen Freund. Tatsächlich waren es Churchill und sein „Backoffice", die den Krieg herbeiführten und seinen Verlauf bestimmten."

„Hintermänner?", fragt Steven. „Du hast da ein Wort benutzt, das auf eine Verschwörung schließen lässt."

„Was wäre das wohl auf Deutsch?", fragt Georg. „Eventuell ‚geheime Gesellschaft'? Nicht wirklich, nur zog Churchill es vor, kein Wort über sie zu verlieren. Sie sind unter Historikern unter dem Namen THE FOCUS bekannt. Der volle Name lautete „Der Focus für die Verteidigung von Freiheit und Frieden."

„Was für ein komischer Ort", schmunzelt Kathrin. „Die Toilette ist in der Dusche und das Waschbecken hat verschiedene Hähne, aber kein heißes Wasser."

Georg und Steven sitzen an der Bar und versuchen, Essen zu ordern. Georg beantwortet Kathrins Kommentar, „Willkommen in der Welt des Kommunismus."

Steven steht vorm Tresen und versucht, Kartoffeln mit seinen Händen zu erklären. Es funktioniert nicht und die grauhaarige, müde wirkende Polin schiebt einen Zettel und einen Bleistiftstumpf über die Bar. Steven malt eine Kartoffel, ein Ei, einige Zwiebeln. Die Frau zeichnet das Eurosymbol und schreibt die Zahl acht dahinter. Steven beschreibt eine Kreisbewegung mit den Händen. Okay, alle bekommen was dafür. Er nickt Einverständnis mit dem Kopf.

Vom Tisch – die Spitzengardinen können den Verkehrslärm keineswegs dämpfen – entdeckt Steven über der Bar ein Känguru und fotografiert es.

Georg schmunzelt, „Ich vermute, Du liegst verkehrt. Dieses Restaurant heißt Dino, wie das Haustier der Flintstones."

„Du scheinst eine Menge über Auschwitz und Polen zu wissen, kannst du mir mehr über die Zahlen sagen?"

„Zum Beispiel?"

„Ich grübelte über das, was mir Marcus in Berlin sagte. Dass Himmler Polen von den Polen befreien wollte, um seinen Soldaten das Land zu geben. Wie viele Menschen betraf das?"

„Polen oder Juden?", fragte Georg zurück.

„Von allen insgesamt", sagte Steven. „Man sagt, dass der Holocaust sechs Millionen Juden getötet hat, aber du hast gerade gesagt, dass vor dem Krieg nur 200 Tausend bis 300 Tausend in Deutschland übrig waren. Wo kommen dann die anderen Millionen her?"

„Von nirgendwo." Georg legt die Ellbogen auf das Wachstuch und den Kopf in seine Hände. „Es ist schwer, darauf eine Antwort zu finden. Ich habe es mal versucht. Ich nehme an, ich sollte am Anfang beginnen.

Zuerst traf Hitler eine Vereinbarung mit Stalin, Polen fifty-fifty aufzuteilen. Beide Invasionen fanden im September 1939 statt und damit begannen schreckliche Zeiten. Ich stimme mit Marcus darin überein, dass die Deutschen die Polen vernichten wollten, um ihre eigenen Leute in Polen anzusiedeln.

Sie begannen Anfang 1940 mit den Juden und den polnischen Intellektuellen. Die Säuberungen betrafen etwa 200.000 bis 300.000 Polen sowie 100.000 oder mehr Juden."

„Säuberung? Du meinst ermorden", sagte Steven.

„Ja. Entschuldige, das war das Vokabular des Reiches".

„Es tut mir leid", sagte Steven, „ich wollte es dir nicht schwerer machen. Ich weiß, dass du Deutscher bist. Sprich weiter, ich werde versuchen, dich nicht zu unterbrechen."

„Die Geschichte wird immer schlimmer. Die Russen waren ebenfalls brutal. Sie schickten eineinhalb Millionen Polen, Juden eingeschlossen, nach Sibirien.

Es wurde noch extremer als die Deutschen Russland im Juni 1941 angriffen. Ganz Polen war nun deutsch und die Morde wurden systematisch ausgeführt."

„Du meinst, dass Auschwitz jetzt benutzt wurde?", fragte Kathrin.

„Es gab mehrere Lager. Mindestens sechs andere große Lager, wie die, die du jetzt bald sehen wirst", sagt Georg.

„Nur für die Juden?", fragt Kathrin.

„Nein, nein", sagt Georg, als die Kellnerin das Besteck auf den Tisch legt. Er wartet, bis sie wieder geht. „Es waren auch Zigeuner, Polen und Homosexuelle dabei. Ich habe versucht,

die Gesamtanzahl herauszubekommen, indem ich deutsche und englische Websites anklickte und ich kam auf eine Zahl von etwa… lass mich noch mal von vorne anfangen…
Vor 1939 gab es 3.5 Millionen Juden in Polen. Die Deutschen brachten schätzungsweise 2.5 bis 3 Millionen davon um. Einige konnten fliehen, einige versteckten sich, andere wurden von den Russen getötet. Der Rest der Toten waren Polen. Dann gab es noch Ungarn, Holländer, österreichische Juden, das machte eine halbe Million aus."
„Waren darunter auch Kinder?", fragt Kathrin.
Georg schweigt eine Weile, bevor er fortfährt. „Ja, sie „säuberten" das Land sowohl von den alten als auch den jungen Menschen. Sie wollten das Land judenrein machen, es sollte rein und perfekt sein."
„Das ist fürchterlich", sagt Kathrin.
„Ja, es ist unglaublich schrecklich."
Steven schaut über die Bar mit dem Dino-Känguru. Leise, „Deshalb wird gesagt, der Holocaust sei ein einmaliges Ereignis in der Geschichte. Fabriken, um Menschen zu töten…"
Georg lässt sich nicht unterbrechen, „Der Krieg in Polen war sehr blutrünstig. Ich glaube, dass die Deutschen, vor allem die Soldaten in der SS, am liebsten all diese sogenannten Untermenschen beseitigt hätten. Sie konnten damit ‚Lebensraum' für die deutschen Bauernsiedler schaffen. Später, als die Russen kamen und siegten, haben sie keine Gefangenen gemacht, sie haben alle getötet. Es war schwer für mich als ich darauf kam, dass die Anzahl der Menschen, die in Polen umkamen, sogar ungefähr zehn Millionen beträgt."
„Das ist unglaublich", Steven versucht ruhig zu bleiben. „Die Bevölkerung Australiens betrug zu der Zeit sieben Millionen – zehn Millionen hätte man gar nicht umbringen können."
„Ich fürchte, es ist die Wahrheit", sagt Georg und klingt langsam, fast ruhig dabei. „Die offizielle Zahl wird niedrig gehalten.

Polnische Bauern und Soldaten, die in Polen getötet wurden, sind darin nicht eingeschlossen. Der große Krieg, der eigentliche Zweite Weltkrieg fand in Polen und Russland statt. Weißt du, schon bevor der Krieg begann, hatte Stalin bereits Millionen Menschen umgebracht. Die Deutschen hatten gute Gründe, die Kommunisten zu fürchten."

Kathrin mit Bedacht in ihrer sanften Stimme, „Eine Million nur in Auschwitz, alle in diesem kleinen Ort. Die Atmosphäre muss ja…" Kathrins Worte verklingen, als ein Teller, auf dem sich die Kartoffeln türmen, vor ihr erscheint. Es riecht nach Zwiebeln.

Steven fährt, Georg liest die polnischen Straßenschilder. Das macht es nicht gerade einfacher, Birkenau zu finden. Alle Zeichen weisen Richtung Auschwitz. Ein Sorte als Museums-, andere als Tourismushinweis. Sie passieren karge Landschaften, ehe sie ankommen. Hier ist es – das Wachhaus über den Bahngleisen. Das Tor des Todes.

Steven parkt den Wagen zwischen zwei Touristenbussen. Hier stehen nur zehn Autos. Ein polnischer Arbeiter rollt auf dem Fahrrad vorbei – das einzige Lebenszeichen in einer sterilen Landschaft.

Endloser, hoher Stacheldrahtzaun.

Kathrin holt die Dose mit dem Stein und gibt sie Steven. Die kleine Kamera verstaut sie in ihrer Jackentasche.

Georg, „Du wirst kein Geld brauchen. Der Eintritt ist frei und es gibt keine Souvenirs."

Im Lager schaut sich Steven die Ausstellungsobjekte an. Sie werden in drei Sprachen dargestellt: polnisch, englisch und hebräisch. „Dort sind die Gaskammern. Es ist das Beste, sich in diese Richtung durch die alten Gebäude zu begeben, schließlich sind sie einen Kilometer lang."

„Das ist eine gute Idee. Siehst du das hier? Der Zaun war elektrisch aufgeladen und die Wachtürme waren mit Maschinengewehren ausgerüstet", erkennt Georg.

Steven schweigt, als sie durch die ersten Holzbaracken gehen. Die Geruchsmelange an der Tür weist auf Urin, chemische Holzschutzmittel und Tod. Drinnen nichts als Reihen von Schlafgestellen, dreifache Etagenbetten. Unten, in der Mitte, ein langer Kamin, ein primitiv gemauerter Kohleofen mit Eisentür. Steven setzt sich auf den Sims, kramt den Stein aus der Dose und schon ist er geistig innerhalb eines Tunnels – ist das der Kamin? Nein, es geht rapide in den Boden, tief unter die Braunkohle, in die Unterwelt, überwölbt von einem Himmel, besser gesagt Rauchwolken, darüber Sterne, die warten.

Steven berichtet, „Ein ekliger Geruch. Ich saß am engeren Ende eines großen Tunnels, spürte dass ich in diesem riesigen Raum in die Unterwelt gesogen würde."

„Hast du irgendwelche Geister gesehen?"

„Nein. Warum sollte ich?"

„Tausend Menschen haben in dieser einen Baracke gelebt", sagt Georg. „Es gibt hundert davon. Hunderttausend Menschen, welche hier lebten und zehn Mal so viele, die hier gestorben sind…"

„Hör auf", bittet Steven. „Wenn ich den Stein benutzt habe, bin ich sehr empfindlich"

„Tut mir Leid."

Georg schaut zu Kathrin, „Was willst du als nächstes sehen? Die Rampe zur Aussortierung oder den Toilettenblock?"

„Toiletten"

„Sie befinden sich im Zentrum des Lagers, gleich hier drüben. Es sind fünf Hütten auf jeder Seite. Jeweils 200 Sitze, eine Kloake längs darunter führt in die Kläranlage."

„Die Rampe…", sagt Steven.
„Du gehst zur Rampe?", fragt Georg. „Weißt du, wo sie ist?"
„Ja", sagt Steven, „Ich hab sie unterwegs gesehen. Sieht genau aus wie auf den Fotos – die Gesunden in Richtung Arbeit, die anderen direkt ins Gas."
„Es war gut organisiert. Die Kammern fassten eine ganze Zugladung. Fünfzehnhundert Menschen, die annahmen, sie kämen zur Entlausung."
Steven unterbricht ihn sanft und sonorig. „Schweig bitte. - Ich werde dich dort treffen – und nimm den Stein samt Recorder an dich, bitte."
Steven geht zur Rampe. Sein sich immer wiederholender Traum, sich unter den Menschen zu befinden, unter diesen eng zusammengepferchten Unglücklichen auf dem Weg ins Gas, steigt vor dem inneren Auge auf.
Ein Ausstellungsstück, ein Foto in Plakatgröße. Das gleiche Foto, das Steven im Museum in Berlin gesehen hatte. Die Rampe, die SS-Leute, die zwei Gruppen aussortierten. Es waren Männer, die immer und immer wieder, eine Million Mal, Gott spielten - oder den Teufel.
‚Und trotzdem', denkt sich Steven, ‚dieser Ort fühlt sich nicht so schlimm an. Ich erwartete den schlimmsten Platz auf dieser Erde. Eine Million Tote. Der Ort auf der Welt, mit der größten Morddichte. Schlimmer als alle Schlachtfelder oder antike Schlachtgetümmel.'
Kathrin berührt Stevens Arm. „Woran denkst du?"
Steven sieht neben sich, „Das fühlt sich gar nicht so schlimm an. Ich frage mich warum?"
„Es ist das Gebet", antwortet Kathrin. „Viele, viele Menschen haben hier gebetet. Viele Rituale und viel Liebe ist hierher gebracht worden."
Steven nimmt die Kamera und fotografiert sie mit dem Ausstellungsplakat. Sie dreht sich herum und sagt mit Tränen in den Augen, „Diese Kinder hier, sie wussten sie würden sterben.

Schau' sie dir an, ihre Gesichter sind dem Boden zugewandt, sie sehen nach unten. Sie laufen mit schweren Schritten. Warum…?"

Auf dem Boden vermischen sich Stevens mit Kathrins Tränen. Kathrin ist fassungslos, „Wie können die Deutschen nur mit sich leben? Man kann solche Menschen einfach nicht mögen, die so oft töten konnten."

„Warum? Du fragst nach dem Warum? Es ist Wahnsinn, ein Wahnsinn, der allen zustoßen kann. Erinnerst du dich an Pol Pot? Wir Menschen sind wirklich ganz fürchterlich."

Das Fotografieren hilft Steven, wieder in die Gegenwart zurückzufinden, dann, „Jetzt muß ich mich auf den Pfad begeben, der zu den Kammern führt. Du nimmst die Kamera, ich den Stein und den Recorder."

Steven spricht in das kleine Mikrofon, während er entlang geht. Kathrin folgt ihm mit einigem Abstand.

‚Hier ist das Ende, liebe Leute. Am Ende dieser Straße sind die Gaskammern. Wir haben sie hierher gebaut, um euch dabei zu helfen, einen schnellen Weg in die Ewigkeit zu finden. Ihr habt in der einen Realität gelebt und wir helfen euch, schnell in die anderen zu gelangen. Ich hoffe, eure Reise hierher war gut, aber ganz gleich wie, macht euch keine Sorgen. Sie wird bald vorbei sein. Erinnert euch an unser Motto „Arbeit macht frei". Wir machen die Arbeit und ihr werdet frei. Danke dafür, dass ihr uns hier in NS-Deutschland einen Besuch abgestattet habt.'

Nach einigen hundert Metern spricht Steven erneut ins Mikrofon.

„Es ist alles so römisch, das Lager ist gebaut wie das Lager einer Armee, und diese Straße, gänzlich trockengelegt, mit Zäunen auf beiden Seiten, genauestens gebaut. Die Straße verläuft schnurgerade. Sie endet wo die großen Bäumen stehen, bei den Duschen, flankiert von Kaminen. Wie gut es gewesen sein muss, endlich aus dem verriegelten Viehwaggon heraus zu sein, überlebt zu haben, die Bewegung der Füße zu spüren. Niemals wieder werde ich mich darüber beklagen, dass ich nur Touristenklasse fliegen kann."

Steven läuft weiter, „Erinnerst du dich an jenes Zimmer, in dem der Junge Selbstmord begangen hatte? Der Tod hing in der Luft, kroch über die Wände. Und das Schlachtfeld – ich konnte die Toten fühlen. Auschwitz ist mehr, viel mehr, jedoch fühlt es sich an wie ein Vacuum. Sind die Todesenergien benutzt worden? Haben Meisterzauberer die Energien gesammelt, sie fortgeschickt, um die Lebenden zu stärken? Wurde eine Vereinbarung mit dem Teufel getroffen? War Auschwitz die Werkstatt Satans? Dann würde das Ganze einen Sinn ergeben. Warum sollte man einen Ort errichten, um Menschen zu töten? Das kann man überall tun. Warum sollte man Menschen durch ganz Europa transportieren, um sie zu töten? Was war besonders an diesem Ort? Ich sitze hier in der Gaskammer, benutze den Stein und versuche, die richtigen Antworten auf das Rätsel von Auschwitz zu finden."

Steven steigt hinunter in die noch erhaltenen Steinmauern, aus denen die Gaskammer besteht, setzt sich auf einen Haufen von Ziegeln, zieht seine Mokassins aus, hält den Stein in beiden Händen, entspannt sich. „Nein, hier gab es keine Meisterzauberer. Die Menschen, welche hier waren, hatten keine Ahnung, welche Konsequenzen ihr Handeln hatte! Aber, oh Mann! Wie die elementaren Wesen der Unterwelt das Blut und die Ängste der Menschen liebten! Diese abgetrennten Teilwesen des menschlichen Gewissens, die von der Zerstörung und den abgebrochenen Leben leben. Die Energie der Sterbenden wurde in die Unterwelt gezogen von Antennen, von Tentakeln. Sie züngelten nach oben, saugten sich fest und zogen nach unten, was sie nur fassen konnten. Tolkiens Unterwelten sind hier. Düstere Seelendschungel vor unvorstellbaren Abgründen, spielen komplexe Spiele voller Fantasie. Sie haben die Energie nach unten gesaugt, sich darin getummelt, sie sich einverleibt, wieder ausgespuckt, hatten Spass damit.

Zeitlose Existenzen, die die Zeit manipulierten. Keineswegs Außerirdische - nein, es waren Wesen unseres Daseins. Sie nehmen an allem teil, was wir tun. So wie in der chinesischen Unterwelt? Ja, so wie in den Ahnenwelten, aber sie entnehmen ihre Gestalten aus den Reichen Tolkiens. Sie leben hier, unter der feuchten Braunkohle – unter der Kohle, welche die Körper verbrannte."

Tief erschüttert, aber noch bei klarem Bewusstsein, verändert Steven seine Position auf dem Haufen Ziegelbrocken, erblickt den Umkleideraum.

„Ich sehe ein Bild von zusammengeworfenen und zerstückelten Kindern. Wie ein ganzer Ameisenstaat, der zertreten wurde."

„Ein Bild der Juden, die Reiniger der Gaskammern. Die Judaslämmer, die die Menschen in den Tod führten. Sie heizten

die Öfen, und überlegten dabei, wann sie selbst verheizt werden würden. Von Jenen, welche dann wieder von den nächsten verheizt werden würden."

„Es gibt hier keine Lichtwesen. Nur ein großes Wesen, voll grellstem Licht. Ein Engel, der, gemäß Kathrin, ‚die Liebe ausstrahlt'. Die kleineren Lichtwesen wollen nicht hier sein. Genauso wenig wie ich es will."

„Also weshalb kam ich hierher? Ja, dieser Ort ist der meines immer wiederkehrenden Traumes. Ich schwebte hier, sah herunter, konnte Gefühle sehen. Warum? Ich glaube, dass der große Engel, die große Deva von hier, mich her brachte. Sie gibt mir Mitgefühl, eine Liebe zum Leben und ein Gefühl der frustrierten Wut. Ja, es war ein tief verschlossener, verdrängter Ärger. Wut über die Dummheit der Menschen. Das ist ein Deva-Gedanke. Ja, ich kann eine Verbindung fühlen, zwischen dem Hiersein von damals und dem Wesen, das sich jetzt hier befindet."

„Die Menschen, die hierher kamen, um sich zu waschen, wussten nicht einmal, dass sie sterben würden. ‚Lassen Sie Ihre Kleidung hier, gehen Sie den Gang auf der linken Seite hinunter und in das Entlausungszimmer'. Bäng! Die Stahltür mit dem kleinen Guckloch ist geschlossen. Das Gas, Zyklon B, Zyanid, strömt in die Stahlkäfige. Du hast keine Luft zum Atmen mehr, Schaum steht dir vor dem Mund, du zuckst hin und her, du stirbst. Zerdrückt, zusammen mit tausendfünfhundert anderen Körpern. Die Judasschafe kommen wieder, zerren dich auseinander, nehmen dir den Schmuck weg, die plombierten Zähne aus dem Mund, ziehen dich zum Brennofen, wo dein Körper im flammenden Inferno sich in Asche verwandelt. Zwanzig Minuten später wirst du entsorgt, ein anderer Körper nimmt deinen Platz ein."

Kathrin realisiert, dass Steven von einer Seite zur anderen zuckt. Sie klettert in die Ruinen, setzt sich zu ihm, berührt seine Schulter, „Bist du in Ordnung?"

Steven erinnert, dass es außer den Realitäten, die er erfuhr, noch eine andere gibt."Sicher, ja ich beobachte nur alles von oben."

„Die Seelen der Toten, sind sie da?"

Steven taucht zurück in die steinernen Relikte, „Seelen sind nur ein Teil der Menschen. Ich weiß es nicht. Was ich sehe, ist, was das Gas den Menschen angetan hat. Es hat sie eingesperrt in den Untergrund. Sie konnten nicht hinauf zu den Sternen, zum Himmel, nach Jerusalem oder irgendwo hin. Türme von Leichen, wie ein Haufen zertretener Ameisen. Arbeit wurde für diese Seelen getan, viele Gebete, gute Arbeit. Aber genug?"

Steven öffnet die Augen, blickt Kathrin an. „Du weißt, dass dies einmal ein Moor war. Jung, primitiv, ungeformt – diese Kohleenergie ist eigenartig, es geht hier mehr vor sich, als ich begreifen kann, geschweige denn sehen."

Kathrin, „Hier stehen viele Dimensionen offen. Schwärme von Geistern kamen hierher, um zu sehen, zu beobachten manche sind immer noch hier. Andere wurden durch die Gebete der Menschen hergeführt."

Steven fixiert das leise rauschende Geäst der Bäume, die zersplitterten Ziegelsteine. Er riecht in die sterile Luft hinein, „Ich habe genug. Es reicht, es ist schrecklich, als wäre ich in einer lauten Disko gefangen. Alles in mir schreit nach einem Kaffee und nach Wiener Musik."

Steven erwacht im winzigen Zimmer des polnischen Dreisternehotels. Es ist ordentlich und sauber, mit einem anständigen Badezimmer und einem Bett, das wie zwischen den Wänden eingezwängt schien. Der einzige Weg hinaus geht vom Bett aus. Die unwahrscheinlichsten Dinge sind in Polen normal.

In Stevens Vorstellung hat sich eine Antwort geformt auf die Frage nach dem ‚Warum' von Auschwitz. Er liegt im Bett und kämpft innerlich damit, das noch verknotete Paket zu öffnen.

Eine halbbewußte Traumidee, im ersten Morgengrauen. Die Zähne. Tausende falscher Zähne, ein im Kessel wallendes Erz. Gold und Silber ergießen sich in einem Fluss auf den Erdboden. Quecksilber, Ingredienz der Zauberer, in giftigen Schwaden als geheimes Aggregat der Vril-Maschinen.

Lebenskräfte dynamisieren im Todeskampf der Ermordeten das Quecksilberamalgam zu einer homöopathischen Tinktur. Wirkmächtige Zutaten wurden zu Katalysatoren für den Treibstoff der endsiegbringenden Wunderwaffe.

Das mörderische Gas, das Zyanid, wirkte sich auf die Seelen der Menschen aus und machte es ihnen unmöglich der unterirdischen Todeskammer zu entkommen. Eingeschlossen im Untergrund wurden ihre Lebenskräfte in die Zahnplomben eingebrannt. Silberfüllungen bestehen zur Hälfte aus Quecksilber. Zahngold ist eine hochverdichtete Schwermetallmischung. Zutaten, die Vril-Maschinen antreiben. Vril-Generatoren! Maschinen, die Energien sammeln, welche aus der hohlen Erde strömen. Braune Wissenschaftler hatten in meiner Traumwelt diese machtvolle Energiequelle gefunden. Damit konnte man die Welt regieren. Und so bauten sie die Todeslager, um den Katalysator zu produzieren.

Steven lässt sich diese Gedanken herauskristallisieren und allmählich bildet sich ein Sinn, während der Morgen kommt und das Tageslicht ins Fenster scheint. Kathrin bewegt sich. Steven berichtet ihr aufgeregt. „Heut' Nacht hat mich die Antwort gefunden."

Kathrin rollt sich auf den Rücken, legt die linke Hand über ihre geblendeten Augen, die Handfläche nach außen, „Welche Antwort? Ist es schon hell?"

Steven ist klar, dass Kathrin noch Zeit braucht, um richtig wach zu werden, „Ich gehe zum Fluss hinunter. Georg ist in Zimmer Nummer Sechs, klopf ruhig dran. Ich sehe dich dann um Acht beim Frühstück, ok?"

Steven geht ins Gastzimmer, das nach Bier und Schnaps riecht, ‚Die trinken eine Menge, sogar schon zum Frühstück.'

Georg und Kathrin zogen lieber gleich auf die fast noch zu kühle Terrasse, im Schatten des Hotels. Hinter ihnen der Fluss, vor ihnen Brötchen, Joghurt und Kaffee.

Steven stellt seine Tasse ab und fotografiert, „Hat dir Kathrin erzählt, dass ich in der Nacht eine Inspiration hatte? Ich weiß, warum Auschwitz gebaut worden ist."

Georg nimmt einen Schluck. „Bevor du anfängst, es gibt neue Information über Auschwitz. Tatsachen, die nur auf eine Lösung schließen lassen. Ich sah es vor ein paar Wochen im

Internet. Pass auf: Das riesige Werk, das den Synthetikgummi Buna herstellte, stellte nie Gummi her, benötigte aber mehr Elektrizität als ganz Berlin, die damals achtgrößte Stadt der Welt. Eigenartig, nicht wahr?"

„Ich verstehe nicht, worauf du hinaus willst?", fragte Steven.

„Es ist ganz einfach: die haben Uran angereichert, Tonnen davon. Das Rohmaterial bester Qualität kam aus dem nahen Sudetenland. Und sie hatten eine Armee von Arbeitern, die tot sein würden, bevor sie darüber sprechen konnten."

„Uran?", fragt Kathrin. „Warum?"

„Uran 238. Angereichert auf U 235, wird daraus eine Atombombe", antwortet Georg.

„Hatte Deutschland Atombomben?", will Steven wissen.

„Darüber gibt es nur unseriöse Gerüchte. Viele Forscher waren ins Exil gegangen, die Wichtigsten waren völlig unpolitisch."

„Du hast mich durcheinander gebracht. Lass mich bitte nachdenken", Steven klaut ein Butterbrötchen von Kathrins Teller, während seine beiden Freunde auf Antwort warten.

„Was mich anbelangt, so ist mein Traum beängstigend. Auschwitz war eine Fabrik, die das Rohmaterial herstellte für Vril, eine Erdenergie, die die neuen Superwaffen antreiben sollte. Die Gaskammern waren eine besondere Art, Menschen umzubringen und das, was von ihrem Leben noch übrig war, würde in ihren Zähnen konzentriert werden."

„Vril, Erdenergie, Waffen?", fragt Kathrin.

„Ja. Denk mal nach. Noch in Australien, als wir mit Rex zu den Barwang Rocks fuhren. Er sprach davon, dass dort besondere Energie gespeichert wäre, vielleicht in der alten, überschwemmten Goldmine? Ich habe über Vril gelesen, aber nie dran geglaubt. Jetzt fange ich an, mich doch dafür zu interessieren. Haben die Nazis es vielleicht gefunden und versucht, es als Energiequelle für ihre Waffen zu benutzen?"

„Zumindest wussten sie schon über Uran und Plutonium Bescheid," erwidert Georg.

„Ja, da stimme ich dir sogar zu", Steven ist plötzlich derselben Meinung..

„Ok", sagt Georg. „Doch nun zurück zu Vril. Ich habe über Vril gelesen, dass es angeblich eine Kraftquelle für Laserkanonen und fliegende Untertassen gewesen sei. Einige Nazis glaubten, daß die Erde innen hohl ist und dort eine Art Wesen lebte, welches Vril als Energiequelle benutzte."

„Also ...", meint Steven. „Sie brauchten eine Fabrik, die Gold und Quecksilber produzierte, das auf besondere Weise aufbereitet war."

Kathrin sitzt kerzengerade und ist ganz Ohr. „Ich verstehe nicht, wovon ihr redet. Aber ich habe eine Frage. Kam dir die Idee, während du den Stein benutzt hast?"

„Ja", sagt Steven, „da habe ich darüber nachgedacht. Und zwar, als ich heute Morgen dasaß und dem Fluss zusah, der vorbeirauscht. Ich glaube es ist die große Deva, der Engel von Auschwitz. Vielleicht ist diese ganze Reise von der Deva initiiert worden, sogar der Ausflug nach Barwang mit Rex. Den Traum, den ich immer wieder hatte, in welchem ich Menschen in der Gaskammer sterben sah – er hat dazu geführt, dass ich hierher kam."

„Verwirrend", kapituliert Kathrin. „Ich hoffe, dass dich dein Traum jetzt endlich in Ruhe läßt."

Georg drückt auf alle möglichen Knöpfe seiner Kamera, „Gestern habe ich die Pläne studiert, nach denen die Mordgebäude gebaut wurden und habe Fotos davon gemacht. Schau, hier ist es. Markiert mit H." Er zoomt es heran, „eine Schmelzerei für Gold aus den Zähnen. Vielleicht hast du ja Recht, Steven."

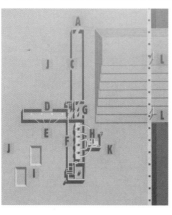
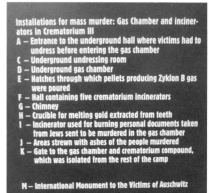

Kathrin stoppt zu essen. „Warum haben wir darüber noch nie etwas gehört? Ist es zu gefährlich?"

„Ich wüsste nicht, warum", meint Steven. „Wenn es funktioniert hätte, hätten wir sicher was davon gehört."

„Diese Sache mit den Zähnen", sagt Georg. „Ich habe da was gelesen. Ja, das ist sehr eigenartig. Ist dir bekannt, dass die alten Römer Menschen für ihren Speichel töteten?"

„Das kann doch nicht dein Ernst sein!", meint Steven.

„Doch, es war folgendermaßen: Die Sklaven waren Eigentum der Römer. Sie konnten sie sogar töten, wann immer sie wollten."

„Wirklich?", fragt Kathrin.

„Für das Herstellen von Gift haben sie einen großen, gesunden Sklaven langsam getötet. Sie folterten ihn so zu Tode, dass er verzweifelt und wütend wurde. Wenn er schließlich tot war, sammelten sie den Speichel aus seinem Mund – ein tödliches Gift, das keine Spuren hinterließ."

Steven hört nur halb hin, „Das ist ja schlimmer als das, was die Aborigines mit ihrem Bone-Pointing machen."

Zwerge betreten den Plan

„Steven fährt mit Kathrin den steilen Hügel in Richtung der deutschen Grenze hinauf, „Berchtesgaden liegt gerade auf der anderen Seite des Berges."

„Ich habe noch nie ein Salzbergwerk gesehen", meint Kathrin. „Die Wegweiser zeigen an, dass wir gleich an einem vorbeifahren werden. Ich habe darüber in der Broschüre gelesen, die ich gestern mitgenommen habe."

„Du und deine Broschüren", neckt Steven sie. „Wenn du von ‚empfohlen‘ sprichst, meinst du ja eigentlich ‚von der Werbung empfohlen‘".

„Ja", antwortet Kathrin. „Aber wir sind jetzt hier und ich wollte immer schon wissen, wie das ‚weiße Gold‘ wohl aussieht."

„Sie haben es als weißes Gold bezeichnet", meint Steven. „Es ist ja wirklich nur Salz. Nichts Tolles eigentlich."

„Aber die Höhlen müssten doch ganz toll sein", entgegnet Kathrin beharrlich. „Wir würden uns fast einen Kilometer unter die Erde bewegen und es gibt Rutschen und einen Salzsee."

„Okay", antwortet Steven. „Wir müssten bald da sein. Hier ist das Parkplatzschild."

Das Paar holt sich die Eintrittskarten und wird mit weißen Oberteilen und Hosen ausgerüstet. Sie begeben sich durch das Drehkreuz und gehen zum unteren Bahnsteig. Der Zug kommt sofort, die offenen Wagen haben grüne Sitzreihen.

Drei Minuten später ist der Zug schon einen Kilometer tief im Inneren des Berges. Es ist angenehm dort. Steven entspannt sich und nimmt Kathrins Hand. „Vril ist hier. Weißt du, dass die Erde hohl ist und sich dort unten eine ganze Zivilisation befinden soll?"

„Hier?" fragt Kathrin und ihre Stimme ist voller Zweifel.

„Vielleicht ist es grade unter diesem Seitentunnel."
„Wirklich?"
„Zumindest glaube ich an die Möglichkeit. Während der NS-Zeit glaubten Menschen daran und haben danach gesucht."
Bevor Kathrin antworten kann, stoppt der Fremdenführer den Zug und meint: „Hier ist unser erster Stop. Wir werden Ihnen nun ein kurzes Video über die Bedeutung des Salzes in der Geschichte Österreichs vorführen. Später können Sie das Wasser probieren. Es hat einen Salzgehalt von 27%."
Der Fremdenführer, der einen doppelten Hammer, das Emblem der Kumpel auf seiner grauen Jacke trägt, sieht Steven von Kopf bis Fuß an und sagt in Englisch: „Strange shoes for a salt mine", also: komische Schuhe für eine Salzmine.
„Ja", antwortet Steven. „Ich möchte die Erde unter mir fühlen".
„Haben Sie eine Kamera bei sich?", fragt der Fremdenführer. „Ich kann Sie am nächsten Halt fotografieren."

Steven hält immer noch Kathrins Hand. „Ihm muss es vorkommen, als ob wir in unseren Flitterwochen sind."
„Das sind wir doch, oder?", entgegnet ihm Kathrin und drückte Stevens Hand.
Später, nach der Reise in die Tiefe, als Steven Schwierigkeiten hat, die weißen Hosen über seine flachen Mokassins zu ziehen, meint der Fremdenführer: „Ich kann Sie zu Ihrem Auto bringen. Oder sind Sie mit dem Bus gekommen?"
Er führt das Ehepaar zu einer Bank, setzt sich zwischen sie und meint: „Entschuldigen Sie bitte, dass ich so einfach davon anfange, aber als ich Sie über Vril sprechen hörte, die hohle Erde und die Nationalsozialisten, musste ich an meinen Vater denken. Sein Bruder, das heißt mein Onkel, ist einsam und vielleicht ein bisschen verrückt…"
Der Fremdenführer beendet seinen Satz nicht, sieht das Paar an und fragt Steven: „Könnten Sie mir Ihre Kamera nochmal geben, damit ich ein Foto machen kann?"
Steven und Kathrin sehen sich an.
Kathrin meint: „Machen Sie nur und seien sie ganz locker."
Der Fremdenführer dreht sich ein wenig, sodass er sich Kathrin zuwenden kann und meint: „Sie sind Chinesin oder Japanerin, nicht Koreanerin?"
„Ich bin Chinesin, warum fragen Sie?"
„Mein Onkel mag Chinesen, das ist ein weiterer Grund, warum ich mit Ihnen sprechen möchte. Er wendet sich an Steven, „Wollen Sie meinen Onkel vielleicht mal besuchen? Er spricht gern über Vril. Sein Englisch ist recht gut und er hatte eine chinesische Freundin, die jedoch getötet wurde. Seitdem möchte er über Vril sprechen, das ist das Einzige, was ihn interessiert."
Steven beobachtet eine Touristengruppe, die mit Fahrscheinen in der Hand vorbeimarschiert. Es scheinen Russen zu sein.
„Sie haben Recht, ich interessiere mich für Vril. Aber warum ist es von Bedeutung, dass Kathrin Chinesin ist?"

Der Fremdenführer spürt, dass er fast erreicht hat, was er will, „Er hat es mit chinesischen Frauen. Machen Sie sich keine Sorgen, es wird keine Probleme geben. Sie können ihn am Bahnhof treffen. Er weiß wirklich eine Menge über Vril. Mein Großvater hat für die Deutschen gearbeitet, was Vril betraf und mein Onkel ging mit ihm nach dem Krieg nach Amerika. Nachdem die Liebe seines Lebens umgekommen war, kam er zurück. Nun lebt er in Bad Aussee. Sein Leben ist eintönig und ereignislos. Wenn Sie ihn anhören würden, so würde es sowohl für ihn als auch für Sie hilfreich sein."

Kathrin, „Wie ist denn seine Frau ums Leben gekommen?"

„Ach, es war ein Autounfall", antwortet der Fremdenführer.

Steven und Kathrin sehen sich an und bemerken, dass sie gleich empfinden. Steven fragt: „Wer sind Sie eigentlich? Ihr Name würde uns nur bedingt helfen, aber erzählen Sie uns von sich. Und Sie wissen ja auch nicht, wer wir sind?"

„Das macht nichts", meint der Mann. „Ich heiße Ludwig von Reichmann und mein Onkel heißt Wilhelm, er ist 73 und lebt allein. Er mag Züge, also treffen Sie ihn doch bitte am Bahnhof. Der wäre in der Nähe, er…"

Steven unterbricht Ludwig. „Wie viele Leute haben Sie denn schon zu ihm geschickt?"

„Ich habe sie nicht gezählt. Es ist Ihr Abenteuer, eine Gelegenheit möglicherweise. Der letzte kam vor drei Monaten und war ein Engländer wie Sie."

„Hatte er auch Interesse an Vril?"

„Er interessierte sich für fliegende Untertassen und erkundigte sich nach den Höhlen".

„Gibt es eine Verbindung zwischen Vril und fliegenden Untertassen?"

„Wussten Sie denn nicht, dass diese Kraft sie antreibt?"

„Ich glaube, ich weiß weniger über Vril, als Sie glauben", gibt Steven zu. „Mein Interesse kommt von etwas, das ich in

Auschwitz erlebte. Ich glaube, das Lager… aber erzählen Sie mehr über Ihren Onkel, vielleicht kann er die Dinge erklären. Es könnte wichtig sein, darüber Bescheid zu wissen. Aber fliegende Untertassen, das ist doch ein Witz!"

„Nein. Ich werde Ihnen Wilhelms Handynummer geben. Treffen Sie ihn am Bahnhof. Er mag es wenn die großen elektrischen Motoren ihren Gesang anstimmen, wenn der Zug losfährt."

„Wo ist denn Bad Aussee? Ist es weit von hier?"

„Ja, etwas über eine Stunde."

„Wir könnten hinfahren", meint Steven und zu Kathrin: „„Ist das okay für dich?"

„Ja. Wir können dort eine Kleinigkeit essen und Ludwig kann seinem Onkel Bescheid sagen, dass wir kommen."

„Ich glaube, ihr werdet zwischen 13 und 14 Uhr dort sein", meint Ludwig. „Ich werde ihn jetzt anrufen". Er holt ein altmodisches Handy aus seiner Hemdtasche, wählt eine Nummer und wartet. „Ich hab´ da jemanden, der dich treffen möchte, mit einer Chinesin. Sie ist klein und fesch, nein, nicht jung. Ich glaube, das wird dir gefallen. Er ist Engländer. Er hat lange Haare. Hat über Vril gesprochen und ich hab ihm von den fliegenden Untertassen erzählt. Tut mir leid! Ich schick ihn dir zur Bahn um halb zwei, wo du immer bist."

Steven übersetzt schnell für Kathrin. „Er hat gesagt, du bist hübsch, dass ich mich für Vril interessiere und dass ich Engländer sei. Er meinte, ein Uhr dreißig wäre eine gute Zeit, um Wilhelm am Bahnhof zu treffen.

Ludwig steckt sein Handy weg und sagt zu Kathrin: „Wilhelm freut sich darauf, euch zu sehen. Er ist wirklich nett. Er wird am Bahnsteig sein. Schwarzer Hut, Brille und kurzer Bart, er mag es sehr, fotografiert zu werden. Er wird sich freuen, sich mit euch unterhalten zu können."

Ludwig steht von der Bank auf, „Er ist ein bisschen komisch. Aber er ist sehr intelligent und niemand hört ihm zu, also fühlt er sich sehr einsam. Ihr werdet einen schönen Tag haben in Bad Aussee. Es ist billig und kaum touristisch."

„Falls wir den Onkel nicht ausstehen können, sollten wir also immer noch eine gute Zeit dort haben?" fragt Kathrin. „Und er mag wirklich Chinesen?"

„Ja, bitte fahrt hin."

Kathrin nickt einverstanden. Steven bietet Ludwig die Hand, der sie sanft schüttelt. „Die Fahrt ist kurzweilig – grüßt ihn von mir!"

Wilhelm ist so, wie Ludwig ihn beschrieben hat: schwarzer Hut, Brille und weißer Bart. Er steht neben einer typischen österreichischen roten Elektroloks.

Steven hat die Kamera mit ausgefahrener Linse bereit. „Ich bin Steven. Ihr Neffe hat mich hergeschickt. Ich würde Sie hier finden. Darf ich Sie fotografieren?"

„Selbstverständlich", grüßt Wilhelm prompt.

„Ihr Neffe hat ihr Alter mit 73 angegeben, aber sie wirken doch viel jünger."

„Ich lebe allein und benutze Vril, um jung zu bleiben."

Steven, „Ich hatte einen Traum über die Nazis. Darf ich das Wort hier benutzen?"

Wilhelm ist ungezwungen, „Aber natürlich. Es ist kein Geheimnis, dass mein Vater für sie arbeitete, bevor er nach Amerika ging. Ich schäme mich nicht. Es ist sogar gut, darüber zu sprechen. Bitte fotografieren Sie mich und erzählen Sie der Welt von mir."

„Was machte Ihr Vater?"

„Die kleine Chinesin, mit dem langen Haar…", sagt Wilhelm mit ziemlicher Aufregung in der Stimme, als er Kathrin erblickt, die aus der Bahnhofstür kommt, „Ist sie Ihre Frau? Bitte lass es wahr sein."

„Ja", sagt Steven.

„Stellen Sie mich vor, bitte!"

Mit Postkarten in ihrer linken Hand geht Kathrin auf die beiden Männer zu, „Ich fand diese ganz gut, was denkt ihr?" Steven sieht sie an. „Darf ich dir Wilhelm von Reichmann vorstellen? Er ist Ludwigs Onkel, du weißt schon, der Fremdenführer im Salzstollen."

Wilhelm scheint sich ein wenig größer zu machen, „So ist es." „Das ist meine Frau Kathrin Guth aus Singapur."

„Darf ich Ihre Hand küssen?"

Kathrin sieht Steven verwirrt an, der beruhigt sie, „Selbst mein Vater machte so etwas. Es ist die alte österreichische Art, ein Händedruck zwischen Mann und Frau."

Kathrin hält ihre rechte Hand hin. Wilhelm nimmt sie sanft in die seine, verbeugt sich steif aus der Taille her und küsst ihren Handrücken.

„Nun seid ihr formell miteinander bekannt gemacht worden und dürft euch duzen. „

Wilhelm hält immer noch Kathrins Hand. Er hat einen verträumten Gesichtsausdruck.

Steven versucht abzulenken, „Wollen wir uns nicht da drüben auf die Bank setzen und über Vril sprechen? Kathrin kann uns dabei fotografieren."

„Aber natürlich", meint Wilhelm, er geht ungelenk, ein fast mechanischer Gang und setzt sich.

„Vril. - Nein, ich wollte fragen, was tat dein Vater für das Regime?"

Wilhelm, überlegt seine Worte, „Ich bin der Meinung, dass jeder wusste, dass er Vril-Untersuchungen für die Abwehr machte."

„Die Abwehr?"

„Die Männer, die Himmler anwies, die Geheimnisse der Welt zu ergründen."

Steven wird unsicher, „Erzähl mir mehr drüber."

„Die Geheimnisse, aufgrund derer man mit Waffen die Welt erobern könnte."

Wilhelm hat kein Interesse mehr an Steven und starrt Kathrin an, die mit ihrer Digitalkamera Fotos macht. Er sagt: „Sie ist so klein wie meine Lao Shu, aber sie hat graue Haare."

Um Wilhelms Interesse wieder auf sich zu lenken, meint Steven lauter: „Hast du wirklich gerade von Waffen gesprochen, die die Welt erobern könnten?"

Wilhelm dreht sich zu Steven, „Das habe ich wohl gemeint."

„Hat dein Vater Vril-Waffen gebaut?"

Es entsteht eine Pause, „Er baute einen Vril-Akkumulator."

Steven perplex, „War es eine fliegende Untertasse?"

„Aber ja", meint Wilhelm und seine Augen nehmen jede Bewegung Kathrins wahr, während sie Fotos macht.

Es pfeift schrill. Wilhelm springt begeistert auf und rennt auf die große rote Lokomotive zu. Als sie anfängt zu rollen, steht Wilhelm still, hält den Kopf gesenkt und lauscht dem eigenartigen, vogelähnlichen Gesang der Maschine, die langsam anfährt, den Mund weit offen.

Steven beobachtet sein eigenartiges Benehmen und murmelt zu Kathrin: „Vielleicht ist er tatsächlich ein bisschen verrückt."

Wilhelm kehrt zurück zur Bank, wiederholt die Töne der Lokomotive: „c – d – e -f# – g# – a# – c", seine Augen scheinen nach innen in die Vergangenheit gerichtet. „Ja, so klangen die unteren Flugkreisel beim Start damals". Er setzt sich wieder und sieht Kathrin an, die die Kamera in beiden Händen hält.

Steven ist etwas genervt, „Kathrin, genug der Fotos, geh mal und kaufe ein paar Postkarten, bitte."

Nachdem Kathrin fort ist, bringt Wilhelm sich wieder in die Realität zurück, sieht Steven in die Augen, „Vril, ja, der Krüger-Akkumulator, der Kreiselflieger und die Zeit, ja es ist alles wahr. Mein Vater hat sie hergestellt und ich habe geholfen. Du musst es der Welt mitteilen."

Stevens Kopf scheint gleich zu platzen, „Bitte, lass uns das eins nach dem anderen durchgehen. Darf ich dich was fragen?"

„Selbstverständlich"

„Was verstehst du unter Vril?"

Wilhelm sieht Steven tief in die Augen. „Energie aus der Erde. Sie ist hohl und vieles da unten lebt aufgrund von Vril. Der Akkumulator machte es wahr. Genauso wie Fotozellen die Sonnenenergie möglich machen."

„Photovoltaik. Das verstehe ich. Nun sagst du, dass die Erde hohl ist. Sind sie da mit fliegenden Untertassen hinab gereist?"

„Mit Kreiselfliegern, der Akkumulator kam vom Aldebaran."

„Was?"

„Wo?", fragt Wilhelm zurück.

Steven schaut Wilhelm scharf an, „Aldebaran?"

Wilhelm wirkt erschrocken, aber mit neutraler Stimme, „Aldebaran, Sigrid, Brunhilde, Oršic, sie haben uns mit den Sumi verbunden. Es waren ihre Stimmen, die uns sagten, wie wir Raum und Zeit an einem Punkt vereinen konnten. Sie meinten, kommt und besucht uns."

Steven hat ein ungutes Gefühl, „Aldebaran?"

Wilhelm sieht Steven an, als ob er eben etwas ganz Tolles gesagt hätte, „Die Sumi leben dort, es ist die Sonne im Auge von Taurus, dem Stier."

Steven blickt Wilhelm verwirrt an, denkt einen Augenblick nach und sagt mehr zu sich selbst, „Die Blauen Berge, Himmelswesen, Weisheit – eine Botschaft von einem Stern – vielleicht ist das alles das Gleiche."

Wilhelm nimmt seinen Hut ab und sagt nichts.

„Brunhilde, Oršic", meint Steven. „Waren sie Medien, die zu den Himmelswesen sprachen?"

Wilhelm schaut weiter auf seinen Hut und meint: „Medien? Die Sumi waren unsere Freunde, sie zeigten uns, wie man den Akkumulator macht."

Steven fasst Wilhelm ans Knie und als Wilhelm ihn ansieht, meint er, „Und dein Vater?"

„Natürlich, mein Vater, der Herr Professor aus Berlin. Ein Ingenieur, sein Hobby die Alchemie aus dem Mittelalter. Er stellte den Krüger-Akkumulator für die Abwehr her."

„Hatte dein Vater Erfolg damit?"

„Natürlich."

„Ja, aber…"

„Ja, der Krüger-Akkumulator funktionierte. Das Problem war den Raum unter Kontrolle zu bringen. Doch er ließ sich einfach bedienen. Besser als andere Akkumulatoren, beziehungsweise Kreiseltypen, eins, drei, neun."

Steven versucht zu raten und meint mit fester Stimme: „Erzähl mir was über den Kreisel Typ Neun."

„Der großen Kreisel… Er begann als eine Glocke und ich sah ihn, als er in Roswell kaputt ging."

„Wie war das genau?"

„Was?"

Steven ist erneut der Verzweiflung nahe, „Konnte er im Weltraum fliegen? Wie schnell? Wie hat der Motor funktioniert?"

„Motor?"

Steven fragt mit fester Stimme: "Wie hat der Motor des Kreisels Typ Neun funktioniert?"

Wilhelm spricht schnell, ohne nachzudenken, mit tonloser Stimme: „Zwei zentrifugenartige Scheiben, die in die gegensätzliche Richtung gingen. Im Zentrum betrieben von aktivem Radiumgas, Druck, Drehfeld zwischen Umdrehungen erzeugte Wirbel von unter null. Neutronen verbreiteten sich überall hin. Es tötet schnell, riesige Kraftstoffmengen waren notwendig. Die Glocke brauchte Elektrizität. Der Haunebu Kreisel hatte 12 Motoren. Ich sah einen in Roswell krepieren. Vater war dabei und Dr. Werner. Neutronen überall, es war sehr gefährlich, viele sind daran gestorben. Vater war zufrieden."

„Ich sollte mir Notizen machen." Steven sucht in seinem Kathmandu-Beutel nach Papier.

„Wieso? Du erzählst es einfach der ganzen Welt."

Steven notiert eilig. Wilhelm sackt auf der Bank zusammen und schaut wieder in seinen Hut. Er dreht ihn unablässig zwischen den Händen und macht die gleichen eigenartigen Geräusche, die für Stevens unmusikalische Ohren wie der singende Ton der österreichischen Eisenbahn klingen.

Steven ist mit dem Schreiben fertig. Wilhelm setzt den Hut wieder auf und sieht Steven an. Er redet jetzt schnell und zittrig, „Sie haben Lao Shu umgebracht und das macht mich so wütend, dass ich nicht denken kann."

Steven ist verwirrt und neugierig. „Warum haben sie nicht dich umgebracht? Warum lassen sie dich mit mir sprechen?"

Wilhelm blickt Steven weiter fest an, „Meistens kann ich noch denken. Ich glaube, ich lebe weiter, damit sie mich hypnotisieren können, um weitere Informationen zu kriegen, wenn sie sie brauchen. Frag mich, ich weiß die Antwort. Ich besitze Wissen, kann es aber nicht abrufen. Hast du noch eine Frage?"

„Warum lassen sie dich hier leben und mit mir sprechen?"

Wilhelm ist noch konzentriert, „Ich spreche mit Leuten. Es interessiert sie nicht. Ich bin oft verwirrt und mein Wissen ist schwer zu verstehen. Du musst es der Welt beibringen."

„Werden sie mich dann wie Lao Su umbringen?"
„Nein. Sie war eine chinesische Agentin. Seid ihr beide auch Agenten?"
„Natürlich nicht. Wir sind auch nur verwirrte Menschen, die versuchen, die Welt zu begreifen."
„Was war die Frage nochmal?"
Steven hält inne, denkt nach, „Meine Frage kann warten. Es ist eine fundamentale Frage und du weißt wahrscheinlich keine Antwort drauf. Wollen wir zu Mittag essen? Es ist spät und ich bin hungrig. Kann ich dich irgendwohin fahren?"

Der Koch und zugleich Kirchenaufseher lächelt Wilhelm von der Küche aus an. Er ist gut gebaut. Eine Frau, offensichtlich seine eigene, begrüßt Wilhelm wie einen alten Freund.

Es riecht nach Bratöl und Wein. Auf dem Tisch stehen verwelkte Blumen.

Kathrin fragt: „Warum hast du uns hierher gebracht?"
Wilhelm zeigt auf den Bildschirm, der einen Meter breit ist und sagt nur zwei Worte, „Europäischer Fußball."
Wilhelm sitzt auf der breiten Bank und sieht auf den Fernseher. Kathrin sitzt rechts von ihm. Steven ihm gegenüber. Wilhelm fragt, ob es so recht sei. „Bitte sagt was, habt ihr noch eine Frage?"
„Ich frage mich… warum Hitler…"
Die Kellnerin kommt an den Tisch, Steven unterbricht.
Sie trägt kleine Ohrringe und eine dünne Goldkette um den Hals, die in ihrem Ausschnitt verschwindet. Ihr Kleid hat blaue Tupfen. ‚Da Ihr Restaurant ‚Kirchenwirt heißt', denkt Steven,

‚muss es ja wohl ein Kreuz sein, was da in ihrem Ausschnitt verschwunden ist.'

„Was möchten Sie trinken?"

„Ein Mineralwasser, Früchtetee und Glühwein bitte."

Die Kellnerin lässt die Karte zurück.

Steven erneut, „Ich frage mich, warum Hitler nie aufgegeben hat. Meine Frage ist, ob es die Supervrilwaffe war, die dein Vater erfunden hatte, auf die er wartete?"

„Meinst du die Maschine, die ihn in die Zukunft bringen konnte?"

„Was war das jetzt? Ich habe mich nach der Supervrilwaffe deines Vaters erkundigt."

Wilhelm schaut Steven an und meint: „Waffen sind ein Geheimnis. Ich glaube, Hitler wollte sie benutzen."

„Was für Waffen, etwa Atomwaffen?"

„Atom, Radium, eine Bombe… Ich weiß es nicht… Vater…", seine Augen sind auf Kathrin gerichtet.

Steven merkt, dass Wilhelm ihm gar nicht zuhört und er fragt behutsam, „Wie funktionierte der Kreisel deines Vaters?"

Wilhelm wendet mühevoll den Blick von Kathrin ab, „Hast du was gesagt, Steven?"

Steven wiederholt die Frage.

Wilhelm, „Ich erinnere mich daran. Der Krüger-Akkumulator. Ja, mit dem Krüger ging es."

Steven, nun hoffnungsvoll, „Und wie funktionierte der?"

„Er sammelte Vril an".

„Aber wie?"

„Quecksilber."

Wilhelm hält inne und fährt dann fort. „Es wurde erhitzt, ein Vakuum entstand. Statische Elektrizität, erst ein wenig, dann immer mehr. Der Ball hebt ab und verändert sich. Die Erde ist hohl, Vril kommt heraus und in den Ball hinein. Du musst es der Welt mitteilen."

„Quecksilber", wiederholt ihn Steven und versucht, seine Erregung zu verbergen. „Gold auch?"

„Ja, ja", sagt Wilhelm. „Ich glaube du hast Recht. Warum ist es wichtig?"

Die Kellnerin kommt mit einem Tablett voller Drinks zurück. Ihr Gesicht ist nicht hübsch, aber sie hat eine gute Figur. Sie strahlt österreichischen Humor aus.

Wilhelm trinkt einen großen Schluck Glühwein, schaut zu Kathrin. Er starrt sie direkt an.

Die Kellnerin nimmt die Bestellung auf, schreibt sie auf das lange Notizbuch, das in österreichischen Gaststätten verwendet wird.

Kathrin, die sich aufgrund Wilhelms Blickes nicht wohlfühlt, meint: „Ich geh mal auf die Toilette."

Wilhelm trinkt erneut, reißt sich zusammen, fixiert Steven.

Steven fragt nochmals sanft, „Krüger-Akkumulatoren haben also Quecksilber und Gold zum Antrieb benutzt?"

Wilhelm, nun voller warmem Wein, meint: „Das ist die richtige Frage. Quecksilber, Gold und Elektrizität. Alle Akkumulatoren verbrauchten besonderes Quecksilber und Gold. Es war das Geheimnis, das mein Vater in seinem Studium der Alchemie entdeckte." Steven ist klar, dass man die nächste Frage vorsichtig stellen musste. „Und wo kamen das Quecksilber und das Gold denn her?"

Wilhelm hat einen leeren Blick in den Augen, „Die SS soll es zur Verfügung gestellt haben. Mein Vater behauptete, dass es aus Großdeutschland kam."

„Wo wurde es hergestellt?", fragt Steven.

„Es ist schwer sich daran zu erinnern. Lass mich nachdenken. Es war eine Fabrik mit jüdischen Zwangsarbeitern. Er lachte, wenn er diese Geschichte erzählte. Er erzählte sie immer wieder. Die Juden stellten selber das her, was alle Juden auf der Welt zerstören sollte. Er fand das sehr lustig."

„Weißt du, wie es gemacht wurde?"

Wilhelm schaut zur Toilettentür, hinter der Kathrin verschwunden ist und sagt nichts.

Steven wiederholt die Frage laut in Wilhelms Ohr.

„Nein, nein", antwortet Wilhelm. Er bewegt sein rechtes Bein, als ob er unbequem säße. „Mein Vater sagte nie, dass… Lass mich nachdenken, ja es war in gläsernen Kugeln, die waren wie Murmeln. Rund, innen waren das Quecksilber und das Gold. Ich habe sie gefunden. Er war ärgerlich, schlug mich deshalb."

Kathrin kommt zögernd zurück. Wilhelms Augen folgen ihren Schritten. Sie setzt sich neben ihn. Er starrt sie weiter an.

Kathrin zu Steven, „Es wird immer später. Wo werden wir heute Nacht bleiben?"

„Deine Stimme…", meint Wilhelm. "Was war die Frage?"

„Wo werden wir heute übernachten?", Kathrin schaut Wilhelm dabei nicht an.

„In meiner Pension sind immer Zimmer frei."

Die Kellnerin kommt wieder und fragt hochdeutsch: „Möchten Sie Bohnen zu Ihrem gemischten Salat? Und welche Sauce, Mayo oder mit Öl und Essig?"

Steven wählt Essig und Öl. Als sie wieder weg ist, „Fliegende Untertassen - erzähl mir was darüber."

Ein Ausdruck von Schmerz liegt auf Wilhelms Gesicht. „Diese Worte, da fängt mein rechtes Bein an zu schmerzen. Ich kann UFO nicht in meinem Gehirn finden. Was bedeutet es? Ich kenne das deutsche Wort Flugkreisel. War es mein Vater, der es so genannt hatte? Ja, andere Leute, er und seine Freunde haben darüber gesprochen. Ich kann mich nicht erinnern. Mein Bein tut mir weh und es ist nur Leere in meinem Kopf, wenn ich über dieses Wort nachdenke."

Steven und Kathrin schauen sich an. Steven erklärt der verwirrten Kathrin, „Wilhelm hat mir am Bahnhof erzählt, dass sie ihn verrückt gemacht haben, sodass er nichts erzählen würde. Vielleicht ist UFO eines dieser Worte."

Wilhelm sitzt da und starrt Kathrin an. Sie, „Wieso, wer?"
„Er hat es nicht gesagt", gibt Steven zurück. „Aber er hat erwähnt, dass sie ihn am Leben erhielten, um ihn zu hypnotisieren und mehr Information aus ihm herauszupressen, wenn sie sie brauchten. Ich glaube, er wurde so indoktriniert, dass er über manches nicht sprechen kann."
„Aber er hat doch gerade deine Fragen beantwortet."
„Vielleicht hat der warme Wein geholfen", meint Steven.
„Und er wusste nicht, was mit ihm passiert war. Ich glaube ja, dass hypnotische Progamme nach einiger Zeit nachlassen. Der Tod von Lao Shu war wohl ein tiefer Schock. Indem er dich und Lao Shu als ein und dieselbe Person sieht, kommt seine Erinnerung zurück."
Wilhelm starrt weiter auf Kathrin, bemerkt nicht, dass über ihn gesprochen wird.
„Hier kommt das Essen."
Wilhelm sitzt vor einem Teller Pfannkuchensuppe. Steven und Kathrin haben verklebte Nudeln mit Butterpilzen. Ein großer Teller voll gemischtem Salat mit Öl und Essig wird in die Mitte des Tisches gestellt.

Österreichs Morgenlicht voll hellem Grün, fließt in den Frühstücksraum des „Dachstein". Auf dem Tisch stehen Brötchen, Butter, Marmelade und Eier. Dünner Kaffee ist in einer Glaskanne auf dem Bastuntersetzer platziert.

Wilhelms Teller mit Pflaumenmarmeladeresten, das Ei aufgegessen, ein Buttermesser.

Kathrin setzt sich Wilhelm gegenüber, „Ich hatte eine gute Nacht. Danke, dass du uns hierher eingeladen hast." Sie nimmt ein Brötchen, „Die sind sogar noch warm."

Steven schlägt sein Ei auf und meint: „Ist hier sonst gar niemand? Es scheint keine anderen Gäste zu geben."

Wilhelm schaut Kathrin zu, während sie sich Marmelade auf ihr Brötchen schmiert. „Du hast kleine Hände, Lao Shu hatte lange Finger. Frag mich ruhig was."

Steven ist damit beschäftigt, sein Ei zu essen. Kathrin sieht ihn an und versteht, dass sie nun die Unterhaltung fortsetzen soll. „Erzähl mir von deinem Vater. Wann ist er gestorben?"

Wilhelm ohne nachzudenken, „Am 3.12.1967 in St. Vincent's auf Long Island. Er war 81. Er starb an Herzversagen nach einer Lungenentzündung. Gott sei seiner Seele gnädig."

Steven sieht eine Chance: „Hast du mit ihm gearbeitet?"

Wilhelm, schnell, als ob er sich vorbereitet hätte. „Ja, zwölf Jahre lang. Ich war achtzehn, als ich anfing, 1953."

„Was hast du gemacht, Wilhelm?", fragt Kathrin.

„Ich kann mich nicht erinnern."

Steven sagt frustriert zu Kathrin, „Du hast Recht, der Stein könnte Wilhelm helfen, den Kopf wieder in Ordnung zu bringen."

Kathrin schaut Wilhelm zu der sich Kaffee einschenkt und mit der anderen Hand gleichzeitig Zucker dazurührt. „Aber wie hoch ist das Risiko? Du meintest doch, dass es unter Umständen…" sie stoppt.

Steven sicherer, „Wir haben das letzte Nacht besprochen. Es ist in Ordnung!"

Kathrin, „Ich glaube, na ja, es wird schon gut gehen. Du hast Recht. Es wird Wilhelm helfen, sich an die Vergangenheit zu erinnern."

Wilhelm starrt auf Kathrins Hände, als sie ihr Ei köpft.

Steven, „Ich werde ihn in meinen Beutel stecken und wir gehen spazieren. Ich treffe dich draußen."

Wilhelm trinkt seinen süßen Kaffee, starrt weiter Kathrin an, und sagt „Du meinst, du kannst die Zeit mit den Händen brechen?"

„Hier ist es schön!", Kathrin ist froh, dass sie hergekommen sind. Wilhelm und Steven sitzen auf einer Bank nahe der Straße, Kathrin hält die Kamera bereit.

Steven hat die Dose auf seinem Schoß, „Ich werde dir helfen, dich an die Vergangenheit zu erinnern, verstehst du? Nein, du bist nicht senil, wie die Besitzerin der Gaststätte meinte. Ich glaube, du hast Recht, mit dem, was du gestern gesagt hast. Du bist hypnotisiert worden, um zu vergessen."

Er nimmt den Stein aus der Dose, lässt ihn aber eingepackt. Die Sonne hat sich verzogen. Wolken hängen seitlich der steilen Hügel.

„Hier, halte ihn mal", Steven gibt den Stein in seiner Verpackung an Wilhelm.

Für ihn werden Gegenwart und Vergangenheit eins. Pferde, eine Kuhglocke, eine erdige Straße, keine Autos. Die jüngere Vergangenheit. Steven macht eine Anstrengung, um sich wieder in die Gegenwart zu begeben. „Wilhelm, gestern hast du mit mir über Murmeln mit Gold und Quecksilber darin gesprochen. Erzähl mir, wie es war, als dich dein Vater mit ihnen fand."

Wilhelm wippt und berührt den Boden mit seinem rechten Fuß. Sein Körper ist völlig verspannt, voller Ärger. „Er haut mich in den Magen. Ich kann nicht atmen. Was ich höre, ist ‚Fass nie wieder die schwarzen Kugeln an, sie bedeuten den Tod für die Juden.'"

„Schwarze Kugeln? Juden?"
Wilhelm scheint ihn kaum zu hören, „Was ist das, ein UFO? Fliegende Untertassen? Mein Fuß schmerzt, ich kann nicht darüber sprechen, aua. Ja, mein Vater kann es nicht verstehen, er ist ärgerlich, er schreit ‚Idiot, du Esel, was weißt du schon? Man kann nicht zwischen Leben und Tod hin- und her wandern, das ist unmöglich!' Ich versuche zurückzuschreien, habe aber keinen Atem mehr. ‚Es ist wahr, ich arbeite an der Maschine. Sie geht vom Leben zum Tod und kommt ins Leben zurück.' ‚Unmöglich!' schreit er, meine Ohren schmerzen, ‚unmölich, so eine Maschine kann doch nicht kämpfen, sie ist zwecklos.' Er schlägt mich wieder, ich schlage…"

Steven, schockiert von dem Ausbruch, „Ich nehme den Stein wieder zurück, vielen Dank", windet ihn aus Wilhelms Hand heraus.

Wilhelm schreit, legt seine Hände um den Kopf und fällt vornüber.

„Kathrin, schnell, sag seinen Namen, berühre ihn am Kopf."

„Wilhelm, ich bin Lao Shu, komm her", Kathrin klingt zärtlich. Er steht sofort auf und marschiert zurück, ohne einen Laut von sich zu geben. Kathrin folgt ihm.

Steven verstaut die Büchse wieder in seinem Beutel und kommt nach. Wilhelm beginnt zu laufen.

Steven, „Nein, wir werden ihm nicht nachlaufen. Geh' normal weiter, wer weiß, wer uns beobachtet."

Wilhelm verschwindet in der Pension. Eine Minute später erscheinen Steven und Kathrin. Die Besitzerin steht am Eingang, „Er ist auf sein Zimmer gegangen. Das passiert manchmal. Er hat das Bild einer Frau in seinem Zimmer. Er nimmt es mit ins Bett und wird dadurch ruhiger. Er braucht Zeit, dann kommt sein Neffe. Ich werde ihn rufen. Sind sie bereit zu gehen? Die Rechnung macht 35 Euro fürs Zimmer und 10 für das Frühstück. Wo gehen Sie als nächstes hin?"

Das Auto genießt die Serpentinenstraße. Nadelbäume hängen darüber und suchen nach Raum. „Da ist Hallstatt, gerade auf der anderen Seite des Sees", sagt Steven, als sich der Weg auf der rechten Seite des Autos lichtet.

„Das war ja beängstigend", meint Kathrin.

„Und wie! Ich frage mich, ob das alles ein Trick war."

„Und von wem?"

„Vielleicht haben wir bald die Polizei hinter uns."

„Aber weshalb?"

„Du hast vollkommen Recht", antwortet Steven. „Aber die Besitzerin der Pension wird dafür wahrscheinlich gut bezahlt, dass sie Wilhelm beobachtet."

„Ich nehme an, er ist normalerweise okay. Warum hat er das mit uns gemacht?"

„Mir ist grade was Eigenartiges eingefallen!", sagt Steven. „Wilhelm Reich, ich erinnere mich jetzt an den Namen. Er war ein deutscher Jude, welcher geflohen ist. Ein Wissenschaftler, der mit Vril gearbeitet hat, er nannte es Orgon. Er führte Experimente durch, indem er Vril sammelte, es in eine Schachtel gab und Radioaktivität hinzufügte. Das FBI hat ihn gefunden und geschnappt. Vielleicht war er den fliegenden Untertassen auf der Spur."

„Und dann?"

Steven hält einen Augenblick inne, „Diese beiden Namen...

‚von Reichmann' und ‚Wilhelm'. Entweder jemand, oder etwas, hat einen Sinn für Humor."

„Beängstigend, was?", fragt Kathrin.

Steven fährt weiter. Der Wagen hüpft über die Zuggleise. „Aber du weißt, die Beobachter von Wilhelm wissen nichts über den Stein. Für sie sind wir einfach ein paar Leute, die der Neffe geschickt hat, um den verrückten Ex-Amerikaner zu treffen."

„Und sie wissen nicht, dass Wilhelm geredet hat?", will Kathrin wissen.

„Es sei denn, sie haben ihn abgehört".

Checkpoint Braunau

„Warum sind wir hier?", fragt Kathrin.

Steven ist frustriert, „Das Navigationsgerät liebt Abkürzungen, die über 200 Jahre alte Straßen verlaufen und schließlich als Einbahnstraßen enden."

„Mir ist das schon bekannt. Aber warum willst du dann gerade hierher kommen? War es eine spontane Entscheidung oder überhaupt keine Entscheidung?"

„Vielleicht beides", sagt Steven. „Ich habe mich immer gefragt, was das Beste wäre, das ich tun könnte und dann hat das Navi die Entscheidung getroffen. Geburtsorte sind sehr wichtig, wie du weißt. Und vielleicht ist es am besten, die Dinge in der richtigen Reihenfolge zu tun."

Kathrin sagt nichts und Steven steuert weiter die sich eng windende Straße am Mondsee entlang.

Ein entgegenkommender Lastwagen drängt sie fast von der Straße ab. Kathrin tut unbeeindruckt, „Dieses Treffen mit Wilhelm machte mir Angst. War er nur verrückt oder hat sein Neffe im Salzbergwerk versucht, uns zu einem bestimmten Zweck zusammenzubringen? Nichts ergibt einen Sinn."

„Schau Kathrin, wir sind einfach müde. Ich werde auf diesem Parkplatz umdrehen und zurück in Richtung Pension fahren, an der wir gerade vorbeigekommen sind. Ich glaube, wir brauchen was zu essen."

Steven nimmt Butterpilze mit Rahmsauce und einem Brotknödel, Kathrin Fisch, dazu Mineralwasser und Tee.

Ein Kastanienbaum breitet seine Zweige über ihnen aus und der See leuchtet durch sie hindurch. Allerdings stört der vorbeirauschende Verkehr die Idylle.

Entspannt, mit vollem Bauch meint Steven, „Wilhelm finde ich auch eigenartig. Ob ihm die Besitzerin mitgeteilt hat, wo wir sind und ob er uns folgen wird. Leider ist Georgs Auto ziemlich auffällig, fürchte ich…"

„Mach dir keine Sorgen, es hat keinen Sinn. Mach einfach, was du zu tun hast und ich helfe dir. Jedenfalls versuche ich das."

„Ja, du bist wunderbar. Das Schlimmste ist, dass ich fahren und auch alle Gespräche führen muss."

„Glücklicherweise hast du was Autos betrifft, den gleichen Geschmack wie Georg. Wenn wir in China wären, wäre das meine Aufgabe, aber hier natürlich nicht."

„Diese ganze Vril-Sache stört mich genauso. Wie kann man nur begreifen, dass Millionen aufgrund von der Energie ihrer Seelen getötet wurden?"

Kathrin fügt dazu: „Wie kann man nur das Gold und Silber aus den Zähnen der Menschen benutzen?"

„Nein, es war Gold und Quecksilber."

„Und diese Klumpen von Asche? Wilhelm sagte es, bevor er dich anfasste. Wenigstens ist mir das Foto gelungen."

„Ich glaube, das hat Sinn. Vielleicht waren sie ein tödliches Gift. Erinnerst du dich an das Buch ‚Die heilige Lanze', von Ravenscroft, von dem ich dir im Flugzeug erzählte?"

„Ja, es war wichtig für dich, weil es das Unmögliche möglich machte. Ich kann mich erinnern, dass du von Büchern gesprochen hast."

„Im letzten Kapitel beschrieb Ravenscroft, dass die potenzierte Asche toter Juden dazu verwendet wurde, die in Europa noch übrigen Juden in panische Angst zu versetzen."

„Hat das funktioniert?"

„Warum sollte es nicht? Er beschrieb, wie Steiner es mit Kaninchen versuchte und da funktionierte es. Die Nazis mussten das gewusst haben. Und sie hätten es wohl von den Römern gelernt."

„Die Römer waren Experten, wenn es ums Töten ging. Wir wissen ja, wie ähnlich die den Römern waren. Wilhelms Vater war wohl in mittelalterlicher Alchemie bewandert. Ich wette, dass sie Spezialisten für römische Kultur anstellten, um ihnen zu zeigen, wie man tötet."

„Was haben die Römer gemacht?"

„Angeblich nahmen sie ja den Speichel eines totgefolterten Sklaven als tödliches Gift. Vielleicht war es ein Fehler auf der Webseite, aber ich glaube eher nicht."

Steven ruft, „Die Rechnung bitte!" Die Kellnerin erscheint mit ihrer Geldtasche. Steven gibt ein nettes Trinkgeld.

Kathrin, „Ich muss mich ausruhen, ich fühle mich ausgelaugt. Mach langsam, entspann dich und lass uns einfach noch ein bisschen hier sitzen. Was erhoffst du dir in Braunau? Hoffentlich nicht noch so einen Wilhelm."

„Es ist einfach, falls wir uns nicht verfahren. Wir sollten es innerhalb einer Stunde schaffen. Es ist Hitlers Geburtsort. Er ist in seinem Elternhaus zur Welt gekommen, das noch steht und lebte dort seine ersten 3 Lebensmonate. Ich glaube, er wurde in Braunau getauft, bevor seine Familie nach Linz umzog."

„Getauft?" fragt Kathrin.

Steven setzt sich wieder und sagt mit scherzender Stimme, „Auf den christlichen Glauben, er sollte gereinigt werden. Kannst du dir das vorstellen? Ein Priester in Robe sagt auf Latein, ‚Kind Hitler, wir nennen dich Adolf. Ich segne dich im Namen des Vaters, des Sohnes und des Heiligen Geistes…' oder sagte er vielleicht nur ‚Ich segne dich im Namen Jesu Christi, der die Sünden der Welt trägt.' Ich habe die richtigen Worte in der Schule gelernt, aber ich habe sie vergessen. Man braucht auch Weihwasser, das über das Baby getröpfelt wird, damit die Teufel, die die Erbsünde bringen, fort bleiben."

„War Hitler wirklich auf diese Weise gereinigt worden? Es hat jedenfalls nicht viel geholfen."

„Alle wurden damals getauft, aber was mich wirklich interessiert, sind die Energien an seinem Geburtsort. Vielleicht wird

mir der Stein helfen, mehr darüber zu erfahren." Er stoppt, als ein schwerer Lastwagen und eine Reihe von Autos vorbeirasen.
„Du denkst wie ein Aborigine".
„Ja, das tue ich, du hast Recht. Es ist wichtig, wo du geboren wurdest. Es gibt eine tiefe Verbindung zwischen deinem Körper und dem Ort, an dem du geboren wurdest und sie dauert dein ganzes Leben."
„Wie ein Horoskop?"
„Noch viel mehr als das. Falls du in einem Känguruh-Gebiet geboren wurdest, so wirst du wie eines."
„Du meinst, du wirst wie eines ausschauen?"
„Nein, aber später, als Erwachsener, wirst du so handeln und denken. Ja. Dort, wo du geboren wurdest, bist du mit der Energie des Ortes verbunden.
„Aber so viele Leute werden in Krankenhäusern geboren."
„Ja, richtig, was für ein schrecklicher Gedanke. - Aber Hitler nicht und sein Geburtshaus, in dem er in der wichtigsten Zeit seines Lebens lebte, steht heute noch."
„Und deshalb möchtest du dorthin fahren?"
„Genau, ich bin ausreichend Aborigine um zu verstehen, wie wichtig das ist."
Steven hält eine Weile inne, um die Szenerie der modernen Fahrzeuge und dem alten See in sich aufzunehmen. „Ich glaube, wir haben alle durch die Erfahrung von Wilhelm etwas gelernt. Schicksal gibt es, aber es gibt auch eine logische Entwicklung der Dinge. Hitler wurde geboren, lebte in Berchtesgaden, starb in Berlin. Eins, zwei, drei."

„Ein Hotel, das ist einfach", meint die ordentlich, aber nicht modisch gekleidete Frau im Auskunftsbüro. „Ich kann für Sie anrufen und buchen."

„Ich habe vor dem Posthotel geparkt. Sind dort Betten frei?"

„Normalerweise ja."

Kathrin hört auf, die Auslage von Broschüren durchzuschauen. Sie nimmt eine, legt die anderen weg, die zu viel deutsch und zu wenig Bilder enthalten. Ferien zum Fischen, zum Fahrradfahren, für die Kultur. „Schau mal, da ist ein römisches Museum in der Nähe."

Die Frau an der Information bemerkt, „Ja, die Römer waren hier."

Doch Steven entgegnet, „Ich habe gehört, dass Hitler hier geboren wurde, in dieser Stadt, richtig?"

Die Frau antwortet, plötzlich angestrengt klingend, „Gehen Sie bis zum Turm herunter, durch das alte Stadttor und dann liegt das Haus 150 m links."

„Wie kann ich es finden?" Steven wird langsam, vorsichtig. „Ist es beschildert?"

„Nein", antwortet die Frau kalt lächelnd. „Wir sind hier ja schließlich nicht gerade stolz drauf. Ein Gedenkstein steht davor, da stehen ein paar Sprüche drauf."

„Und was sagen die aus?"

„Ich weiß es nicht. Aber wir benutzen den Namen Hitler hier nicht."

„Ich versuche es mal mit dem Posthotel."

Wieder freundlich, wünscht die Frau, „Genießen Sie Ihre Zeit in Braunau. Wir haben von 9 Uhr bis 17 Uhr geöffnet. Bitte besuchen Sie uns, wenn Sie noch Hilfe brauchen."

„Die Glocke hat gerade Eins geschlagen", bemerkt Steven, als das Paar durch die Altstadt in Richtung des Torturms geht, durch den die Straße führt.

Kathrin plaudert, „Jetzt haben wir einen Platz zum Schlafen und du wirst Hitlers Haus finden. Wie wär's mit einem Kuchen und Kaffee und einem Eis?",während sie an Tischen von Cafés und Restaurants, auf dem Bürgersteig und in Seitenstraßen, vorbeigehen.

„Nein", bremst Steven. „Davor gibt es noch vier oder fünf wichtigere Dinge."

„Aber du hast den Stein nicht bei dir."

„Wir könnten morgen nochmal mit ihm zurückkommen. Ich habe die Kamera und möchte einen Blick darauf werfen und sehen, wie es sich anfühlt. Ich bin aufgeregt."

Gleich nach dem Tor kommt ein Reliquienschrein. Es sieht aus als ob man einen Heiligen von einer Brücke hinab in den Fluss geworfen hätte. „Was das wohl bedeutet?", fragt Kathrin. „Was hat denn der Heilige Nepomuk hier gemacht?"

„Ich weiß es nicht", entgegnet Steven, als er weiterläuft. „Lass uns einfach weitergehen und nach dem Stein suchen, auf dem etwas geschrieben steht. Ich frage mich, wie groß er wohl ist?"

„Ich fühle mich in dieser Gegend ganz wohl. Und du?"

Steven geht weiter, „Ja sicher, besser als vor einem Hotel und es scheint noch besser zu werden."

Sie passieren ein großes Café mit Eisspezialitäten. Wenige Schritte weiter steht ein Felsenbrocken. Steven entdeckt eine Inschrift.

„Ziemlich dunkel und bedrohlich! Die Rückseite sagt nur, der Stein kommt aus dem Konzentrationslager Mauthausen."

„So sieht er auch aus."

„Und vorn, das letzte Wort ist hochdeutsch, lass mich nachdenken…"

„Sie haben auf jeden Fall das Wort Hitler und Nationalsozialismus vermieden, nicht wahr?", bemerkt Kathrin.

„Ja, und das Haus schaut aus wie alle anderen auf der Straße. Es hat nichts Böses und die Straße ist voller Licht."

Ungefähr 100 Meter weiter, vor dem Dönerstand, spürt Steven, „Es scheint hier aufzuhören – die guten Schwingungen hören in jeder Richtung nach 100 Metern auf."

„Es ist eine engelhafte Präsenz", fügt Kathrin hinzu, als sie zum Haus mit dem Felsen zurückkehren…

Steven hängt seinen Gedanken nach, „So, wie in Auschwitz. Jemand hat daran gearbeitet. Ich frage mich, wer – ich frage mich wirklich – wer hat das getan. Der Ort wurde energetisiert, das ist erstaunlich… Schau, direkt gegenüber ist ein Bioladen."

„Lass uns mal reingehen, vielleicht gibt es Karottensaft", schlägt Kathrin vor.

„Vielleicht birgt dieser Laden ein Teil fürs Puzzle."

Drinnen ist alles geräumig, hell und er führt frisches Obst und Gemüse aus der Gegend, Eier, Getränke, Käsesorten, eine Bäckerei. Steven fragt nach Karottensaft und Kathrin sucht sich einen Mohnkuchen als Snack heraus. Die Angestellten sind etwas langsam und verwirrt. Nette, einfache Menschen.

Steven fragt ganz beiläufig: „Das Geschäft gegenüber, in dem Gebäude in sanftem braun, sieht aus, als ob es heute geschlossen ist. Ich verstehe nicht so recht, was da im Fenster ist. Es sieht so aus, als ob sie Kinderspielzeug verkaufen."

„Ja, das ist eine Lebenshilfe. In dem Geschäft da unten, welches Kristallengel verkauft, kannst du etwas kaufen."

Nach einem Snack kommt er zurück, um die Anzeigetafeln

zu lesen und zu verstehen. „Ich kann nur sagen, dass das Geschäft morgen von 10 bis 12 geöffnet sein wird und heute ist ein besonderer Ruhetag."

„Also kommen wir morgen wieder", liest Kathrin seine Gedanken.

„Mit dem Stein. Aber es wird schwer sein mit dieser engelhaften Energie, die alles überlagert. Und wo kann ich sitzen? Die Straße ist eng und was alles noch schlimmer macht, die Leute scheinen sich dieses Ortes zu schämen."

Am nächsten Morgen schieben Steven und Kathrin die großen Türen von Hitlers Geburtshaus auf. Sie befinden sich in einem großen offenen Raum voller Mäntel und Schuhe. Hinter der Seitentür empfangen sie bunte Schals, dahinter Regale voller Spielsachen und alle Arten von eigenartigen Kleinigkeiten. An der hinteren Wand des großen Raums steht ein langer Tisch. Eine Gruppe von Leuten ist dort mit etwas beschäftigt. Eine große Frau kommt freundlich auf sie zu und fragt sie in eigenartig rhythmischem Deutsch, „Kann ich Ihnen helfen?"

„Das ist eine Behindertenwerkstatt", ruft Kathrin. Niemand in Reichweite konnte diese Worte hören.

„Ja, jetzt verstehe ich, warum es Lebenshilfe heißt. Das passt. Eine Lektion über unwertes Leben, die man nie vergisst – zu lieben, um andere nicht zu vergessen."

„Das macht der Engel", sagt Kathrin. Sie bummeln in dem Raum herum, lächeln die Arbeiter an, nehmen manches in die

Hand, legen es wieder hin, weil es zu schwer ist, oder zu teuer und nicht das richtige für die Enkelkinder. Sie haben eine glückliche, harmonische und friedliche Stimmung dabei.

„Man kann kaum glauben, dass Hitler hier geboren wurde", sagt Steven, mehr zu sich selbst als zu Kathrin als er einen Stapel Malereien durchsieht. Nach einer Weile kommt eine Frau, die aussieht, als ob sie eine der Managerinnen des Zentrums wäre und fragt, „Möchten Sie mehr Bilder sehen? Sie sind überall im Haus verteilt."

Sie gehen einen Stock höher, um eine blaue Schneelandschaft zu bewundern. Oder war es ein Ozeanbild? Die Frau, die Steven herumführt, merkt, dass er es bewundert, „Unglaubliche Dinge passieren in diesem Haus."

Steven übersetzt für Kathrin. „Unglaubliche Dinge passieren in diesem Haus – eine Bemerkung, die keine Zeit angibt, wie im Chinesischen."

Die Dame, die nicht merkt, dass Steven übersetzt, fährt fort: „Dieses Bild – es ist von einem unserer besten Maler. Er sitzt im Rollstuhl. Es ist gut, nicht wahr?"

„Ja, sehr gut, aber es ist zu groß für mich."

Schließlich kaufen sie das Bild eines Hauses, das ein junger Mann angefertigt hat. Es hat eine nachdenkliche, innere Realität. Dazu kommen noch Spielsachen und eine Kerze, das sie alles in einem großen alten Beutel verpackt bekommen.

Seitlich des Hauses setzt sich Steven im Schneidersitz auf den Bürgersteig, nimmt den Stein in die Hand zwischen den gekreuzten Beinen und versucht, sich in die Zeit vor der engelhaften Energie zurückzuversetzen, die alles ausgelöscht hat. Kathrin steht daneben, um zu vermeiden, dass jemand ihn anstoßen würde.

Fast fährt ihn ein Junge mit dem Fahrrad an.

„Es ist schwer. Diese Engelarbeit ist sehr gut gemacht worden. Aber für einen Moment, wirklich nur einen kurzen Moment, versank ich im Boden und fand einen Hinweis, den Fangarm von etwas Dunklem, Riesigem, das sich ausstreckte. Es war sehr dünn. Und dann verschwand es wieder im Untergrund."

„Vergiss es", gibt Kathrin zurück. „Ich habe vorhin ein chinesisches Restaurant gesehen, in der Arkade hinter dem Haus. Lass uns dort abendessen gehen. Es ist nicht weit und es könnte ein besserer Platz zum Sitzen sein."

„Ich glaube, ich brauche einen Kaffee," erwidert Steven.

„Wie wäre es mit Karottensaft?"

Steven, noch nicht ganz in der Realität zurück, folgt ihr brav in den Bioladen.

„Das ist ja mein Name", staunt Steven. Sie betreten das dunkle, kühle Innere von Sankt Stephan.

Es riecht feucht, als ob es tausend Jahre alt wäre. Immerhin Spätgotik, fast eine Kathedrale.

„Hier gibt es kein Licht", bemerkt Kathrin.

„Du hast Recht. Diese Kirche ist geistig und spirituell unberührt. Von hier aus sollte ein Kanal in die Vergangenheit existieren. Wir befinden uns nur zwei oder dreihundert Meter von Hitlers Haus entfernt."

Steven kauert auf der Kirchenbank. Die abgerundete Lehne hat Nummern und Namen, wie alle in der Kirche. Er versucht, es sich bequem zu machen. Die Bänke sind zum Hinknien, nicht für einen Meditationssitz. Er nimmt den Stein.

Kurz darauf geschieht es. Steven sieht Formen, die sich vor der Kirche bewegen, starke Farben und Verschattungen, die sich vermischen, wie bei einem Holzfeuer. Dabei sagt er mit erhobener Stimme: „Dominus Vobiscum". Es hallt durch das ganze Kirchenschiff. Die Flammenspitzen am Altar züngeln deutlich höher, werden lebendig. „Huch", Steven erschreckt und hält den Stein fester.

Er versetzt sich unter die Kirche und findet einen Brunnen, der größer zu werden scheint, je weiter er in die älteren Bereiche vordringt. Römisch, mit einer Göttin, Diana vielleicht; Keltisch, mit einem unebenen Weg, der zum Grundwasserspiegel hinführt. Es war immer ein Gott, der diese Seite des Stromes beschützte, die Alpenseite des Flusses Inn. Es ist die Seite, auf der das Salz gewonnen wurde, was die Zivilisation hervorbrachte. Auf der anderen Seite wohnten die Jägerstämme. Deren junge Mädchen, Kinder und Babies wurden in den Fluss geworfen. Alles Feinde, die in den Fluss geworfen wurden, mit Gewichten beschwert, um zu ertränken. ‚Heiliger Nepomuk, ich glaube, ich muss mehr darüber herausfinden', denkt Steven.

Laut schreiende Stammesleute, Menschen mit Fellen bekleidet. Und wie sie riechen. Alle drängen sich zusammen, um in Stevens lebendigem Wesen Einlass zu finden. Die Eindrücke überschwemmen ihn.

Pilze, vielgenutzt, um Verbindungen zu Menschen herzustellen. Fliegenpilz, andere seltsame Pilze. All das hängt noch in der Luft.

Aus den Salzhöhlen in den Alpen kamen Tunnel voller Zwerge. Es gab die Menschen über der Erdoberfläche, die Zwerge darunter. Tiefer unten wilde Tiere, die die Menschen zerrissen. Für sie war menschliches Blut ein Elixier zum Sternenbewusstsein. Etwas, das sie verzweifelt suchten. Wirklich große, riesige Monster zeitlosen Wesens bewegten sich in der untergründigen Sphäre.

Wie sollte man sie nennen? Verschlinger? Reißende Bestien? Die Bestien sahen in Hitler eine Option. Passierte es als er in dieser Kirche getauft worden war oder als er gerade das Licht der Welt erblickte? Nein, sie wussten schon, dass er kam und stellten ein elementares Wesen an seine Seite, neben das Baby, um eine Schwingung zu schaffen, einen Raum, der ihnen jederzeit für ihre Zwecke zur Verfügung stehen konnte.

Und was für eine Kraft diese mörderischen Wesen haben. Die Kelten und Römer nutzten sie in Kriegen. Sie erhöhten sie zu Göttern und sandten sie aus, die Feinde zu zerreißen. Hitler war eine Möglichkeit für sie, mit der sie bereits vertraut waren.

Zurück zu Baby Hitler. Sein Totem ist mit Sicherheit Zwerg. Es half ihm intuitiv zu sein.

Nähe oder Besessenheit. Und die Zwerge. Wie funktionierte das alles? Die mörderische Wesenheit. War es zwergisch, gnomenhaft, was dorthin gestellt worden war, um ein menschliches Wesen zu kreieren, das es mit Blut auf der Erde ernähren konnte?

Dunkel, mächtig, gefährlich. Haben sie mich gefühlt? Nein, der Vortex des Steins beschützt mich, versteckt mich vor ihnen. Ich muss jetzt wieder zurückkommen – langsam, die Kelten, die Römer, die gotische Epoche und wieder zurück in die Kirche.

Kathrin, neben Steven sitzend, fragt vorsichtig, „Bist du okay?"

„Bitte fass mich mal an", bittet Steven. „Da waren Mengen großer alter Wesen. Aber es ist ganz tief unten und diese Kirche ist so wie der Korken einer Flasche. Er hält alles drunten, so

dass es nicht entweichen kann – Gott sei Dank!"
„War so was in Hitlers Haus als er geboren wurde?"
„Das glaube ich nicht, aber wer weiß?" Sie sitzen schweigend. Kathrin hat einen Taufstein entdeckt. „Ich glaube jedenfalls, dass es so etwas ist. Könnte es der sein, an dem Hitler getauft worden ist?"
„Gut möglich. Lass uns erst einmal hier rausgehen. Ich brauche jetzt wirklich einen Kaffee."
Steven befreit sich aus seinem engen Sitz. „Ich muss den Stein weglegen." Er packt ihn zurück in die Büchse.

Im griechischen Restaurant neben der Kirche wartet Kathrin bis Steven seinen Kaffee vor sich hat: „Was war? Du siehst okay aus, fast glücklich würde ich sagen."
„Es ist gut gelaufen", antwortet Steven. „Ja, allmählich kriege ich eine Idee, was hinter Hitler steckte. Ich muss noch ein paar Notizen machen. Wir können später darüber reden, wenn das Essen kommt. Gemüseplatte klingt ja ganz vernünftig."
„Scheußlich", kommentiert Kathrin die ersten Bissen. „Tiefgefroren, gekocht und mit Maggi versetzt. Jetzt verstehe ich, warum sie alle Fleisch essen. Hoffentlich ist der Chinese heute Abend besser." Steven sieht Kathrin zu, die versucht zu essen, ohne den Geschmack zu sehr zu beachten.
„Du hast gefragt, was passiert ist? Zwerge und ein tiefes Instinktwesen. Ein Menschen zerreißendes, unpersönliches, aber mich nicht als Person wahrnehmendes, lediglich instinktives Etwas. Deshalb bin ich auch okay."

Steven isst weiter, langsam, zögernd. „Sachen der Römer und Kelten. Der Fluss ist die natürliche Grenze. Sammler und Jäger auf dieser Seite, Siedler auf der anderen."
„Du solltest dem römischen Ding noch nachgehen".
„Ja, wir haben ja in Leisel gelernt, dass die Römer der Schlüssel zum Verständnis der Diktatur sind."
„Warum haben andere nicht daran gedacht?"
„Vielleicht weil sie nicht an die Macht von Orten glauben. Oder nicht an die Römer dachten, die hier als ‚Zivilisatoren' sehr positiv belegt sind."

Auf dem Parkplatz des Museums steht ein Omnibus und einige wenige PKW. Vor dem Eingang wartet eine Gruppe Römer. Es sind Schulkinder, mit römischen Kostümen die gerade fotografiert werden.

Ein Mann kommt herüber, „Frau Pich rief gestern wegen Ihnen an, ja?"

Steven, „Ich habe einige Fragen über die Römer."

„Möchten Sie lieber Englisch sprechen? Ich heiße Heinrich Thorn, wir haben gestern telefoniert. Wie heißen Sie bitte?"

Steven stellt sich und Kathrin vor.

Heinrich wird unruhig, „Ich muss zu den Kindern. Bitte kommen Sie mit rüber." Er steht fotografierend vor der Gruppe. Obelix wirft Idefix in die Luft.

Steven und Kathrin rufen, „Bravo!"

Heinrich, „Bitte kommen Sie mit unserer Gruppe zur Diavorführung, dann habe ich Zeit. Ich werde Sie zu den Ruinen führen und wir können uns dort unterhalten."

Die Dias zeigen, dass die Römer diese Gegend stark kolonisierten. Sie betrieben intensive Landwirtschaft. Entsprechend zahlreich sind die archäologischen Hinterlassenschaften, die heute ausgegraben werden können: Töpferei, Münzen, Speere, ein Skelett und eine Menge an Gebäudefundamenten.

Anschließend zeigt Heinrich auf ein Feld, auf dem 2 Meter hohes Korn wächst. „Hier stand die Villa. Wir haben sie ausgegraben. Über 100 Meter lang. Es war nur eins der vielen Gebäude. Sie war durch einen überdachten Gang mit dem Badehaus verbunden. Hier seine Ruinen." Heinrich zeigt auf die übrige Ecke eines Gebäudes. „Dort war wohl ein Brunnen auf dem Hügel mit dem Tempel."

Heinrich fährt fort, typisch Lehrer, „Dies war einer von vielen Bauernhöfen. Vielleicht lebte hier ein Adliger mit seinen Sklaven und Arbeitern. Sie haben Getreide angebaut und Tiere gehalten. Sie haben unter anderem auch Käse hergestellt. Es war ihre Aufgabe, die Legionen in Noricum zu versorgen, damit sie den Limes an der Donau beschützen konnten. Sie haben die Barbaren abgewehrt und es den Römern ermöglicht, zur Stelle zu sein. Der Inn muss auch ein Limes gewesen sein."

„Limes? Und Noricum?"

„Limes bedeutet im Deutschen Grenze oder Abgrenzung", sagt Heinrich. „Noricum nannten die Römer die Gegend zwischen den Alpen und der Donau. Du musst verstehen, dass die Römer nur durch Vergrößerung ihrer Gebiete überleben konnten."

„Oh", stößt Steven hervor, „du meinst exponentielle Erweiterung?"

„Exponentiell?" fragt Heinrich.

„Es bedeutet immer schnelleres Wachstum", erläutert Steven.

„Nein, nicht wirklich", antwortet Heinrich. „Sie brauchten das Land für Sklaven, für Rohmaterialien und als einen Ort, wo sie ihre ausgedienten Soldaten ansiedeln konnten."

„Genau wie Großdeutschland", zieht Steven die Parallele.

Heinrich verstummt.

Kathrin fühlt das Unbehagen, „Ich freue mich, dass du Steven angeboten hast, zu helfen. Wir waren gestern in Braunau. Steven ist von einigem verwirrt, was er dort gesehen hat."

„Ich werde versuchen zu helfen."

„Braunau ist auf einem Hügel gebaut, der neben dem Fluss entlangläuft. War es eine römische Stadt?"

„Wir haben dort keine Ausgrabungen gemacht", sagt Heinrich.

„Vielleicht war es eine römische Siedlung", erwidert Steven. „Und das alte Stadttor war damals schon der Eingang."

„Ja, selbstverständlich", bejaht Heinrich. „Und die Straße war tausend Kilometer bis nach Rom gegangen."

„Also war Hitler auf der Straße nach Rom geboren worden, auf dem Pfad zur kaiserlichen Macht?"

Heinrich sieht Steven schweigend an.

Kathrin unterbricht die Stille, „Stell dir mal vor, sie machten das alles aus einer Entfernung von Tausend Meilen, ohne ein Telefon zu haben."

Heinrich lacht. „Sie waren sehr modern, unsere Gesetze und unsere Art, mit den Dingen umzugehen, kommt von ihnen. Jetzt muss ich aber zurück zu den Kindern ins Museum."

Inspektion im Adlerhorst

Kathrin spielt an den Knöpfen des großen Vordersitzes und öffnet den Reißverschluss ihrer blauen Weste. Der bullige alte Mercedes hat gerade die Grenze nach Deutschland überquert. Keine Passkontrolle, lediglich zwei Schilder, die Österreich und Deutschland markieren.

„Obertreu", liest Steven eins der Zeichen. „Ich nehme an, das bedeutet, es gibt auch ein Treu und ein Untreu? Na ja, ich spiele mit Worten."

Kathrin fährt fort, „Wenn ich das richtig verstanden habe, so heißt Hitlers Ferienort Obersalzberg."

„Ich glaube, so ist es", sagt Steven. „Über dem Salzberg eigentlich und die Gegend heißt Berchtesgaden."

„Und wie ist es mit dem Adlerhorst? Was für ein Name!"

„Es ist ganz oben auf dem Hügel und schaut auf die Welt herunter. Ich glaube, die Amerikaner haben es so genannt. Auf deutschen Landkarten heißt es das Kehlsteinhaus. Kehlstein ist der Name des Berges. Wir können es besuchen."

„Kehlstein", sinniert Kathrin. „Klingt wie Killstone, wenn ich es ausspreche."

„Du hast Recht, die Entscheidungen, die in diesem Tal getroffen wurden, haben Abermillionen Leben gekostet."

„Denk nicht mehr dran", unterbricht ihn Kathrin.

„Ich werde mir alle Mühe geben. Aber eine Menge Dinge haben hier begonnen. Wichtige Besucher kamen, um Hitler zu treffen, den ‚großen Führer'. Viele Entscheidungen wurden hier getroffen, Konferenzen gehalten, Diskussionen geführt und so weiter. Sicher, alles endete in Berlin und wurde überall in Deutschland ausgeführt, aber hier fühlte sich Hitler einfach am wohlsten."

„Und es war nicht weit von seinem Geburtsort. Trotz ihrer Geschichte fühlt sich diese Stadt gut an."

Die Touristeninformation ist eine große, hässliche Halle. Zwei unfreundliche, kühle Mitarbeiter verstecken sich regelrecht hinter einer gläsernen Absperrung. Einer schaut Kathrin an. „Unterkunft? Oder wollen Sie Hitlers Haus besichtigen?"
Steven spricht laut durch das Panzerglas des Schalters, „Unterkunft für zwei Nächte, hier im Tal."
Der Mann drückt auf die Tasten des Computers, geht zum Drucker und schiebt ihm anschließend ein A4 Papier durch die Öffnung seiner Hochsicherheitskabine.
„Mehr haben wir im Moment nicht, die einzige Pension, die zwei Nächte anbietet, ist die Pension Hell."
Steven sieht das Blatt an. „Es ist ruhig und nur 84 Euro für zwei Nächte."
„Ja. Leider haben Sie eine Zeit erwischt, in der fast alles belegt ist. Könnten Sie eine Anzahlung machen?"
„Hell? Wir werden also in der Hölle schlafen?", Kathrin blickt künstlich irritiert.
Steven raunt mystisch. „Lucifer, der das Licht bringt – kosmische Weisheit, all das."
„Es verheißt eine erleuchtende Nacht."
Steven lässt die Anzahlung zurück und geht hinaus in den Park. Es gibt einen alten Friedhof. Sehr grün, schön erhalten – so, wie es in der deutschsprachigen Welt meistens ist.
Er trägt den Stein im Kathmandubeutel und - sieht, fühlt plötzlich etwas – ein Feuerball aus Licht erscheint genau unter dem Baum vor ihm. „Katherin ich glaube, es gibt einen Wächter hier und er hat mich gerade begrüßt. Ich setze mich hier mal rein."
Kathrin lugt über die Friedhofsmauer. Steven steht vor einem Grab mit zwei Zypressen. „Dietrich Eckart", liest sie.
Steven, „Jetzt weiß ich, dass sich hier etwas abspielt. Dieser Eckart war einer von Hitlers esoterischen Lehrern. Er schlug Hitler vor, in dieses Tal zu kommen. Und das tat er, als er 1924 aus dem Gefängnis kam."

„Hitler war im Gefängnis?"
„Ich dachte, du wüsstest das. Er hatte 1924 eine Revolution versucht, die fehl schlug. Er verbrachte ein Jahr in Festungshaft und schrieb dort sein Buch ‚Mein Kampf'. Seine Autobiographie und Vision eines neuen Deutschlands. Hier muß ich mit meinem Stein sitzen. Etwas will mit mir in Verbindung treten."

Der Kurpark nebenan ist klein, mit japanischen Kirschblütenbäumen und einem großen Fischteich mit Fontäne. Steven findet eine Bank, wo er mit dem Gesicht zum Hügel hinter der Stadt sitzen kann. Laut plätschert der Brunnen. Eine Gärtnerin säubert die Rosen von alten Blättern.

Kathrin holt Stevens Voicerecorder aus dem Wagen und er kommentiert seine Vision.

„Zwerge, viele, - nicht nur so kleine Gartenzwerge, sondern die Weisheit der Zwerge. Das ist das Geheimnis dieses Tals – ein Gebiet, auf dem sich drei oder vier alpine Täler und Bergketten kreuzen. Zwergen geht es hier äußerst gut, das ist das beste Gebiet für sie. Es ist ihre Art von Energie. Denk mal an Marko Pogacnik und seine riesigen Landschaftsdevas, die kleine Zwerge und ihre Diener haben."

„Die Kelten und die Römer wussten davon, ja, im Gegenteil – die Zwerge wussten über die Bescheid. Sagen von hier müßten die Zwerge beschreiben. Dietrich Eckart muss über diese Geschichten Bescheid gewusst haben oder vielleicht konnte er sogar mit ihnen Verbindung aufnehmen. Und er muss gewusst haben, dass Hitler bei seiner Geburt von den Zwergen gesegnet worden war - weshalb er auch die Schützengräben des 1. Weltkrieges überlebte."

„Hitler nutzte die Weisheit der Gnome, bewusst oder unbewusst. Er benutzte die Schlauheit von Zwergen. Nein! Es war anders herum – eine Verschwörung von Gnomen, die sich zu einer Intelligenzform zusammenschloss, die wiederum Menschen bessessen machte."

„Und es war nicht allein Hitler, sondern auch andere Menschen um ihn herum. Eine Gruppe von Gnomen, die auf eine Gruppe von Menschen einwirkte. Hier in der „Zwergenhauptstadt", in Berchtesgaden. Hier ist das Königreich der Gnome, der Mittelpunkt des Gnomenreichs von Europa."

„‚Zwergen'intelligenz, eine schlaue, weise Intelligenz, die den Menschen zugeneigt ist, sie aber nicht liebt. Sie ist selbstbezogen, nur an sich selbst interessiert. Das hat Hitler genutzt und die Gruppe, in der er sich bewegte, um die eigene Macht in Europa zu vergrößern."

„Es ist keine zerstörerische Kraft. Gnome sind nicht so. Es ist eine freundliche Art, die an Menschen interessiert ist – sie lieben zu schwatzen, was sie auch jetzt gerade tun!"

„Stell dir vor, Hitler wäre hier geboren und zwar von Gnomen umgeben – nicht in Braunau, wo die Zerstörer ein Loch in ihn hineinbohrten, wie anders wäre die Weltgeschichte sowohl für die ‚Zwerge' als auch für die Menschen geworden? Gnome sind die beherrschende Kraft hier. Sie sind überall, nichts anderes kann hier hinein... *und wir lieben es friedlich."*

„Wie?"

Steven hält für eine Weile inne, fühlt sich in die Situation ein, denkt nach und spricht dann auf den Recorder:

„Ich werde versuchen, den Gnomen-König zu finden. Ich werde mich auf den Hügel hinter der Stadt begeben. - Ich habe mich dorthin begeben und mich dafür entschuldigt, mich einzumischen. Der König der Gnome hat vorher mit anderen Leuten gesprochen."

Ihr Menschen seid wirklich ein Problem. Ihr wisst nicht, wie man mit den Dingen umzugehen hat. Hier haben wir mit Euch zusammen gearbei-

tet und dann macht ihr nicht weiter. Ihr brecht die Verbindung ab. Die wir zu euch hergestellt haben.... ich glaube, er muß von Hitler gesprochen haben - Er war für uns verloren. Er und die andren Menschen, mit denen wir arbeiteten, waren für uns verloren."

„Warum?", fragt Steven.

„Menschen tun so etwas, selbst wenn sie Vegetarier werden, werden sie zu schwer. Hitler war voller Drogen, es wurde unmöglich, einfach unmöglich. Hitlers Haus war gut, es war ziemlich in den Hügeln und die Menschen dort waren nachts wacher als am Tag... in der Nähe der Menschen zu sein, mit ihnen auf und ab zu laufen, Spaß an allem zu finden... war gut... uns weiter in die Welt hinaus zu bewegen, anderen Menschen in anderen Orten näher zu kommen... Botschaften zurückzubringen... es war gut."

„Botschaften zurückzubringen?"

„Ja, wir können das. Wir können hinausgehen. Wir können Kundschafter aussenden über Orte und Länder. Wir leben auf deiner Zeitebene - du musst das ja wissen! Wir können Menschen beobachten und ihre Gefühle zurückbringen als Botschaften. Wir können das mit Menschen von überall her machen... Wir werden dir in der Nacht berichten. Wusstest du das?"

„Also habt Ihr Hitler die Fähigkeit gegeben, die Menschen zu verstehen?"

„Ja, aber es war schwer für ihn, uns zu verstehen. Zwergdenken ist anders. Wir fühlen wie du. Aber wir denken nicht wie du. Ich weiß nicht, was du denkst. Aber ich weiss, was du fühlst."

„Und das Haus auf dem Kehlsteiner Hügel?"

„Das war nichts für uns. Da oben ist es schrecklich. Das „Haus in dem Garten" - Berchtesgaden - das hat Spaß gemacht. Wir mögen Gärten, Pflanzen, Tiere, Kinder, Leben, Haben Spaß am Tanzen. Es liegt in unserer Natur zu spielen - kleine Spiele, große Spiele."

„Habt Ihr Ziele, Pläne wie wir Menschen?"

„Nein! Wir leben im Augenblick und wir spielen im Augenblick. Kleine Spiele, Große Spiele. Wir mögen große Spiele und Hitler hat uns enttäuscht - es war sinnlos, völlig sinnlos. Menschen sind einfach sinnlos. Wir lieben es zu spielen und zu plaudern."

„Warum plaudert ihr mit mir?"

„Uns gefällt dein Spielzeug. Dürfen wir diesen Stein mal ausleihen? Verlier ihn einfach, damit wir ihn haben können. Wirst du ihn uns geben, dass wir darum herum tanzen können? - Kannst du uns nicht schon tanzen sehen?"

Es gibt einen großen Platsch, dem zwei weitere folgen. Die Forellen spielen im Wasser. Steven öffnet die Augen und sieht noch mehr Spritzer. „Kathrin, komm her!"

Kathrin kommt und setzt sich neben Steven, der berichtet. „Das war unglaublich. Ich habe die Unterhaltung aufgesprochen – zuerst war es Deutsch. Andere sprechen hier wohl auch mit ihnen."

Steven macht eine Pause, bevor er fortfährt: „Dieser Ort hier ist wie eine Stadt der Zwerge. Ja, „Garten der Zwerge" und ich frage mich wirklich, ob „Berchtes" vielleicht Zwerg in einer alten Sprache heißen könnte? Ich wette drauf. Garten ist ja sowieso der zweite Teil des Wortes."

„Wie fühlst du dich denn?"

„Gut", antwortet Steven. Er denkt ein wenig über sein Befinden nach, bevor er sagt: „Im Moment habe ich die Nase voll. Schau dir nur diese Leute an, die da drüben sitzen und reden, solche Idioten. Menschen sind einfach so idiotisch – es ist hoffnungslos. Ja, so fühle ich mich. Und es war das, was die Zwerge durch mich auf das Band sprachen. Zwerge fühlen, dass Menschen…"

„Was du mir da sagst, ergibt nicht viel Sinn. Schreib es lieber auf und zeig es mir."

Nach einer bequemen Nacht in der Pension Hell begibt sich Steven auf einen Spaziergang in den Garten. Dort trifft er wieder Zwerge an - recht bunte und in Zement gegossene.

Nach einem einfachen Frühstück aus Brötchen und Kaffee fährt Steven herum, um den ersten Aufenthaltsort für den Tag zu finden. Er sagt: „Hier sind wir, das Hotel der Türken, das berühmte Tunnelsystem – die Gnome müssen es geliebt haben."

„Was du mir gestern Abend von den Gnomen erzählt hast – glaubst du das wirklich?"

„Nun, der Stein hat es in meinen Kopf gebracht. Plauderei, Konversation… Ich habe gesagt, was mein Kopf gehört hat."

„Und bedeutet es was?"

„Ach so, das meintest du mit deiner Frage. Ja, ich glaube, es bedeutet etwas. Es bedeutet, dass Hitler Elementargeister hatte, die ihn berieten, wenn es um schlaue Entscheidungen ging."

„Aber es endete alles ganz scheußlich."

„Deshalb unterbrachen sie die Verbindung und das Ganze ging kaputt."
Auf dem Parkplatz eines alten, schäbigen Hotels ist ein Schild, „Nur für Besucher zu den Tunnelanlagen." Darunter ist die Abbildung eines Abschleppwagens, der ein Auto abschleppt. Es wirkt nicht sehr freundlich.
An der Rezeption wird es auch nicht besser. Kein Mensch ist zu sehen. Postkarten hängen da, es gibt Bücher, ein paar alte Fotos und Landkarten. Ein Drehkreuz verlangt 2,60 €. Kathrin protestiert. „Da geh ich nicht durch! Du kannst allein gehen, falls du musst. Ich bleibe hier."
Steven sucht in seinem Beutel nach den richtigen Münzen, „Ich gehe. Bleib hier, du kannst ja auf der Bank sitzen. Ich bin gleich wieder da. Auf dem Schild da ist angezeigt, dass der Ort unter Videoüberwachung steht, also bist du sicher. Ich habe den Stein und die Kamera."
Beim leiernden Quietschen des Portals sagt Steven fast automatisch zu sich selbst, „Hohle Erde, hier bin ich!"
Eine Wendeltreppe spuckt ihn ins erste Untergeschoss. Er läuft ziellos herum, trifft auf drei ausgebrannte Verließe, findet dankbar eine WC-Tür. Ein Geschoss weiter verzweigen sich ebenfalls Treppen und Tunnel in verschiedene Richtungen. Schilder an der Wand weisen „Zu Hitlers Haus", „Zum Maschinengewehrdepot" „Hundehütten" oder „Zum Archiv." Die Wände sind feucht, Wasserpfützen stehen auf dem Boden.
Ein paarmal denkt sich Steven schon verlaufen, findet dann aber Schilder zum „Ausgang". Die rauen Stimmen zweier norddeutscher Touristen hallen durch die Gänge. Sie kommen aus einem Tunnel weiter unten. Steven verweilt in einem namenlosen Korridor und nimmt die Büchse aus dem Beutel. Im Moment, wo er sie öffnet, spürt er einen Körper vorbeigleiten.
Es riecht stark nach Seife. Er hört das Klicken von Absätzen auf Zement. Er fühlt mehr als er sehen kann. Dass junge Solda-

ten da sind, die selbstbewusst hin und her stolzieren. Geister aus der Vergangenheit, die immer noch Wache schieben.

Steven bemüht sich, in seiner Vorstellung die Gnome wiederzufinden, die gestern mit ihm geplaudert hatten. Aber nicht mal der Zementzwerg von der Pension Hell erscheint ihm. Zurück an der Erdoberfläche erblickt er Kathrin, die noch ihr Buch liest. Vom Drehkreuz her spricht er sie an, „Ich bin zurück. Ich versuche, hier herauszukommen."

„Ein Paar kam grade hoch, das Ding dreht sich nach links. - Du, ich las gerade. Könnten wir dieses Buch vom Adlerhorst nicht kaufen? Es ist englisch und kostet nur 18 Euro."

„Frau Professor, sicher, warum nicht?"

„Aber hier ist niemand."

Steven holt zwei Zehnerscheine aus seinem Beutel, wedelt sie vor der Videokamera hin und her und schiebt sie unter das Fenster des Kassierers. „Hier sind zwei Euro extra, es soll eine Spende für die Menschen in der Hohlen Erde sein."

„Der Adlerhorst scheint das Einzige zu sein, was von den gruseligen Tagen der Vergangenheit übrig ist", sinnt Steven, die Landkarten und Bilder an den Wänden betrachtend. „Ach so, ich hab die Tunnel vergessen, aber die sind ja nicht gerade eine Attraktion. Die Geister da unten scheinen die Touristen zu verscheuchen."

„Lass uns zu Hitlers Haus gehen", bittet Kathrin.

„Ich finde den Aufzug interessant. Vierhundert Fuß durch Felsgestein. Das Haus und die Tunnel haben 30 Millionen Reichsmark gekostet!"

Steven schlendert auf das offene Gelände hinter der Station. Er breitet seine Jacke aus um auf dem Boden zu sitzen. Kathrin liest aus dem neuen Buch vor, „Die Straße, die den Berg hinaufführte, war das Wichtigste. Ich glaube, das halbe Buch ist darüber. Über 3000 Arbeiter waren hier ein ganzes Jahr lang beschäftigt, Tag und Nacht, Sommer und Winter.

Keine Zwangsarbeiter, sondern hochbezahlte Fachkräfte aus Deutschland und Österreich. Die Arbeit war gefährlich. Acht sind umgekommen. Dabei starben fünf, als Felsen herunterkamen."

Steven schaut auf die steile Seite des Kehlsteinhügels hinauf, „Das ist erstaunlich. Das sind sehr wenige für diese Zeit. Vielleicht waren sie von den Gnomen wegen der Felsstürze gewarnt worden oder auch vor anderen Gefahren."

„Du hast an den Zwergen einen Narren gefressen."

„Und wenn? Erzähl mir mal was über den Aufzug."

„Hier ist es. Er ist immer noch in Betrieb. Wir müssen durch einen 120 Meter langen Tunnel laufen und wir werden 120 Meter in einem Gehäuse aus Metall hinauffahren."

„Und wenn wir oben angekommen sind, wird uns die Welt zu Füßen liegen. Ganz wie bei Hitler."

Kathrin liest weiter, „Das wird dich interessieren. Die Nazis waren gute Umweltschützer. Sie haben 2.500 Nester für Vögel bereitgestellt, damit diese dort nisten konnten. Alle hatten Nummern und sie schrieben die Resultate genau auf. Außerdem fütterten sie die wilden Tiere, also Rehe, Füchse und alle anderen im Winter und sie haben alle streunenden Katzen erschossen."

„Das waren wieder die Zwerge. Die Zwerge sorgen sich und bringen die Menschen dazu, es auch zu tun. Vielleicht gibt es eine Antwort, wenn wir mal da oben angelangt sind."

Kathrin liest das Ticket, „Der Bus braucht ungefähr 15 Minuten... Ich glaube, wir sollten uns schon mal anstellen."

Der Fahrer ist sicher und die Straßenoberfläche glatt. Fünf Busse schnurren im Konvoi durch die gleichmäßig ansteigende Straße. Als sie aus dem Wald herauskommen und die Straße auf der Seite des Kehlsteinhügels wie angeklebt erscheint, sagen alle „Oh" – der Blick geht tief hinunter auf der rechten Seite und ganz steil rauf auf der linken. Der Bus scheint im freien Raum zu schweben.

Nach weiteren fünf Minuten steigen sie durch die Doppeltüren aus. Links kann man bis auf die Stadt hinabsehen und rechts ist ein Felsgrat, auf dem man die grauen Wände des „Adlerhorst" erblickt. Direkt darunter, auf gleicher Höhe mit der Plattform, befindet sich der Eingang zum Tunnel.

Er ist breit genug für ein Auto. Das Arrangement der Marmorfelsen ist perfekt. Lange Lampenreihen an der Decke spenden sanftes, gelbes Licht. Kathrin bewundert alles beim hinabgehen, „Das ist ja noch besser als Ludwigs Salzbergwerk."

„Aber es fühlt sich schwer an, tot. Vielleicht ist hier kein Vril in der Luft."

Am Ende des Tunnels befindet sich ein runder Raum, wie ein römischer Tempel. Auf der Gegenseite wartet der Aufzug mit offenen Türen. Seine Messing-Wände reflektieren Stevens und Kathrins verzerrte Spiegelbilder.

Der Aufzugführer schließt die Türen. Langsam, ganz gleichmäßig, kommt der Aufzug in Fahrt. In einer Minute ist alles vorbei. Die Türen öffnen sich, sie betreten die Garderobe des Kehlsteinhauses.

Leute vieler Nationen halten sich hier auf. Sie tragen Kleidung in vielen Farben. Einige warten auf den Aufzug für die

Abfahrt. Viele sehen sehr belämmert aus oder auch angegriffen. Einige stehen unsicher herum.

   Steven fühlt sich unwohl. „Lass uns rausgehen. Ich muss mich hinsetzen, damit ich den Stein benutzen kann. Ich will herausfinden, was hier vor sich geht. Jedenfalls ein großartiger Blick."

   „Aber der Dunst lässt nicht viel erkennen. Ich glaube, da in der Mitte, das könnte Salzburg sein. - Ich brauche unbedingt einen ruhigen Ort, wo mich niemand behelligt. Lass uns mal hinter das Gebäude schauen."

Das Wetter ist gut und die meisten Tische im Cafe sind besetzt. „Das funktioniert so nicht, lass es uns drinnen im Restaurant versuchen."

An der Tür hängt das rätselhafte Schild „Restaurant, nur für Gäste". Es ist ein kleiner Raum voller Tische mit Gästen. Entlang der Wand schmiegt sich eine niedrige Bar.

Weiter hinten folgt ein großer runder Raum mit Tischen und Stühlen. Steven setzt sich zuerst. Die Fenster, die in diesen siebenseitigen Raum eingelassen sind, sehen hinaus in den Dunst. Licht brennt. Selbst an einem strahlend hellen Tag würde es hier dunkel und beengt sein. Während er den Kamin aus Marmor betrachtet, stellt sich Steven ein wärmendes Feuer vor, das ihm gut tun würde.

Niemand schenkt dem Paar auch nur die geringste Aufmerksamkeit. Nach langer Zeit erscheint ein Kellner und knallt die Karte auf den Tisch. Bevor er sich davonmacht, ordert Steven Kaffee und Kuchen. Der Kellner realisiert, dass er es mit deutschsprachigen Leuten zu tun hat, und hantiert nun diensteifrig und freundlich mit dem Notizblock. „Kaffee, Früchtetee, einen Kuchen mit Cremefüllung – das ist der letzte heute, leider."

Die Bestellung kommt schnell. Unauffällig holt Steven seine Büchse hervor, öffnet sie und hält seine Hand über den Stein. Er spürt, wie sich eine Energiesäule aufbaut. Ein großer, schnell fließender Strom an Energie, der aus der fehlenden Ecke des Zimmers kommt – von hinten, hinter dem Kamin. Dort befindet sich der überdimensionale Kamin des Aufzugsschachtes.

Steven fragt mit einem Finger am Stein, „Kommt es aus der hohlen Erde? War dieser Ort dafür gebaut, um den Zugang zu den Bewohnern des hohlen Erdinneren zu verschaffen?"

„Nein, nein", ist die Antwort, „was sich hier aufbaut, ist einfach klare Macht. Hier ist kein Vril – diese Energie, blitzhafte Energie, elektrisch wie Thors Hammer. Sie ist dunkel, überwältigend."

Steven versucht es anders herum, „Gibt es weitere Tunnel oder Höhlen hier unten, die gebaut wurden, um mit den Wesen der hohlen Erde zu kommunizieren – um an Vril heranzukommen?"
„Nein, hier handelt es sich um rohe planetare Energie, die entweicht. Elektrizität, die in den Weltraum hinausschießt. Verletzt, das gewachsene Fleisch des Felsens."
Ein Kellner im roten Hemd sitzt am Nachbartisch. Kathrin schlendert fotografierend in dem großen Raum herum. Steven fasst erneut an den Stein. „Bravo, Eva, Bravo!" Steven schaut verdutzt, es ist eine wirkliche Stimme und sie kommt von diesem Kellner – er ist aus einer anderen Zeit. Eva ist Eva Braun.
Er konzentriert sich auf diesen Mann und spürt, dass er bald tot sein würde. Würmer kommen aus seinem Körper. Sie quellen aus seinen Augen. Der Mann ist voller Ungeziefer, wie tote Körper in einem Friedhof. Schrecklich!"
Steven, die Hand ruhig, aber fest auf den Stein gelegt, versucht, sich zu entspannen. Doch da nagen Urtierchen und Elementale an seinen Beinen. Es ist der blanke Horror. Während er noch auf dieser Zeitschiene verharrt, lässt Steven seinen Geist durch den Raum wandern. Der Raum unter den Tischen ist voll von hin und her wabernden Formen, die sich hier und dorthin bewegen. Sie fließen und hüpfen zwischen den Beinen der anwesenden Besucher. Stevens Körper schreit, „Geh hier weg, raus. Nichts wie weg. Ich bin durchlöchert, wie ein Schweizerkäse."
Er bleibt sitzen und sieht den Kreaturen der Verwesung zu, die auf den Köpfen der Menschen hin- und her kriechen und die ihre Form verändern, nachdem sie sich in den freien Raum begeben. „Geh weg von hier!", wehrt sich sein Körper.

Der Mann nebenan klopft sanft auf den Tisch – bum, bum, bum…
Dann hört Steven, „Abra, abra, abra cadabra."

„…komisch", murmelt Steven. „Er sieht ganz normal aus, aber er hat dieses Wort benutzt, als sei es ein wirklich echter Zauberspruch. Die sich verzerrenden Formen um ihn herum kreieren immer abstoßendere Gestalten. Die Farben beginnen sich zu verändern. Grelle Farben, schmutzige Farben, getrocknetes Blut ist ebenfalls enthalten."

„Genug!" Steven versucht, seine Hand vom Stein wegzunehmen. Es geht nicht! Der Kellner steht ganz natürlich auf, räumt ab und macht die Rechnung. Er ist wohl ebenfalls ins allgemeine Raum-Zeit-Kontinuum zurückgekehrt.

„War Hitler auch so?", fragt sich Steven. „Zeitweise normal und dann plötzlich wieder vollkommen besessen? Woher kommen diese Dinge?"

Langsam kommt die Antwort. „Sie leben in der Energie aus der hohlen Erde, der Aufzugschacht hat sie herausgelassen."

Kathrin berührt Stevens Schulter. „Bist Du okay? Du siehst schrecklich aus, lass uns hier weg. Ich bezahle schon mal." Sie nimmt Stevens Beutel in die Hand.

Steven hält immer noch die Büchse mit dem Deckel, geht in Richtung dieser Tür, auf der steht, „Nur für Gäste". Es ist der einzige Weg, der hinausführt. In der Aufzuglobby stehen noch mehr verstörte Leute herum. Der Tod spielt mit ihren Körpern. Steven geht an ihnen vorbei in die frische Luft hinaus. Er betrachtet die dunstige Aussicht. Kathrin ist bald wieder an seiner Seite. „Lass uns auf den Hügel laufen, egal, wir müssen hier weg."

Auf halbem Weg, etwas abseits des Pfades, findet Steven eine leere Bank und bricht zusammen. Er fühlt sich verwundet.
„Lass mich eine Weile. Ich muss versuchen, es zu verstehen."
Steven berührt den Stein noch einmal.

Sein erster Gedanke, „Nimmt denn niemand wahr, wie schrecklich dieser Raum ist – ein Tempel mit einem Aufzugsschacht als Altar, vielleicht, und vielleicht kann man es nicht aufhalten."
Kathrin setzt sich zu Steven. Sie legt ihre Hand auf sein Knie, „Steven, genug davon, du siehst total niedergeschmettert aus. Ich mag diese Berge nicht. Sie sind nicht gut, sie wollen Macht – dieser da drüben sieht aus wie eine Reihe von Soldaten, die bald losmarschieren... Lass uns hinuntergehen."
„Wir können nicht, wir müssen noch eine Stunde auf den Bus warten. Und ich möchte nicht in der Nähe des Aufzugs sein, lass mich hier noch eine Weile sitzen."
Kathrin geht und Steven fasst wieder den Stein an. „Wo kommen diese Gestalten her?" Schockiert muss er feststellen, dass sie sich nun in seinem Körper bewegen, versuchen sich einzunisten, ein Loch hineinzubohren. Er fragt trotzdem, „Kommen sie von den Römern, den Kelten oder von irgendeiner anderen, längst vergessenen Zivilisation?"
„Nein", ist die Antwort.
„Wussten die Nationalsozialisten von dieser Macht hier und versuchten sie sie zu nutzen?"
„Es war ein Unglück, ein Fehler. Die Kreaturen der Verwesung wurden durch den Kalkstein freigesetzt. Sie kamen aus ihrer Behausung, aus dem Unkraut und dem Schlamm, die hier waren, als die Salzozeane entstanden. Es ist ihre Art, Leben in Verwesung und Tod zu verwandeln."
„Deshalb, lieben sie Kriege, denn da werden Körper zum Sterben liegengelassen und beginnen zu verwesen."
„Ja", kommt es schnell und scharf.
Steven hat genug. Er schließt die Büchse und versucht, sich

auf die schmale Bank zu legen. Es geht nicht. Nachdem sie Steven sich abmühen bemerkt hat, kommt Kathrin und setzt sich zu ihm. „Wir nehmen den Aufzug zurück zur Bushaltestelle."

Drei Tage später in einem Hotel, nach einem angenehmen Essen, springt Kathrin auf und ruft: „Ich muss mich übergeben." Sie eilt zur Toilette.

Später, im Bett, fragt er: „Wie geht es dir jetzt?"

„Es ist wie ein Angriff. Irgendwas hat mich von innen heraus im Griff." Ein erneuter Würgereiz schüttelt sie, obwohl nichts mehr aus ihr herauskommt.

Steven hält sie fest im Arm, „Siehst du sie? Schmutzige rote Formen auf dem Boden, die sich bewegen."

Er sieht sie auch. Sie bewegen sich wie Regenwürmer auf einer harten Oberfläche. Sein Gedanke, „Sie sind auf der Suche nach einem neuen Körper. Wie ein Virus, damit sie ihn von innen heraus der Verwesung aussetzen können."

Eintausend Jahre

Die Tür ist geschlossen und wirkt feindlich. Steven fingert sein Handy heraus. „Herr Brauer, wir sind hier vor Ihrem Haus – ich glaube wenigstens, dass es Ihr Haus ist."

„Ja, das ist gut. Ich werde gleich da sein."

Kurz darauf öffnet sich die rechte Tür. Ein lächelndes Gesicht erscheint mit dicken Augenbrauen und der oberen Hälfte eines untersetzten Mannes. Er gestikuliert mit der rechten Hand – kommt, kommt.

Im Eingang regiert das Chaos. Schuhe und Pantoffeln liegen auf der linken Seite herum. Der Boden könnte einen Besen gut gebrauchen. Darüber hängt eine einzelne starke Glühbirne, die so intensiv leuchtet, dass sie an die Sonne Australiens erinnert. Rechts hängen Mäntel und Jacken über den Armen von geschnitzten Holzstühlen. Davor steht ein rechteckiger Küchentisch, an der Wand gegenüber der Tür hängt ein meterlanges, altes Kruzifix mit dem gekreuzigten, leidenden Christus.

Bücher stapeln auf dem Tisch und liegen auch in Stapeln auf der Treppe. Nur ein schmaler Durchgang bleibt zum oberen Stockwerk.

Das helle Licht, das Durcheinander und das Kruzifix verwirren Kathrin. Sie zögert, über die Schwelle zu treten.

Auf Deutsch fragt Steven: „Georg meinte, wir könnten kommen und mit Ihnen sprechen, und…"

Alfred ignoriert Steven, schaut Kathrin an und sagt: „Ja, kommt rein, aber zieht die Schuhe aus."

Kathrin geht auf die Bank zu, setzt sich hin und fängt an, ihre Schnürsenkel zu lockern. Sie sagt: „Danke, Ihr Englisch ist besser als meins."

„Ja, ich habe in vielen Ländern gelebt. Nimm dir ein paar Hausschuhe. Die gelben sind wahrscheinlich deine Größe."

Während Steven seine Mokassins gegen ein Paar roter Slipper tauscht, sagt Alfred: „Ich fahre mal meinen Computer runter. Ich habe Bücher vorbereitet, die du lesen solltest. Sie liegen vor dem Kruzifix."
Während Kathrin die Toilette aufsucht, nähert sich Steven dem Christus am Kreuz. Davor liegen fünf Bücher. „Buch Abramelin", „Die Mission der Volksseelen", "Himmler", "Göring" und "Die heilige Lanze".
Während Steven im Abramelin blättert, kommt Alfred zurück, "Das ist Georgs Buch, siehst du das Araki-Logo? So habe ich Georg kennengelernt. Ich habe einen Schutzengel – hat dir Georg erzählt, dass ich ein Jesuiten-Priester war?"
Steven weiß nicht, was er antworten soll.
Deshalb fährt Alfred fort, „Du hast auch einen Schutzengel – und einen Zauberstein. Ja, Georg hat mir davon erzählt."
Steven legt den Abramelin zurück auf den Tisch, „Aha?."
Alfred zeigt auf das Taschenbuch „Speer des Schicksals". „Dieses Buch löste mein Interesse am braunen Okkultismus aus. Willi Frischhauers Buch hat mich weitergeführt - und Steiners Volksseelen-Buch hat den Weg bereitet für meinen Schutzengel und mich, um zu den richtigen Plätzen zu kommen."
Steven, „Und du möchtest mir helfen alles zu verstehen?"
Alfred, „Ja, warum nicht? Du hast einen Zauberstein und ich sehe einen Schutzengel. Ich habe Raum für beide. Als Jesuit muss ich unterrichten. Diese fünf Bücher sind der Schlüssel zu meiner Kenntnis der Nazis. Wir werden sie diskutieren und ich werde dir zeigen, was mir mein Schutzengel gezeigt hat."

Auf dem Tisch steht Essen. Aufgeschnittenes Roggenbrot und frische weiße Brötchen. Eine offene Büchse Sardinen, ein Teller mit Aufschnitt, drei verschiedene Käsesorten und Butter. Die Teller sind aus dünnem Porzellan mit Zwiebelmuster.

„Hier in unserem Osten sind die Dinge anders als in China oder Indien. Wir haben Land und Arbeitslose. Ungefähr die Hälfte davon sind jetzt arbeitslos."

„Deshalb fragtest du, ob mein Auto abgeschlossen ist?"

„Ja, natürlich." Alfred legt sich mit einem alten Silbermesser ein großes Stück Schnittkäse auf den Teller. „Dieser Käse kommt von einer Familie, die auf einem riesigen Bauernhof ein paar Ziegen halten. In der schlechten alten Zeit arbeiteten dort hundert Menschen in der Kolchose und das Essen ging nach Russland. Der Käse ist sehr gut, probiert ihn."

„Wieso sprichst du so gut Englisch?", will Kathrin wissen, als sie ein Brötchen halbiert und Butter auf ihren Teller legt.

„Also, Kathrin, ich war 15 Jahre in New York als Jesuitenschüler. Dann habe ich in New Jersey unterrichtet. Möchtest du meine ganze Lebensgeschichte hören?"

„Ja, gerne."

Ohne Zögern fährt Alfred fort, „Ich wurde in diesem Haus geboren." Er zielt mit der Gabel auf ein Stück Wurst und benutzt den Daumen, um sie abzuheben. „Meinem Vater gehörte die Brauerei im Nachbarort und ich hatte das Glück, über Berlin in den Westen gehen zu können. Ich wurde Bruder in einem Zisterzienserkloster. Wie ich nach New York kam und die Sache mit den Jesuiten, das ist fast ein religiöses Märchen. Ich habe gekündigt, mich eingeschrieben, mich verliebt, den Orden verlassen und bin ihm wieder beigetreten. - Genug davon. Als die Mauer fiel erhielt ich dieses Haus, das voller Frieden und Bücher war."

Kathrin lächelt warm, „Auch das Besteck?"

Alfred lacht zum ersten Mal, seitdem er das Paar begrüßt hatte, „Ich glaube, weil wir uns duzen, kann ich so etwas sagen: Ich bin nicht gerade eine gute Hausfrau."

Steven findet das Thema nicht mehr so prickelnd und wechselt, „Die Kopie von Georgs Buch war schon in der Bibliothek?"

„Nein, ich habe die 1725 Peter Hammer Ausgabe." Alfreds vergnügte Augen funkeln. „Es ist eine Rarität. Sie führte mich zu Georgs neuer Araki-Ausgabe und seiner Ambition als Herausgeber. Auf diese Weise habe ich meinen Schutzengel gefunden. Und jetzt bist du zu mir gekommen, mit deinem Stein und deiner Mission. Möchtest du den alten Druck sehen?"

Steven schüttelt den Kopf, „Was weißt du über meinen Stein und meine Mission?"

Alfred deutet mit der linken Hand auf das Essen, „Du musst diesen Käse probieren. Versuche einfach, den Geruch zu ignorieren." Dann sieht er Steven in die Augen, „Georg sagte mir, dass der Stein wie eine heilige Reliquie wirkt, dass er aus Australien kommt und möglicherweise sogar aus atlantischen Zeiten stammt."

„Und über meine Queste?"

Alfred nimmt ein kleines Stück des weichen gelben Käses und legt es auf Kathrins Teller. „Versuch' mal. - Und Deine Recherche hat er mir ausführlich erzählt."

„Hat er dir etwas über meine Familie und ihre Geschichte gesagt?"

„Ja, deshalb war ich froh dich zu treffen. Ich hatte Schüler, die wie du jüdische Katholiken waren."

„Wie ich?"

„Du stehst nicht allein da mit deiner Suche. Viele Menschen in deinem Alter fragen sich, was geschehen ist, warum es ge-

schehen ist und wie es geschah. Selbst ich als guter Deutscher konnte mir nie erklären, wie es geschehen konnte – hier in den Dörfern, unter den Menschen, die das Bier, das meine Familie braute, tranken. Wie konnte ich dann meinen Studenten helfen? Ich zeigte ihnen Christus. Was sollte ich auch anderes tun? Möchtest du etwas Wein?"
„Ein Bier vielleicht, aber später."
Kathrin sieht Steven an und nickt ihr Einverständnis.
Alfred fährt fort: „Danach kam Ravenscrofts Buch ‚Die heilige Lanze'".
"Wann hast du das gelesen?"
„1982. Ein anderer Bruder schickte mir eine Erstausgabe aus England, weil er wusste, dass meine Familie Bücher sammelte. Das Buch von Ravenscroft war für uns im Klosterseminar von großem Interesse – es hat die Kirche nicht entschuldigt, aber es hat gezeigt, dass Widerstand zwecklos gewesen wäre. Und jetzt verstehe ich, warum", Alfreds Stimme formt die Worte nur langsam.

Kathrin ignoriert den Käse, den ihr Alfred auf den Teller gelegt hat, „Dieses Ravenscroft-Lanzen-Buch, ist das das Buch worüber du mit mir auf dem Flug nach Deutschland gesprochen hattest? Du hast mir erzählt, es zeige, dass ein Zauberspruch angewendet worden war und dass es das Unmögliche möglich machte."

Steven ist überrascht, „Du hattest schon immer ein super Gedächtnis."

„Ich glaube, das Flugzeug hat in der Hitze über Indien hin- und her gewackelt und ich habe deine Gedanken mit in den Schlaf genommen. Das ist es, woran ich mich erinnere."

Alfred schaut von Steven zu Kathrin. „Du weißt, dass Ravenscroft die Geschichte erfand? Er fügte Details hinzu, die niemals existierten. Die eigentliche Wahrheit verschwieg er."

„Er hat gelogen?" fragt Steven. „Das Buch war ein Bestseller!

„Ich habe nicht von Lügen gesprochen. Ich bin vorsichtig, welche Worte ich gebrauche. Ravenscroft verschwieg, auf welche Weise das Regime Rudolf Steiners anthroposophische Ideen nutzte. Er schrieb ein Buch, das sehr pro-Steiner war und die Wahrheit vermied. Es hat Jahre gedauert, bis ich das begriff. Erst als ich Willi Frischhauers Bücher fand – hier im Haus – realisierte ich, was Ravenscroft gemacht hatte."

Kathrin, „Lügen interessieren mich. Kleine Lügen, die große Lügen werden."

Steven rutscht heraus, „Vater, bitte sprechen Sie weiter."

„Vater - sind wir wieder zusammen in der Schule?" Alfreds Gesicht hat einen ernsten Ausdruck angenommen, doch dann kommt ein Lächeln. „Du warst doch auf einer Jesuitenschule, oder? Georg hat mir das erzählt."

„Habe ich etwas Falsches gesagt?"

„Nein, ich liebe es zu unterrichten. Ich werde dir in den nächsten Tagen einiges beibringen. Ich habe ein paar Stunden für Besichtigungen eingeplant."

„Lügen?" Kathrin versucht zum Thema zurückzukommen.

„Versteckte Halbwahrheiten", sagt Alfred. „Die Jesuiten haben mich ausgebildet. Ich weiß, wie man solche aufspürt. In Kapitel 13 erwähnt Ravenscroft die Edelweiß-Gesellschaft und meint, dass sie vom Golden Dawn kam – die benutzten das Abramelin Buch, das ich kannte. Du verstehst, dass ich mir das merke. Jahre später sah ich dann das Bild der Kapelle der Edelweiß-Gesellschaft in Karen Görings Haus. Es ist in Frischhauers Buch. Es zeigt eine Kapelle mit einem Kruzifix und einem knienden Engel – der war weder jüdisch noch magisch. Ravenscroft zitiert Frischhauer oft in seiner ‚Lanze', also muss er wohl den Fehler mit Absicht gemacht haben."

„Aber warum hat er das gemacht?", fragt Steven.

„Ich habe mich das auch schon gefragt. Also bat ich meinen Schutzengel, mir bei der Forschung zu helfen." Er schweigt.

„Also?", hakt Steven nach.

„Und nun kommt das fünfte Buch zum Tragen", sagt Alfred mit einem Lächeln. „Sein Gesamttitel ist nämlich: ‚Die Mission einzelner Volksseelen im Zusammenhange mit der germanisch-nordischen Mythologie'. Das sagt dir vielleicht schon etwas. Heute Abend wirst du das Buch lesen und wir werden es morgen auf einem Morgenspaziergang besprechen."

„Und was hat dein Schutzengel gesagt?" fragt Kathrin.

„Er führte mich in zwei Richtungen. Ja, sowohl nach Norden als auch nach Süden. Erst einmal nach Oslo 1910, als Steiner elf Vorträge hielt, die er dann in dem Volksseelenbuch aufschrieb. Steiner hatte eine große Gefolgschaft in Skandinavien und ich konnte eine Verbindung zwischen der Edelweiß-Gesellschaft und Steiners Ansichten der deutschen Mythologie herstellen. Für die Deutschen war Steiner so etwas wie ein Popstar des Okkulten. Viele Deutsche suchten in seinen Schriften nach Ideen – und Himmler war sicher auch jemand, der viel von ihm benutzte."

„Himmler?", fragt Steven. „Sein Name taucht immer wieder auf, aber irgendwie scheint er ein Niemand zu sein."

Alfred schlägt die Augen nieder. Dann sagt er: „Er war dem Okkulten ergeben, wie Crowley, und er hatte ein ausgezeichnetes Gedächtnis. Am Schluss war er vollkommen beschäftigt, die Kräfte unter Kontrolle zu bringen. Das ist etwas, wovor wir Jesuiten immer warnen. Steiner warnte sogar in seinem Volksseelenbuch. Wir können es morgen diskutieren."

„Und die andere Richtung?", fragt Kathrin.

„Südlich des Bratwurstglöckl in München", sagt Alfred mit einem Lächeln.

„Eine Glocke für eine Bratwurst?"

Alfred lächelt wieder. Es ist das Lächeln eines Lehrers, der sich der Aufmerksamkeit seiner Schüler sicher ist. „Es war die Bierhalle, in der sich Hitler mit seinen Anhängern traf, wo die NSDAP gegründet wurde. Karen Göring war oft oben am Tisch und die

Leute versammelten sich in ihrem Haus in München – das war 1923. Also kannst du die Verbindung zwischen Steiner, Edelweiß, Göring und Hitler sehen. Die frühen zwanziger Jahre waren die Zeit, in der sich die rechte politische und magische Philosophie entwickelten."

Alfred hält eine Weile inne, sieht dann von seinem leeren Teller auf und in Stevens Augen. Er sagt: „Während du mir zuhörst, kann ich dir sagen, dass du wahrscheinlich, wie die meisten Leute, ein paar Dinge nicht mitbekommen hast, die dir aber helfen würden, das Ganze zu verstehen. Hitler war einst ein Kriegsheld. Der einfache Mann, der dreimal das Eiserne Kreuz verliehen bekommen hatte. Die Leute standen auf und klatschten, wenn er zum Beispiel in ein Kino ging. Zweitens, Göring war ebenfalls ein Kriegsheld, ein Superpilot, der die Flotte des Roten Barons übernommen hatte, nachdem Richthofen gefallen war. Und drittens, in ihrer Gruppe befand sich auch General Ludendorff – der hatte die deutsche Armee im ersten Weltkrieg angeführt. Trotzdem misslang 1923 der Putsch. Ich glaube, es lag daran, dass sie noch nicht die spirituellen Kräfte kontrollieren konnten, von denen ihnen Karen Göring berichtet hatte. Es sind die Kräfte, die Steiner in seinem Volksseelenbuch beschreibt, das vor dem Kruzifix liegt."

Steven schaut auf die Reste des Abendessens. „Ich werde mir das Buch holen und anfangen zu lesen."

„Ja, das ist gut." Alfred blickt zu Kathrin. „Lasst mich euch beide segnen und ein Dienstgeist wird sich um euch kümmern. Er wird hier sein, während ihr bei mir seid."

Steven sieht auf das Kruzifix an der Wand, „Ich frage mich, was Alfred Brauers Engel in der Nacht gemacht hat. Ich habe wirklich gut geschlafen."

„Für mich war es auch eine gute Nacht," bestätigt Kathrin. „Vielleicht lag es am Kruzifix."

„Ich habe aber nicht viel gelesen. Alfred ist ein anspruchsvoller Lehrer. Die Einführung, Kapitel eins und ein bisschen hier und dort. Ich verstehe, auf was er hinaus wollte – ich meine, wenn ich es als Deutscher gelesen hätte, also um 1920, während die Welt um mich herum zerbrach, würde ich es auf eine andere Weise als heute lesen."

„Was Alfred mir sagte, während wir aufräumten, ergab Sinn."

„Du meinst, Hitlers Flucht am Ende des Krieges?" will Steven wissen.

„Ja, dass Hitler nach Spanien ging, zu Franco, aber als politische Geisel der Briten in Andorra endete."

„Was mich davon überzeugt hat, waren nicht die verwirrenden Details über die Schusswunden und den verbrannten Körper. Es war die Tatsache, dass es nach dem Krieg überhaupt keinen rechten Terrorismus gab."

„Erinnerst du dich an Wilhelm?", fragt Kathrin.

„Wie könnte ich jemals vergessen, was ihm der Stein antat? Aber du hast Recht, ich glaube auch, dass Wilhelm mir eine verrückte Antwort gegeben hat – sagte er nicht, dass die Vrilwaffe seines Vaters eine Zeitmaschine war, die Hitler gebraucht hat, um in die Zukunft zu entkommen?"

„Es war alles sehr verwirrend."
„Aber vielleicht ist es so passiert."
Kathrin antwortet nicht einmal.

Die drei treffen sich am Eingang. Kathrin ist beschäftigt, ihre Schnürsenkel zu binden. Steven hat seine roten Hausschuhe schnell gegen schwarze flache Slipper getauscht.
Alfred meint, „Ich habe in Japan gelernt, dass die Hausschuhe das Haus sauber halten – wie ging es mit dem Buch gestern Nacht?"
„Es tut mir leid, aber ich bin einfach eingeschlafen, bevor ich das Buch zu Ende lesen konnte."
„Das habe ich fast erwartet. Ich würde gerne das Vorwort mit dir diskutieren – das Steiner 1918 schrieb, als die Serie von Vorlesungen als Buch publiziert wurde. Er schaute sich das Material noch einmal genau an und sah die Stärken, aber auch die Schwächen. Schau mal, hier zum Beispiel. Steiner vergleicht den Einfluss von Geistern auf Menschen mit der Wirkung von Magneten auf einen Kompass. Das passt. Ein Kompass ändert sich von einem Magneten, ja allein von einem Stück Eisen in der Nähe. Das Gleiche gilt für Menschen. Aber der Magnet, der die Gedanken der Menschen und ihre Handlungsweisen verändert, sind geistige Wesen."
„Was meinst du mit geistigen Wesen?" fragt Steven.
„Hat dir das der Stein nicht gezeigt?"
„Ja, aber Steiner und du, ihr macht so etwas Enormes daraus. Erzengel und Throne zum Beispiel, die der Realität ihre Form geben", erklärt Steven – und als er feststellt, dass Alfred wirklich zuhört, „Weißt du, alles was mir während meiner Reise unter-

kam, war mit bestimmten Orten verbunden und den Gefühlen meines Körpers. Ich glaube nicht, dass irgendeine Erfahrung, meine Gedanken oder Handlungsweisen verändert hätte."

„Aha. Jetzt verstehe ich, was du mir sagen willst. Das war schon immer ein Problem für Jesuiten. Falls Christus überall auf diesem Planeten ist, warum wissen die Menschen dann nichts über ihn? Warum müssen wir Missionare sein? Weil die meisten Menschen Christus nicht erkennen können oder einen Erzengel, selbst wenn sie genau vor ihnen stünden. Sie sind einfach zu beschäftigt, um spirituelle Wesen zu erkennen."

„Also hat mein Stein einfach die Wahrnehmung im Raum um mich herum verändert?" fragt Steven.

„Ich weiß nicht. Er ist sehr alt, aber ich glaube, du brauchst mehr Zeit. Nicht nur ein paar Minuten hier und da, um die großen Geistwesen zu erkennen. In meiner Ausbildung gab es zwei- bis dreimonatige Meditationszeiten. In Georgs Buch hatte Abraham von Worms sich 18 Monate vom Leben zurückzuziehen, um seinen Schutzengel sehen zu können."

„Wie kann ich dann das Buch verstehen, das du mir zum Lesen gegeben hast?"

„Du bist mein Schüler und ich werde dir helfen." Alfred lächelt, während er die Tür aufschließt. „Zuerst werde ich den Verstand gebrauchen, aber dann werde ich dir beim Beten helfen. Lass uns einen Spaziergang machen."

Alfred geht voran, Steven folgt, Kathrin mit der Kamera am Schluß. Als der Weg zum Dorf breiter wird, dreht sich Alfred um. „Steven, bitte bleib rechts von mir, ich kann auf meinem linken Ohr nicht so gut hören. Das Buch von Steiner, mit dem du gestern Abend angefangen hast, enthält zwei wichtige Dinge. Zum einen Informationen über die Zeit, über das, was die Deutschen Zeitgeist nennen. Und einiges über die deutsche Volksseele."

Nach ein paar Schritten sagt Steven unsicher, „Ja?"

„Das Buch ist ein Raubdruck. Es geht darum, wie man den Zeitgeist benutzt hat, um Deutschland mächtig zu machen."

Steven blickt auf den Dorfbach, der am Weg entlang fließt. Er findet es schön, dass er so grün ist. „Wie?", möchte er wissen.

„Aha, jetzt fragst du richtig. Die Antwort ist einfach. Die Zeitgeister sind riesige Erzengel. Sie umhüllen den Planeten, aber sie müssen durch nationale Volksseelengeister hindurch und hinein arbeiten. Lies mal das Ende des ersten Vortrags in dem Steinerbuch, das ich dir gegeben habe."

„Ich schau es mir heute Nachmittag an."

Alfred übergeht Stevens Bemerkung. „Die Nazis mußten die deutsche nationale Identität zu stärken, damit der Zeitgeist Deutschland helfen konnte."

„Wie?"

„Weißt du…" Alfred spricht nicht weiter und zeigt mit einer Kopfbewegung auf eine Gruppe, die ihre Einkaufstaschen

tragen. „Vor dir siehst du die Deutschen. Solche Leute waren es, in deren Körper die deutsche Volksseele, verstärkt durch den Zeitgeist, gebracht werden mußte. Ja, hier sollten wir wohl mal über den Ariermythos sprechen." Steven sieht das kleine Mädchen in dem Wägelchen, während Kathrin ein Foto macht. „Die Leute sehen müde aus, die Zeit unter dem Kommunismus muss schwer gewesen sein."
„Es ist jetzt noch schwerer für sie."
„Wie konnten diese Leute die angereicherte deutsche Volksseele in sich tragen und was bedeutete das für sie?"
„Das Gleiche, wie das Heilige Sakrament des Abendmahls, die Transsubstantiation. Ich habe es oft gesehen, die Menschen fühlen sich aufgeladen, sie fühlen sich wohl, sie fühlen sich als Übermenschen – und es ist wirklich so, während die Hostie verdaut wird."
„Aber sie mussten richtige Deutsche sein?"
„Das ist wahr. So wie wir die Macht der christlichen Hostie nur an getaufte Christen geben."
„Arier?"
"Natürlich nicht. Du weißt das doch, du bist in eine katholische Schule gegangen, aber die Deutschen haben wirklich geglaubt, dass die Deutsche Volksseele sich nur inkarnieren konnte. Sie konnte also nur in Ariern wieder aufleben, die pures deutsches Blut in ihren Adern hatten." Alfred betont das Wort ‚pur'.
Steven, „Weißt du, irgendwie ergab es ja Sinn, nicht jetzt, aber in den zwanziger Jahren. Ich habe das in dem Steinerbuch gesehen. Er meinte, dass ein Afrikaner oder ein Chinese niemals fähig sein würde, den deutschen Volksgeist in seinem Körper zu fühlen. Nationale Gemeinschaften bestehen aus nationalen Volksseelen."
„Richtig und es war nicht nur Steiner, der das sagte. Blavatsky hat es schon vor ihm gesagt und weißt du noch, dass Eugenics in England und Amerika sehr beliebt waren?"

„Und die Briten, die nach Australien kamen, haben die Aborigines umgebracht. Sie hielten sie für Untermenschen, schlimmer als Steinzeitmenschen."

„Was uns zum Thema Juden bringt. In den zwanziger Jahren, als die Nazis im „Bratwurstglöckl" herumsaßen und Bier tranken, kamen sie zu der Überzeugung, dass alle Probleme in Deutschland von den Juden verursacht worden waren. Ihnen gehörten die Banken, die das wirtschaftliche Chaos in Deutschland verursacht hatten. Aber sie überzeugten sich gegenseitig davon, dass der Geist der jüdischen Volksseele ein Parasit war, der das Herz der deutschen Volksseele verzehrte."

Steven schaut hinunter auf den Bach. „Ich glaube, ich verstehe es jetzt. Um Deutschland zu retten und es Deutschland zu ermöglichen, die Macht des Zeitgeistes in sich aufzunehmen, mussten die jüdischen ‚Parasiten' verschwinden. Tot oder lebendig, so oder so! Und schließlich hat die Absicht der Rassisten triumphiert. Das letzte Kapitel in Ravenscrofts Buch, das Verstreuen der potenzierten jüdischen Asche – es hat funktioniert. Die Juden sind alle nach Israel entflohen, wie Kaninchen, die den Geruch ihrer toten Verwandten riechen können."

„Und das fällt dann wieder zusammen mit der Tatsache, dass Hitler als Geisel in den Hügeln über Spanien festgehalten wurde", sagt Alfred. „Vielleicht befand er sich in einem der sechs Flugzeuge, die Asche über Deutschland verstreuten."

„Es ist schon verwirrend genug, ohne noch mehr Hypothesen."

Steven geht schweigend weiter. „Rechtspopulisten haben also den deutschen Volksseelengeist benutzt, ebenso wie den Zeitgeist, um Deutschland zur stärksten Nation der Erde zu machen."

„Richtig, du hast es erfasst."

„Waren sich die Nationalsozialisten all dessen bewusst, waren sie dem Okkulten verfallen?"

„Ich glaube schon."

„Wer? Waren es Hitler, Himmler, Hess oder Göring?"
„Die Alle! Und etliche andere mehr." Aber Himmler ist der Einzige, der Spuren hinterlassen hat – morgen und übermorgen werde ich dich mitnehmen, um sie dir zu zeigen."
„Du meinst in ein Museum?"
Alfred lacht sein tiefes, unterdrücktes Lachen. Das Lachen eines Mannes, der nicht viel zu lachen hatte. „Nein, zu wirklichen Orten. Dort wirst du die Wahrheit ohne Verwirrung sehen können. Wir werden Georgs Auto nehmen."
Der Mühlbach untermalt die ernste Unterhaltung.
„Du siehst", wieder lacht Alfred tief und schwer, „keine Religion ist ein einziges philosophisches System, das eng aufgebaut ist. Sogar die katholische Kirche, die aus Kardinälen und Orden besteht, die nicht zusammenpassen. Die NSDAP war genauso. Ich habe eine Studie über Himmler gemacht. Hast du von Quedlinburg oder der Wewelsburg gehört?"
„Nein."
„Ich plane, dich in den nächsten Tagen dorthin zu führen. Aber lass uns erst in die Dorfkirche schauen. Ich werde dir zeigen, wie die Nazis ihre neue Religion in die Herzen und die Köpfe der Leute brachten."
Die Kirche ist ein einfaches, weißes Gebäude mit einem hölzernen Kirchturm, in der eine Uhr klar vernehmlich tickt. Alfred holt einen kleinen Sicherheitsschlüssel aus der Tasche und öffnet die Alarmanlage. Er dreht ihn um und ein sauber klingendes Geräusch kommt aus der uralten, hölzernen Tür der Kirche.
Drinnen befindet sich eine Empore auf drei Seiten. Darauf sind religiöse Szenen aufgemalt – Abraham, der dabei ist, seinen Sohn zu töten, Gott, der mit einem Engel spricht, Heilige aus der Gegend, und natürlich die Jungfrau Maria, die den Christus auf dem Schoß hat.
Alfred, der sich freut, dass Steven von der Kirche beeindruckt ist, lächelt, „Im Winter ist es auf der Empore wärmer. Aber lass

uns mal den Altar ansehen."

Steven geht näher an den Altar heran, beugt sein Knie. Es scheint hier angebracht zu sein.

Alfred steht links vom Altar, „Schau mal auf die Seiten. Siehst du das Rad links und den Baum rechts?"

„Ja, ist das ein buddhistisches Dharma-Rad?"

„Nein, es ist das Symbol der schwarzen Sonne und das andere ist Yggdrasil, der Baum, der die Verbindung zwischen Himmel, Erde und der Unterwelt darstellt."

„Was bedeutet die schwarze Sonne? Und warum ist sie hier?"

Alfred steht wie ein Schullehrer neben dem Altar. „Diese Symbole wurden in die meisten deutschen Kirchen gebracht. Damit schafften sie es, die Symbole in das Unterbewusstsein der Deutschen einzuschleusen. Der Baum ist ein gebräuchliches deutsches Symbol. Es dreht sich um Leben und Tod. Der obere Teil geht in den Himmel, die Erdverbindung ist in der Mitte und drunter ist die Welt der Toten. Dort lebt auch Nidhogg, die lindwurmartige Schlange, die sich von Leichen ernährt. Ich werde dir später mehr darüber erzählen."

„Diese schwarze Sonne, darüber wurde nie gesprochen. Ich konnte keine Erklärung in den deutschen Runen oder Mythen finden. Sie wurde von Himmler und seinen Männern immer wieder benutzt. Die esoterische Seite der germanischen Mythologie wurde nach dem Krieg von Ravenscroft und anderen verschwiegen. Erst als der Schutzengel mich zu Steiners Buch führte, fand ich eine Erklärung.

Steiner sprach über die leitenden Geistwesen der Erde. Er nannte sie die höchsten Geister der Form. ‚Sie bilden eine kosmische Loge in der Sonne. Dort sitzen sie zusammen und beraten, wie man irdische Harmonie herstellen könnte, um die Mission der Erde zu erfüllen.'

Die Braunen konnten nicht an den Gott der jüdischen Bibel glauben, also mussten sie einen neuen finden und das haben sie auch getan. Es ist die schwarze Sonne, die verborgene kosmische Loge, die die Ereignisse auf unserem Planeten dirigiert."

„Warum heißt sie die schwarze Sonne?", wirft Kathrin ein.

„Das ist eine schwierige Frage." Alfred wird langsam und nachdenklich. „Heute werde ich dir einen einfachen Blickwinkel zeigen. Es repräsentiert die verborgene Seite, die Seite des Okkulten, die auf die Sonne bezogen wird. Und wenn du mehr gelernt hast, werde ich dir tiefere Einblicke in die Schwarze Sonne verschaffen. Ja, in Wewelsburg, da wirst du die schreckliche Wahrheit kennenlernen. Jetzt würdest du sie mir nicht glauben."

„Glauben, warum nicht? Sicher wird die Wewelsburg eine außergewöhnliche Erfahrung."
„Ich sehe, Du bist für einiges zugänglich. Deshalb will ich dir eine andere unglaubliche Geschichte erzählen. Hast du von der Blutfahne gehört?"
„Noch nie."
„Die Nürnberger Reichsparteitage?"
„Klar, das war die jährliche große Versammlung der Nationalsozialisten. Die Kathedrale des Lichts der Suchscheinwerfer - diese Fotos sind berühmt."

„Was leider keiner begreift ist, daß die Blutfahne das Kernstück der Veranstaltung war, der heilige Gral des Aufmarsches. Wie das Kreuz Christi zu Ostern wurde sie durch die monumentalen Kolonnen der halben Million Aufmarschierten in diesen leuchtenden Dom hineingetragen.
Wenn Du nichts von der Flagge gehört hast, dann verstehst du die Bedeutung und die Magie des Rituales nicht."
Gebannt starren Steven und Kathrin auf Alfreds Lippen.
„Das Banner war das blutgetränkte Relikt vom 1923er Putsch in München. 16 Männer starben bei der Provinzposse, dem unorganisierten Marsch auf die Feldherrnhalle, mit dem sie die deutsche Regierungsgewalt übernehmen wollten. Die Bereitschaftspolizei hatte die Kundgebung mit Gewehrfeuer aufgelöst und die blutige Hakenkreuzfahne wurde zur heiligen Reliquie der Bewegung.
Bei dem Massenritual der Nürnberger Parteitage wurden die Geister der 16 Märtyrer beschworen. Quer über das Gelände dröhnten die Namen der Gefallenen durch die Lautsprecher, von Böllerschüssen begleitet.
Danach wurden mit dieser blutgetränkten Fahne alle Regimentsflaggen in Deutschland segnend berührt. Das war Hitlers eigenste Aufgabe, als sei er ein Erzbischof oder Papst."
In das Schweigen, das über ihnen hängt, fragt Kathrin, „Woher kam die Swastika?"
Alfred verfällt in seine Lehrerstimme und geht zu Kathrin hinüber: „Lass uns mal hier sitzen, hier ist es gut." Er zeigt auf die erste Reihe der Kirchenbänke und setzt sich. Kathrin sitzt rechts von ihm, Steven links. Die Kirche strahlt dunkeldämmernde Ruhe aus. Ein Raum außerhalb der Zeit, eine Exclave, aus dem Dorf herausgeschnitten.
„Den Runen galt die Faszination im Reich. Ich bin in Japan gewesen und habe gesehen, wie die Kungi Zeichen ein eigenes Leben zu führen scheinen."

„Es ist das Gleiche im Chinesischen", weiß Kathrin. „Ich habe eine Halskette aus Gold mit dem Zeichen für ‚Viel Glück'. Meine Mutter gab es mir, als ich das erste Mal ins Ausland ging."

„Und hat es dir Glück gebracht?", fragt Steven.

„Ich habe dich getroffen."

„Entschuldigung, wie war das nochmal?"

„Runen", unterbricht Alfred, „sind wie die Kungi. Magische Kraftsymbole, die der Menschheit von Odin gegeben wurden. Hörst du mir noch zu, Kathrin?"

„Die Swastika ist also ein Symbol, das von Odin kam?"

„Ja und nein, eigentlich bezieht es sich auf die Macht des Gottes Thor. Es repräsentiert Donner und Blitz, den er auf die Erde schleudert, um die Kämpfe zu beenden und die Felder gedeihen zu lassen. Aber Odin war der Hauptgott und auch der Vater von Thor – und es war Odin, wie du richtig gesagt hast, der die Runen entdeckte, die magischen Symbole der Macht und der sie der Menschheit gegeben hatte."

„Ich verstehe. Sie wollten Symbole. Also ist die Swastika ein altes magisches Symbol, das bedeutet: ‚Hier liegt die Macht der Götter'."

„Eine kluge Antwort. Aber die Swastika war mehr als ein Symbol. Die Menschen wurden sozusagen durch die Swastika von den germanischen Göttern gesegnet."

Alfred wendet sich Kathrin zu und lächelt. „Aber es gibt noch mehr. Die nächste, faszinierende Information, die mir von meinem Schutzengel zukam, ist folgende: Hitler war Odin. Es wurde mir klar, als ich erkannte, dass in Wagneropern Odin einen Speer trägt, der aus dem Baum des Lebens und des Todes herausgeschnitten wurde." Alfred zeigt auf die rechte Seite des Altars und fährt fort, „Ravenscrofts Buch über Hitler und den Schicksalsspeer hat einen ähnlichen Zusammenhang gezeigt."

„Wie konnte Hitler ein Gott sein?", fragt Kathrin.

„Er war ein Besessener."

„So wie ein Mystiker von Gott besessen ist?"
„Du bist klug", lächelt Alfred. „Ich wollte, ich hätte Mädchen unterrichten dürfen. Um die Idee weiterzuführen: Es ist wie ein Priester, der zu Christus wird, wenn er die Messe liest."
„Wirklich?", fragt Steven. „Ich sehe schon, wohin das führt… Odin als Führer der Deutschen. Traumzeitgötter besetzten Hitlers Körper und gaben ihm die Kräfte von Odin."
„Ja, Odin war jemand, der seine Gestalt wandelte, gemäß den deutschen Legenden der Traumzeit. Das bedeutet, er konnte sich ins Innere von Tieren oder Menschen begeben. Ob dies wirklich mit Hitler passiert ist? Viele Deutsche, vielleicht sogar Hitler, benahmen sich, als ob sie glaubten, dass es die Wahrheit sei. Selbst das Wort Führer deutet darauf hin, dass Hitler mehr noch als ein König oder Kaiser die deutsche Nation durch sein persönliches Recht regieren durfte."
„Also war Hitler wie ein Papst?", fragt Steven mit ein wenig Humor in der Stimme und fügt hinzu, „Es tut mir leid, Hochwürden, aber ich hatte keine gute Zeit in der Schule.

Harz - Reise ins Zentrum der deutschen Volksseele

"Quedlinburg", mischt sich Alfred ein. "Es ist am besten auf der B 242 nach Harzgerode zu fahren. Es dauert ungefähr zwei Stunden – es befindet sich noch im Osten."

"Vielleicht", Steven navigiert den großen Wagen vorsichtig entlang der engen, kurvigen Straße, "haben wir deshalb nie davon gehört."

"Und es ist schwer zu erklären, was Himmler hier gemacht hat", meint Alfred, "wie, fragte ich mich, konnte ich das ‚was' und ‚warum' meinen Studenten bei Sankt Peter erklären?"

"Versuch es mal mit mir."

"Später, du wirst es schon merken." Schweigend schweben sie weiter auf der kurvenreichen, engen Asphaltstraße. Hohe Pfosten an den Seiten zeigen, dass der Schnee im Winter tief ist.

Wieder eine Kleinstadt mit alten Dorfstraßen. Steven, "Nichts als alte Leute, enge Gassen und schlechtes Pflaster."

"Ja", bestätigt Alfred. "Das habe ich auch festgestellt, als ich nach Hause zurückkehrte. Gernrode hatte eine Fahrradfabrik. Als die Mauer fiel, wurde die Fabrik von einer Westfirma aufgekauft – und sie haben sie zugemacht, nur um die Konkurrenz auszuschalten. Die jungen Leute gingen alle in den Westen. Die Straßen werden von jetzt an besser. Es ist der rechte Moment, mit der heutigen Unterrichtsstunde zu beginnen."

"Beim Frühstück meintest du, dass du uns heute zwei Dinge beibringen wolltest – und dass du neugierig wärst, wie der Stein funktioniert."

„Ja. Das erste Thema heute ist über negative Zeitgeister. In dem Buch, das du liest, nennt Steiner sie die Archai. Sie sind jedoch dualistisch."

„Ich erinnere mich an den Ausdruck, aber ich bin immer noch verwirrt. Es gibt zu viele Namen von Engeln."

„Jeder findet das verwirrend. Ich glaube, das wirkliche Problem ist, dass Steiner keine Ahnung hatte von dem, was wir jetzt als tiefe Zeitdimension bezeichnen. Also hat er versucht, die Evolution in historische Perioden der näheren Vergangenheit zusammenzufassen…"

„Keiner der Ortsnamen sagt mir was", Steven nähert sich der Mündung einer Hauptstraße, die verwirrend beschildert ist.

„Oh, rechts ab und dann wieder links nach 50 Metern."

„Und", spricht Steven weiter, „Steiner schien ausgesprochen auf Evolution aus zu sein. Alles außer Gott hatte eine Notwendigkeit, sich zu entwickeln."

„Stimmt, aber jeder zu der Zeit hatte eine Menge großartiger neuer Ideen. Denke nur an Darwins evolutionäre Einsichten und das Periodensystem der Elemente."

„Was meinst du damit?", fragt Steven.

„Das Periodensystem machte die moderne Welt möglich. Das Plastik in diesem Wagen, die Farbe deines Hemdes, das Benzin, womit wir fahren – fast alles in der modernen Welt erklärt sich aus dem Periodensystem. Molekularchemie wurde in den frühen Jahren des zwanzigsten Jahrhunderts als ein Wunder angesehen – und es war eines." Nach kurzer Pause spricht Alfred weiter, „Also war es für Steiner logisch, durch Systematisierung, ebenso wie er es mit den Elementen gemacht hatte, größere Klarheit zu erreichen."

„Für mich hat das nicht funktioniert." Steven klebt gerade hinter einem alten roten Volkswagen in einer steilen Kurve.

„Ich wollte ja über die Zeitgeister sprechen", meint Alfred.
„Die Archai hat Steiner als regressive, negative Zeitwesen bezeichnet. Jene, die sich nicht weiter entwickeln wollten. Das ist es, warum das Verstehen der tieferen Zeit die Dinge so verwirrend macht."

„Ja. Ich glaube das auch, aber ich konnte es nicht aus dem Buch heraus verstehen."

„Schau mal, lass uns einfach diese griechisch-christlichen Namen vergessen und einfachere Worte gebrauchen."

„Gute Idee, wie wärs mit Deva?"

„Was bedeutet das für dich?"

„Deva? Kathrin, was meine ich, wenn ich Deva sage?"

Alfred dreht sich herum, lockert dabei seinen Sitzgurt und schaut Kathrin an. Sein Rücken ist an der Wagentür, unglücklich eingezwängt.

Kathrin, „Ein Feenwesen – groß oder klein, alt oder jung." Sie hält inne, dann, „So frisch, wie ein frischer Tautropfen oder so alt, wie ein Berg. Die Alten können sehr weise sein, die Jungen glitzern vor Freude."

„Eine einfache und gute Antwort," lobt Alfred.

„Ja, Kathrin kann sehr clever sein oder sagen wir lieber weise. Die Sache über das Alter ist interessant. Ein Engel ist ein Feenwesen und ein Erzengel ein großes, altes Feenwesen."

„Warum nicht?", meint Alfred laut, damit Kathrin ihn hören kann. „Die Idee der Flügel ist wichtig. Der große Adler war schon immer das Symbol, die Deva, der Volksseelenengel Deutschlands, und nun wurde er oben auf die Swastika gesetzt."

Kathrin, „Da muss ich nachdenken. Flügel, nein, das glaube ich nicht. Es ist so einfach, wie die Europäer die Form der Deva sehen. In chinesischen Tempeln haben die Göttinnen viele Arme."

„Ich glaube, du hast Recht. Die politischen Okkultisten in Deutschland wussten, was der Adler auf der Swastika bedeutet und sie haben ihn überallhin gesteckt. Es war die Volksseele, die über Deutschland wachte – das Land der Swastika mit ihren Leuten, die mit der Kraft Gottes erfüllt waren. Und über all das wachte Hitler. Der einäugige Odin mit seinem Speer der Macht. Später wirst du es verstehen."

„Hatte Odin nur ein Auge?"

„Ja, das andere hat er für die Weisheit eingetauscht, als er am Baum des Lebens aufgehängt wurde."

„Auge, Weisheit…", murmelt Steven. „Dieses Lied, dass Hitler nur einen Hoden hätte. Ich erinnere mich vage, dass im Wiener Slang die Hoden als Ogen, also Augen bezeichnet wurden."

„Es war tatsächlich so. Die Leute haben Hitler mit Odin gleichgesetzt. Bald wirst du Himmlers Kirche sehen. Der deutsche Adler ersetzt dort das Kreuz."

„Die alten deutschen Mythen. Sie sind mit den Archai verbunden. Waren sie die Devas der Vorzeit?"

„Ja und nein. Die deutsche Volksseelendeva existiert außerhalb von Raum und Zeit. Odin ist ein Archai, ein regressiver, negativer Geist – das war die Tragödie der Nazis. Sie haben die Vergangenheit zurückgebracht und sie in sich selbst beheimatet. Alle waren besessen, einen Ring der Macht zu besitzen."

„Im Kapitel 2", sagt Steven, „spricht Steiner von den ‚Geistern der Persönlichkeit'. Devas der Vergangenheit, die die Menschen besetzen und kontrollieren. Meinst du das?"

„Genau! Die Archai sind in die Verblendeten eingedrungen, haben ihre Persönlichkeit beeinflusst, ihre Gedanken und Handlungen kontrolliert."

Während der Wagen an einer Baustellenampel wartet, huscht Kathrin für einige Schnappschüsse ins Grüne..

„Ganz anders als Australien", meint Steven. „Ordentlich, grün und keine Zäune. Wie groß sind die Bauernhöfe?"

Alfred, mal wieder als Pauker: „Das ist ein guter Anfang für die nächste Unterrichtsstunde." Beim Losfahren drückt Alfred wieder seinen Rücken gegen die Wagentür, sieht Steven an. „Kannst du mich auch hören, Kathrin? Gestern sprachen wir über den Zeitgeist. Ich habe mich oft gefragt, welche Rolle der Zeitgeist in der Neuzeit spielt. Steiner meinte, es hätte damit zu tun, dass Christus hier mit uns lebt. Es gefällt mir zwar, aber was bedeutet es wirklich?" Alfred scheint keine Antwort zu erwarten.

„Es bedeutet, dass die Devas, um dein Wort zu benutzen, hier mit Menschen zusammentreffen, um sie zu retten, ihnen zu helfen, sie zu erlösen. Das war es, was Jesus tat, als er Mensch wurde."

Steven, „Die Devas wollen also den Menschen helfen?"

„Wie in Findhorn mit diesen riesigen Krautköpfen?", fügt Kathrin hinzu.

„Das ist eine Art, das Ganze zu betrachten", sagt Alfred. „Steiner hatte seine Art, du hast deine und die Nazis hatten ihre. Sie erwarteten, dass die deutsche Volkseelendeva ihnen helfen würde, die Herzen und Gemüter der Menschen zu gewinnen. Es war ihr Glaube, auf den sie alles aufbauten."

„Ich fühle mich verwirrt", sagt Steven. „Autofahren und denken ist schwer."

„Lass mich noch einmal anfangen. Nach Quedlinburg wirst du mich besser verstehen. Lass uns den wichtigen Teil des Unterrichts angehen. Es dreht sich um ‚Blut und Boden'. Was haben die damit gemeint?"

„Ich glaube, Vieles."

Alfred, „Das war keine gute Antwort. Und du, Kathrin?"

„Ich weiß es nicht."

„Es gibt keine einfache Antwort darauf. Steven hat also Recht, aber er hätte besser, wie du, gesagt, er weiß es nicht." Im Auto herrscht Schweigen. Alfred kann sich der Aufmerksamkeit sei-

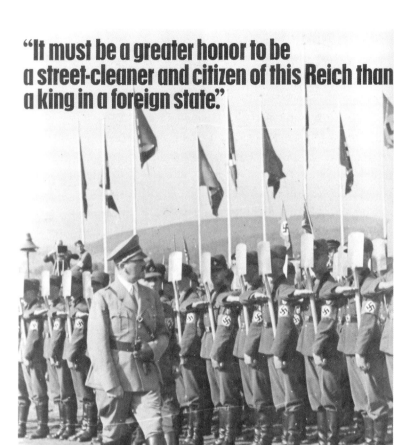

"It must be a greater honor to be a street-cleaner and citizen of this Reich than a king in a foreign state."

Above: Workers present spades at a rally for the Blood and Soil movement in Bückeburg in 1935.

Top center: The Reichsarbeitsdienst (German Labor Corps) before the symbol of their movement, *Blut und Boden* (Blood and Soil).
Top right: A squadron of 17 biplanes in formation over Bückeburg.
Center right: Hitler arrives at Bückeburg in 1934 for the Labor Corps rally.
Right: Opening ceremony of Green Week in 1934 honoring the Blood and Soil movement in Berlin before a famous portrait of the Führer.

ner Schüler sicher sein, „Was nicht gesagt wurde, ist – und ich glaube es ging darum, den anthroposophischen Ursprung der Idee zu verheimlichen – dass es Steiners Idee von kleinen biologischen Bauernhöfen war, die half, dass Hitler an die Macht kam."

„Also hat Steiner den Rechten erneut geholfen?"

„Ja und nein. Steiners tiefe Einsicht in die Spiritualität unseres Planeten half den Nationalsozialisten. Aber man kann auch fragen, ob Jesus für die Hexenverbrennungen verantwortlich war, den Dreißigjährigen Krieg, die Auswüchse der Reformation? Nein, Christus hatte nur die Philosophie anzubieten und vieles ging dann schief. Schau, du warst in Auschwitz – niemals, in seinen schlimmsten Träumen, hätte sich Steiner vorstellen können, dass seine Vorträge in Oslo 1910 so etwas hervorbringen könnten! Lass es uns erst einmal vergessen!" In seiner Stimme schwingen Traurigkeit und Ärger mit.

Alfred, nach einer Minute Ruhe doziert weiter, „Zurück zu ‚Blut und Boden'. Die NS-Zeit aus der deutschen Geschichte herauszunehmen, ist ein Trick, den wir Deutschen gerne versuchen. Hitler war politisch erfolgreich, weil es ihm gelang, in seinen politischen Projekten die Träume und die Hoffnungen von hunderten verschiedener sozialer und politischer Gruppen aufzunehmen, die Deutschland nach der Niederlage von 1918 und der Influenza-Epidemie überschwemmten."

Alfred ist zufrieden mit seinen aufmerksamen Schülern. „Die größte Gruppe waren die Bauern, die kein Land besaßen. Es war das natürliche Resultat davon, dass Deutschland in 300 Fürstentümer aufgeteilt gewesen war, die den Bauern nur das Minimum zum Leben ließen, damit sie auf ihren Besitzungen arbeiteten. Das sind Dinge, auf denen Revolutionen immer beruhen. Als chemische Produkte und Maschinen immer mehr Arbeit übernahmen, wurde die Lage der Bauern noch schlechter."

„Wie viele Einwohner hatte Deutschland zu der Zeit?"

„Es war dicht besiedelt, so ähnlich wie jetzt, aber ohne Migranten. Ungefähr 60 Millionen Menschen. Das Interessante daran ist, wie viele in Dörfern lebten und dadurch an die Landwirtschaft gebunden waren. Nämlich gut die Hälfte. Eine enorme politische Sache."

„War Deutschland eine Demokratie?", fragt Kathrin vom Rücksitz aus. „Ich hielt es für eine Diktatur, wie China unter Mao."

„Ja, es war zunächst eine echte Demokratie", sagt er, mit seinem Rücken wieder an der Wagentür gelehnt. „Als Hitler erst einmal die Macht hatte, veränderte er jedoch gezielt die Gesetzgebung, legalisierte sich selbst als Führer."

Steven lenkt den Wagen durch das nächste Harzstädtchen, mit den gleichen historischen Gebäuden und dem Kopfsteinpflaster wie sonst.

Im freien Gelände fährt Alfred fort: „Land für die Besitzlosen war eine Idee, die gut ankam. Es wurde auf zwei Arten ausgedrückt. Einmal als ‚Lebensraum' im Osten – diese Idee gab es schon seit dem späten 19. Jahrhundert. Hitler schrieb es einfach in die Politik seiner Partei mit hinein - und zum anderen als kleine Bauernhöfe, die aus dem Feudalbesitz herausgenommen wurden, einzelbewirtschaftet, unabhängig, wie heutige Bio-Höfe, jedoch auf die Weise, die Steiners spirituellen Ideen entsprach."

„Du sprichst von biologisch-dynamischem Anbau?"

„Ja. Nur durfte der Begriff ‚Anthroposophie' nicht benutzt werden. Unter der Bedingung konnten auch die Steiner-Leute zunächst weiter machen."

Kathrin lockert ihren Sitzgurt und beugt sich nach vorn. „Warum ist all das nicht in den Geschichtsbüchern?"

„Es liegt daran, dass es zu kompliziert scheint. Als Geschichtslehrer weiß ich, dass es immer viel leichter ist, eine klare Tatsache zu lehren, selbst wenn sie nur die halbe Wahrheit darstellt, als die Geschichte so zu zeigen, wie sie sich in Millionen Köpfen abspielte. Wenn man es so sieht, kann man zwei hauptsächliche politische Seiten erkennen. Zum einen die Millionen der armen Landbevölkerung und zum anderen die Millionen der armen Städter. Die Menschen in der Stadt waren vom Kommunismus angezogen, auf dem Land war es die Idee von ‚Blut und Boden', die attraktiv schien."

„Und was bedeutet ‚Blut und Boden' nun wirklich?"

„Ja, wie kann ich es erklären? Es bedeutet verschiedene Dinge. Für die jungen Deutschen war es der eigene Bauernhof, auf dem sie für sich selbst anbauen konnten. Land, das aus Adelsbesitz kam oder aus dem Osten, den man bald erobern würde. Für den Mystiker bedeutete es die Verbindung von menschlicher psychischer Energie mit der der Devas, um dein Wort zu gebrauchen, aus der Landschaft. Auf jeden Fall war es ein gutes politisches Motto. Politiker liebten es. Selbst Reichskanzler Brüning ernannte sich zum Führer der ‚Gesellschaft zur Förderung der Biodynamischen Landwirtschaft' im Jahre 1930."

„Das wird alles mal wieder zu kompliziert", stöhnt Steven.

„Ja, das habe ich befürchtet. Ich werde mich mal von der Tatsache wegbewegen, dass es die Menschen sind, die die Geschichte machen und mich den großen Führern der Geschichte zuwenden."

„Also meinst du, dass Hitler die Geschichte gemacht hat?"

„Nein, das wäre eine Halbwahrheit. Hitler hat die Geschichte benutzt, er hat sie, aus meiner Sicht, nicht gemacht. Aber genug davon. Ich möchte dir über Walther Darré erzählen. Es gibt wenig über ihn in den Geschichtsbüchern. Warum? Er hat sogar den Krieg überlebt, die Nürnberger Prozesse und war nur eine kurze Zeit im Gefängnis. Die bundesrepublikanische Landwirtschaftspolitik und die der EU beruhen auf seinen Ideen. Wie viele andere glaubte Darré fest an Steiners biologisch-dynamisches Anbausystem."

„Und wer noch?"

„Viele. Zwei Namen wirst du kennen: Das sind Rudolf Hess und der Mann, auf den wir uns in den kommenden Tagen konzentrieren werden, Heinrich Himmler."

„Himmler?"

„Ja, weißt du, dass er Vegetarier war, wie Hitler?"

Kathrin, „Ich habe nicht einmal gewusst, dass Hitler Vegetarier war. Oder dass er sich selbst zum Diktator ernannte."

„Ja. Hitler war nicht verrückt. Er war ein geschickter Politiker, ein ausgezeichneter Redner. Er machte den verschiedensten Gruppen Versprechungen. Bauern ohne Land, reichen Industriellen, unzufriedenen Kommunisten. Er schuf Arbeitsprojekte, die die Hungernden beschäftigten. Er konnte all dies tun, weil er und die Deutschen glaubten, er hätte die Macht Odins und dass Deutschland dazu auserkoren war, ein irdisches Walhalla zu werden."

Als der Wagen an einem Bahnübergang stoppt, erinnert Kathrin, „Du wolltest uns doch etwas über Walter… war es Darré?… sagen."

„Ja. Er hat Hitler zur Macht geführt. Er brachte die Landbevölkerung ins Geschäft. Er war ein Schriftsteller, der im Jahr 1920 Ideen erweiterte, die den Bauern zugutekommen sollten, die biologisch-dynamische Methoden anwenden wollten. Er hatte erkannt, dass man dadurch gesünderes Essen produzieren kann. Er war dafür verantwortlich, dass die ‚Blut-und-Boden-Philosophie' für Hitler von Vorteil war. Er brachte schließlich die Landbevölkerung dazu, für Hitler zu stimmen."

„Als Hitler 1933 an die Macht kam, ernannte er Darré zum Minister für Landwirtschaft und gab ihm riesige und immer

noch reichlichere Budgets. Die arme Landbevölkerung stellte Hitlers eigentliche Basis für die Machtergreifung dar. Darré gründete ein ‚Internationales Bauernzentrum' in Goslar, mit einer Universität für Landwirte. Riesige Volksversammlungen fanden auf den Hügeln in der Nähe statt, wo sich bis zu einer halben Million Menschen versammelten, um Hitler zu hören."
„Ich dachte, diese Versammlungen fanden in Nürnberg statt?"
„Und auch in München. Verstärker und das Radio brachten die Reden deutschlandweit überall hin. Sie trugen viel dazu bei, Deutschland in eine Volksseele zusammenzufassen. Denk dran, dass es 300 Fürstentümer und 7 Herzogtümer gegeben hat, aber ich weiß nicht, wie viele Dialekte gesprochen wurden.

Quedlinburg ist nun noch eine halbe Stunde entfernt. Es war ein kleines Königreich, aber anders als die meisten. Ich werde dir bald mehr darüber erzählen. Nun, um zum Ende der Stunde über Darré zu kommen: Bis 1937 hatten die Besitzlosen Arbeit gefunden. Sie hatten die Autobahn eingeweiht. Die Waffenindustrie lief großartig, ebenso wie die immer größer werdende Gestapo Himmlers. Darrés Zeit der politischen Macht war beendet. Aber er hatte zwei starke Männer hinter sich, die ihn unterstützten: Hess und Himmler."

„Mal wieder Himmler", wirft Steven ein.

„Ich werde dir morgen mehr über ihn erzählen. Wusstest du, dass er ein homöopathisches Zentrum in Dachau etablierte? Vielleicht kam die letzte jüdische ‚Angstmischung' von hier. Georg hat mir erzählt, dass dein Onkel in Dachau war. Wo war ich stehen geblieben? Ach ja, der andere, der hinter ihm stand, war Hess. Der Stellvertreter des Führers, der ebenfalls sehr zu Steiners Ideen neigte. In der Tat verschwand Hess erst 1941 aus der deutschen Politik, durch seinen Flug nach England."

Steven hat das Auto angehalten, als er sich einem Kreisverkehr nähert. „Was jetzt? Scharf links oder sanft nach rechts?"

Alfred, „Der beste Weg ist die zweite Abfahrt nach links."

Steven schleust den Wagen in den Kreisverkehr, wobei der Motor mit der typischen V8-Energie beschleunigt. Endlich auf der richtigen Straße und hinter einem langsamen Taxi kommt er wieder zu Wort, „Erzähl mir bitte mehr über Hess. Er wurde verrückt, oder?"

„Ich mag nicht abgelenkt werden", sagt Alfred, „aber ich werde deine Frage beantworten. Nicht verrückt. Hess wurde von Hitler geschickt, um mit Churchill zu einer Vereinbarung zu kommen. Frischhauer zeigt Hitlers Betrug auf Seite 230 in seinem Göring-Buch. Also, wo waren wir noch einmal stehengeblieben? Ja, nachdem er Hess aus dem Weg geräumt hatte, passierten zwei Dinge: Steiners Anhänger befanden sich nun auch unter den Gruppen, die verfolgt und ausgelöscht wurden und Heydrich, Himmlers Stabschef, erhielt mehr Macht."

„Heydrich? Diesen Namen habe ich noch nie gehört."

„Es würde den Unterricht zu weit in Einzelheiten führen. Es reicht wohl aus zu sagen, dass ein Mann, der sein Spiegelbild in einem Anfall von wütendem Selbsthass töten wollte, mehr als genug Hass in seiner Seele übrig hatte, um Morde in einen industriellen Vorgang zu verwandeln."

„Jetzt wird es wieder sehr kompliziert."

„Es ist so. Ich kann daran nichts ändern. Die gute Seite ist, dass Quedlinburg nicht mehr weit ist."

Quedlinburg – esoterische Opernluft

„Bald wirst du das Kloster vor dir sehen. Es wurde zum Bühnenbild einer eigenen, ganz persönlichen Inszenierung." Steven wartet an einer Ampel und sagt: „Ich bin schon ganz aufgeregt, wo fangen wir an?" Kathrin ist laut vor Aufregung, „Bitte noch einmal den Namen, wie sprichst du ihn aus?" Alfred dreht sich um, sodass Kathrin seinen Mund sehen kann. „Qued-lin-burg". Er fügt hinzu: „Es wurde nach einem Hund benannt, dem Hund Qued. ‚Lin' ist eine Kose- und Verkleinerungsform, ‚Burg' ist natürlich das Schloß. Wisst ihr, ‚Quid' bedeutet ‚was' auf lateinisch."

Kathrin versucht nachzusprechen: „Qued-lin-burg."

„Gut. Ich zeige euch den Hund später. Er ist als Halbrelief in einem Türgriff abgebildet. Aber weiter im Takt. Hier handelt es sich um einen Platz der Frauen. Es war ein weibliches Fürstentum."

„Der Hund ist immer noch da", Alfred zeigt auf das Kloster, das allmählich sichtbar wird und über dem langsam sich dahin quälenden Strom von Autos thront. „Er ist in der Kirchenkrypta mit seinem Fräulein Mathilde. Sie sind nun die beiden einzigen Skelette unter dem Altar und seit mehr als tausend Jahren dort. Es gab ein weiteres Skelett, das von Heinrich dem Ersten. Er war Deutschlands erster Kaiser. Er vereinte die deutschen Fürstentümer und führte sie nach Osten, um mehr Land zu erobern, was immer wieder ein Traum der Deutschen war. Das Objekt unserer Studien, Heinrich Himmler – und denk mal über seinen Vornamen nach – hatte eine tiefe und wichtige Beziehung zum toten Kaiser. Das ist das Thema der ‚Oper', die Himmler 1936 auf die Bühne brachte. Die Kirche wurde dann in ihrem romanischen Stil neu erstellt. Himmler ließ das gleiche Ritual jeden 2. Juli wiederholen, von 1939 bis '44, also dem Todestag des Kaisers im Jahr 936."

„Ist diese Aufführung ein Ritual?", fragt Steven.

„Eine gute Frage. Die Antwort ist natürlich positiv, aber du wirst es selber sehen. Wo waren wir noch? Mathilde war also die Frau des Kaisers und die Mutter von Otto, seinem Nachfolger. Otto etablierte dieses weibliche Fürstentum und verfasste einen Erlass, dass es von einem weiblichen Bischof regiert werden sollte. Anstatt eines Herzogs, der durch Vererbung mit seinem Hofstaat und Soldaten regiert hätte, gab es nun eine Frau, eine Äbtissin. Sie wurde von Nonnen gewählt und hatte die Macht eines Bischofs, aber sie durfte die Messe nicht lesen. Natürlich war es ihr untersagt, schwanger zu werden."

„Das ist erstaunlich modern." Kathrin hat sich nach vorne gebeugt hat, um genauer zuhören zu können, „Eine kleine Kaiserin also. Wie lange hat das Ganze denn gedauert?"

„Fast tausend Jahre. Die Historie ist der Meinung, dass es ein wirklicher Segen war, in Quedlinburg geboren worden zu sein. Die Äbtissinnen waren für ihre Fähigkeit der Einfühlsamkeit bekannt."

„Dieser Ort sieht sehr alt aus", Steven staunt.

Alfred schaut sich um, als ob er hier fremd wäre. „Dies ist der touristische Teil der Stadt, ein Weltkulturerbe. Aber während der Zeit, die uns interessiert, vor tausend Jahren, war er ein Waldgebiet. Nach der Überlieferung hat Heinrich gerade hier um die Ecke kleine Vögel gefangen. Hier ist auch ein Schild, das belegt, dass Mythos und Geschichte in Deutschland immer der Wahrheit entsprechen."

„Meinst du das jetzt ironisch?"

Alfred ignoriert Stevens Frage. Er hält erst bei dem „Beweisschild": „Hier begann die neue deutsche Geschichte. Heinrich wurde hier zum deutschen Kaiser gekrönt. Schau dir den Namen „Finkenherd" an. Das waren die Vögel, die Heinrich fing. Lass uns zum Wagen zurückgehen."

Steven hält sich an Alfreds rechter Seite, „Ich glaube, ich brauche ein bisschen Geschichtsunterricht. Wer war denn dieser Heinrich, dem die Krone angeboten wurde? Ich dachte immer Könige wurden geboren, nicht dazu gemacht."

Alfred dreht sich lachend herum, „Das Traurige daran ist ja, dass Himmler wirklich persönlich geglaubt hat, er wäre die Reinkarnation von Herzog Heinrich, der 919 König von Deutschland wurde. Der starb 936 und war im Kloster begraben."

„Reinkarnation, im Ernst?", fragt Kathrin.

„Ja", sagt Alfred und dreht sich zu ihr, „Eigentlich kann ich es selber nicht so recht glauben und die kirchliche Lehre steht auch dagegen. Aber es gibt keinen Zweifel, dass Himmler daran glaubte, Göring ebenso und viele andere aus seinem inneren Kreis. Es half ihnen dabei, ihre Machtansprüche zu rechtfertigen. Sie sahen sich als die Wiedergeburt historischer Gestalten, deren geschichtliche Aufgabe sie zu Ende bringen mussten."

Später im Auto fragt Steven: „Und was hat König Heinrich so berühmt gemacht?"

„Damit sind wir am zweiten Teil unserer Geschichtsstunde angelangt. Heinrich I., dem Vogler, gelang es, Deutschland zu vereinigen. Damals waren Flüsse die Straßen und die heutigen Straßen waren Wege. Diese Stadt war ein Wald und dieser Friedhof oberhalb der Mauer war Heinrichs Schloss."

Steven und Kathrin sitzen schweigend im Auto, während Alfred weiterspricht: „Heinrich ist als ein Kriegerkönig in die

Geschichte eingegangen, der die Stämme befriedete und Deutschland nach Osten ausdehnte. Ich glaube, dass sich Himmler genauso als stolzer Krieger empfand, der sich nun in einem schwachen, empfindsamen Körper versteckte. Sein Plan war, damit weiterzukommen, was der vorherige Heinrich erreicht hatte. Aber dabei möchte ich euch an den ersten Schritt von Himmlers jährlichem Ritual des 2. Juli heranführen."

„Warum hier, warum der 2. Juli?"

„Der 2. Juli war der Todestag von König Heinrich und du wirst gleich begreifen, warum es hier stattfand."

Alfred drückt den automatischen Türöffner und dreht sich zu Kathrin, „Ich möchte, dass du dich an zwei Dinge erinnerst, die ich vorher erwähnte. Erstens, dass Himmler Spuren seines Glaubens an das Okkulte zurückließ und zweitens, meine Studenten von St. Peter würden das nie geglaubt haben."

Sie durchschreiten die Friedhofspforte. Alfred geht in Richtung der romanischen Kapelle. Von außen wirkt sie wie eine Scheune. Drinnen beginnt er, „Der Originalteil ist eine über tausend Jahre alte Basilika unter der Kirche."

Alfred geleitet sie durch neue Glastüren hinunter, „Die haben sie angebracht, um die schwächer werdenden Fresken zu schützen. Sie halten die Feuchtigkeit ab."

Die kleine Apsis ist rund, in der Mitte ein Altar. In die Wände sind eine Reihe von Alkoven gehauen. Es fühlt sich leblos an, es ist einfach eine hohle Öffnung, die in den weichen Felsen gehauen worden ist.

„Wir sind am zweiten wichtigen Platz für heute angekommen. Hier begann Himmler seine jährliche Prozession."

„Warum kam er gerade hierher?"

„Du hast den Zeitreisenstein. Setz du dich in einen der Alkoven und ich stelle mich an den Altar."

Steven zieht sich in eine der Nischen hinauf und ist überrascht, dass sie der Körpergröße eines Menschen entspricht. Er holt den Stein aus der Büchse, legt ihn neben seine übereinander geschlagenen Beine und bedeckt ihn mit dem Tuch, in das er ihn immer einwickelt. Erneut bespricht er den Recorder.

„Ich wackele von einer Seite zur anderen – entspanne dich. Lass die Spannung aus deinem Rückgrat heraus – relax, relax. Ich rieche etwas - es bildet sich der Geruch von ungewaschenen Menschen und fettiger Haut - es stinkt wie ein Känguru, das am Wegrand verwest. Ich gehe tiefer mit dem Sog, bin nun in der Welt der Diana - Bäume, Tiere, Bewegung - Wasser. Ich gehe in den Fluss, der ist nicht nass, er ist kalt. Dunkel ist es und es wird dunkler, schwarz – der Geruch von altem Öl auf einem Flachsdocht. Der Geruch, der schreckliche Geruch. Versuche, ihn nicht wahrzunehmen.

Geräusche, Gesänge, dunkel und schwer. Beobachte nur – nehm es nicht in dich auf. Hier sind Kräfte, massive Kräfte. Sie wollen in mich eindringen, um mich stark zu machen. Nein. Beobachte. Wie beim Sex - das Weibliche, es gibt Kraft. Es will dich umbringen. Drücke es heraus aus dir - die Krieger singen im Rhythmus des Herzschlags, meines Herzschlags. Ich muss beobachten, nichts tun, nichts aufnehmen – nur sehen.

Die Gestalten werden schwächer.

Geister formen sich. Nein, die Schemen sind Symbole, Runen der Macht Gottes. Zum Schutz – um beim Töten zu helfen

– zu zerteilen – um das Blut fließen zu lassen. Ja, sie wollen sich an mich kleben. - Ich bin nicht da. Ich beobachte, ich beobachte nur von weit, weit her. Ich schaue von Ferne, beobachte…

Die Symbole fliegen umher. Ich muss wieder weg. Der Fluss, das Wasser…"

„Steven, Steven!", es ist Kathrins Stimme. „Ich bin hier! Es ist Zeit zurückzukehren. Komm, lege den Stein weg."

Steven öffnet die Augen, die Formen bewegen sich immer noch um die dunkle Aushöhlung herum. Der schreckliche Geruch wird schwächer. Er wird wieder zu dem dunklen und modrigen Alkoven, der in den Stein gehauen ist. Kathrin berührt Stevens Brustkorb. Sie lässt ihre Hand darauf liegen und bittet: „Lege den Stein jetzt weg. Ich berühre ihn nicht."

Er nimmt keine Notiz vom Mikrofon und lässt den Stein einfach wieder in die Büchse fallen, knüllt das Tuch darüber, um sie zu schließen.

„Ich bin so erleichtert", sagt Kathrin.

Langsam ist Steven zurück in der Realität, schaut umher, „Wo ist denn Alfred?"

Kathrin beugt sich immer noch über Steven, berührt seine Brust. „Alfred war ziemlich schnell weg, kurz nachdem du den Stein herausgenommen hast. Ich glaube, er wird draußen sein und auf dich warten. Kannst du stehen? So ist es gut. Kannst du gehen?"

Alfred sitzt in der Tat auf einer Bank im sonnigen Hof, genau vor dem Eingang. Er lächelt voller Wärme, als er das Paar herauskommen sieht. Stevens Augen können das grelle Licht kaum ertragen.

„Warum hast du uns allein gelassen?", fragt Kathrin.

„Es war zu viel. Dein Stein, er ist mehr als ein Kelch mit Wein und Wasser. Der Abendmahlskelch kann die Dinge öffnen – normalerweise nach oben, aber manchmal auch nach unten hin. Ich habe gemerkt, wie ich rapide nach unten gezogen wurde. Es ging ganz schnell und alles wurde von Wagnermusik übertönt. Himmler muss gespielt haben. Ich sitze die ganze Zeit hier und denke nach. Aber wie geht es dir denn?"

„Also glaubst du jetzt an den Stein?", fragt Steven in einer sanften, immer noch nicht in die Realität zurückgekehrten Stimme. „Jetzt ist er wieder sicher in meinem Kathmandubeutel verstaut."

„Sei vorsichtig. Die Höhle des Alkovens hat die Zeit überdauert. Aber dir wird es vielleicht nicht gelingen. Benutze den Stein nicht wieder an so einem engen, uralten Ort. Ich würde an diesem Altar nicht die Messe lesen, sonst könnte mir was passieren. Aber was hast Du erlebt?"

„Alt? Du glaubst, die Aushöhlung ist alt?"

„Ja. Vorchristlich und älter als die Römer. Himmler hatte Leute, die sich nach so etwas umguckten. Sie gingen nach Tibet, um Rituale zu finden, die ihnen helfen würden. Wagners Musik war aus Lohengrin und vielleicht haben sie die benutzt. Ich sagte schon, sie besuchten alte Welten und wurden von ihnen besessen, von den Archai dieser Welten."

„Also hat Steven Glück gehabt?" Kathrin ist besorgt.

„Ich habe gebetet", sagt Alfred, während er Steven ansieht. „Ich habe ganz intensiv gebetet, dass du deine Seele in deinem Körper behalten würdest."

Alfred schweigt einen Augenblick. „Kathrin hat sehr dabei geholfen, denn sie liebt dich – und wie du im Auto gesagt hast – sie ist nicht nur clever, sie ist auch weise."

Kathrin lächelt und nickt sacht in Alfreds Richtung. Alfred nimmt es zur Kenntnis, „Vergesst nicht, dass Himmler an die Macht wollte. Alle wollten die Macht, den Ring der Nibelungen. Ich werde es euch zeigen, wenn wir zuhause sind. Ja, ich weiß, Steven will Weisheit, keine Macht. Das hilft ihm."

Steven, „Nach Hitlers Adlerhorst habe ich den Eindruck, dass Macht mehr Unglück bringt, als sie es wert ist. Ich werde euch mal davon erzählen."

Alfred, der die Gruppe anführt, hält an und dreht sich um. „Kennt ihr Wagneropern, den Ring der Nibelungen? Ich habe hier gesessen, nachdem ich für euch gebetet hatte und mir über diese Opern Fragen gestellt. Ich bin mir sicher, dass Wagner mit diesen Opern die NS-Zeit vorwegnahm. Wie Alberich haben sie die Macht für die Liebe eingetauscht und die Götterdämmerung, in der Deutschland zerstört wurde. Der Charakter von Odin und die Legenden vom Heiligen Gral. Himmler hat diese Legenden genau studiert. Und in der Oper Lohengrin, in der König Heinrich der Erste – der Heinrich, den Himmler als sich selbst empfand - Es war Himmlers Ritual, das hier begonnen hat, in dieser Höhle. Ich bin mir sicher, aber ich rede zu viel."

Alfred stoppt am unteren Ende des Aufgangs zum Kloster. „Am besten gehen wir zuerst ins Museum. Die Fotos werden dir zeigen, was Himmlers Bühnenbild war und dann gehen wir in die Kirche."

Alfred am ersten Bild, „So wurde hier inszeniert. Himmler ging auf der Straße, die von der Höhlenkapelle kam, wo wir gerade gewesen sind und zur Kirche. Er betrat die Kirche jedoch durch eine versteckte Passage. Treppen führten ihn in die Mitte der Kirche, wo er wie eine Erscheinung aus dem Boden hervorstieg, etwa wie bei einer Falltür in einer Oper. Er war weiß gekleidet, trug dazu einen Stahlhelm. In Wagners Oper gibt es einen Helm mit dem Namen Tarn, der den Träger die Gestalt ändern lässt. Er kann zu allem werden, was er sich wünscht, also auch ein Heinrich, der Vogler."

Steven knipst ein Foto, "Sie haben es ernst genommen, schaut euch all diese Swastikas an."

"Ja", sagt Alfred, "ich habe dir doch gesagt, dass Himmler Spuren hinterließ. Später werde ich euch die Treppen in der Kirche zeigen. Schau. Hier sind noch mehr Fotos. Der Reichsadler hängt hier anstatt des Kreuzes – er ist wieder zurück. Die christlichen Fenster wurden mit fahnengleichen Runentüchern verhängt. Himmler machte sein Ritual sieben Mal, zuerst 1936 und dann von 1939 bis 1944, immer am Todestag von König Heinrich."

Das nächste Ausstellungsstück kommentiert Alfred: "Himmler hielt Reden wie Predigten in der Kirche. Ich werde mal diese hier übersetzen: ,Deutsche dieses Jahrhunderts, ihr müsst wissen, auf was König Heinrichs Macht beruhte: Er führte die Deutschen mit Stärke, Größe und Weisheit. Er begeisterte die Menschen durch seine Treue. Er war gnadenlos seinen Feinden gegenüber, er war treu und dankbar seinen Freunden gegenüber. Er hielt alle Versprechen, hielt sich an alle Abmachungen, die er jemals gemacht hatte. Heinrich vergaß niemals, dass die Stärke der Deutschen in der Reinheit ihres Blutes lag und erkannte, dass er Deutschland nur verteidigen konnte, wenn er die absolute Herrschaft besaß'."

Kathrin taucht wieder auf. „Ich habe interessantes Material in der Informationsbroschüre des Museums gefunden. Sie haben nicht viel in englischer Sprache. Ich nehme an, wir sind hier jenseits der Touristenmeile." Sie liest, „Während des Naziregimes wurde die Erinnerung an König Heinrich zum Kult und Heinrich Himmler sah sich selbst als eine Reinkarnation des ‚Deutschesten aller deutschen' Herrscher. Das Kloster war ein Heiligtum für die Nazis."

Während sie umblättert, liest Kathrin einen unterstrichenen Absatz: „Die Hauptaufgabe des Klosters war es, für das Andenken von König Heinrich und den Herrschern, die ihm folgten, zu beten. Die erste Äbtissin, die heilige Mathilde, geht angeblich bei großen Gewittern immer noch durch die Kirche."

Kathrin bemerkt, dass beide mehr Infos erwarten, „Also deshalb kam Himmler hierher. Ein aktiver Geist und tausend Jahre Gebete, die sich nun an ihn richteten. Ich glaube an die Reinkarnation, schaut nur nicht so erstaunt. Aber ich verstehe nicht, warum ihm das ganze opernhafte Ritual so wichtig war?"

„Ja", antwortet Alfred, „das ist eine gute Frage. Ich habe sie mir auch gestellt und kann es erklären. Es liegt daran, dass er ein ritueller Zauberer war. Die Leute können ruhig über seine Selbstdarstellungs'künste' lachen, aber du hast ja selbst gesehen, wie die alten Kräfte in der Höhlenkapelle versuchten, in die moderne Welt hereinzukommen."

„Du denkst also, er kam hierher, um die alten Kräfte in sich aufzunehmen, in seinen Körper, in seine Persönlichkeit?"

„Ja, so wie amerikanische Indianer versuchen, mit dem Totemtier die Kräfte in ihren Machtkörper zu integrieren."

Ein einheimisches Paar kommt näher, um Alfred hören zu können. Alfred, der nur an seinen Unterricht denkt, ignoriert sie. „Vielleicht konnte Himmler die Kräfte ausstrahlen, die er sich holte. So, wie ich es tue, wenn ich die Messe lese. Er muss etwas mehr als seinen Egoismus gehabt haben und ein ausgezeichnetes Gedächtnis, um den Respekt der ihm Untergeordneten zu behalten."

Der Vorraum zur Kirche ist klein mit einer Kasse für Eintrittskarten und Fremdenführer. Alfred besorgt die Karten, „Ich führe euch."

Das steinerne Kirchenschiff ist kalt und wuchtig, ohne die Grazie der Gotik. Alfred zeigt auf eine Reihe von nicht zusammenpassenden, hölzernen Brettern, die den Boden bilden. „Das ist der Eingang, den Himmler gebaut hat. Er führt direkt nach draußen. So kam Himmler von der Höhlenkapelle, die wir gerade besucht haben."

„Ein dramatischer Eingang".

„Ja, theatralisch. Von hier aus schritt Himmler in einer Prozession zur Krypta. Neben dem leeren Grab von Heinrich I. verweilte er in Kontemplation."

Kathrin, „Und die Kirche war voller Leute?"

„Nach den Fotos sieht's so aus."

„Da sind wir wieder bei deinem Stein. Ich werde einen Platz für dich finden, wo du über der Krypta sitzt. Sie ist leider geschlossen, aus Sorge vor Neonazis." Alfred führt sie tiefer in die Kirche, Steven an Alfreds rechter Seite und Kathrin zur Linken. Er zeigt auf den Boden. „Mach mal ein Foto. Unter die-

 sen sechs viereckigen Steinen sind Löcher. Darin sind Urnen mit der Erde von sechs heiligen deutschen Orten, wie uns gesagt wurde. Die Kirche hält das für alte, gefährliche Magie."

Alfred geht die Treppen hinauf zum vorderen Teil der Kirche. Er nimmt Steven zu einer Ecke hinter der letzten Chorbank. „Du kannst da drüben sitzen. Ich passe auf und bleibe ein ganzes Stück von deinem Stein weg."

„Mach dir keine Sorgen. Ich mache jetzt erst mal den Deckel der Büchse auf."

Steven sitzt mit überkreuzten Beinen am Boden. Kathrin versucht ihre Kamera auf die Lichtverhältnisse einzustellen, weil sie Blitze vermeiden möchte. Alfred spaziert unauffällig hin und her, die Hände über dem Bauch gefaltet.

Steven entfernt die Umhüllung des Steines, legt sie zu seiner Rechten, stellt den Recorder an und spricht ins Mikrofon.

„Hier ist ein Eingang, es ist einfach von hier nach dort zu kommen. Ich muß mich entspannen. - Alfred wird nach mir schauen, das ist leicht. Es wird dunkler, ist vielleicht eine Wolke vor dem Fenster?

Schließ die Augen, lass dich in den Raum hinausgleiten. Es ist dunkel und kalt, wie unter der Erde, auch feucht. Ist das unter der Erde hier oben auf dem Hügel? Ja, Wasser fließt von unten herauf. Eine Diana-Quelle mit einer Kirche darüber, wie in Leisel – das Loch im Boden der Kirche – die Kirche wurde darüber gebaut. Ja, richtig – habe ich das gesagt oder habe ich das gehört? Eine Gruppe von Stimmen, die auf Deutsch sagten ‚So ist es richtig.'

Eine Form, die zu einer Frau wird. Ich konzentriere mich auf das Gesicht. Es ist hübsch, ein Geist?

‚Ist es Diana?'

‚Nein, ich bin die Äbtissin, die in König Heinrichs Grab gelegt wurde, als er zu dem Schloss auf dem Hügel der Krieger überführt wurde. Ich bin die Königin der Sachsen, Mathilde, die Tochter von Frederick. Komm mit mir!'."
Mit dem Rücken an die alte Wand draußen gelehnt, fühlt er sich aus der Zeit herausgenommen. Er begibt sich in die Äbtissinnenpersönlichkeit. Es ist eine Übertragung, ein Sichheineinfühlen, durch seine Brust hindurch. Genau wie Albert ihn in Canberra angeleitet hatte, um mit den Wandjina Figurendarstellungen Kontakt aufzunehmen.

Durch das Portal von Mathildes Körper befindet er sich plötzlich in der Kirche, aber ohne Menschen. An ihrer Stelle gibt es Zwerge, kleine Menschlein, Arbeiter, die mittelalterliche Kutten tragen, die sich immer wieder im Kreis bewegen. Es sind zwanzig oder dreißig, ihre Zahl scheint sich zu ändern. Sie tanzen, einen Schritt, zwei Schritte, drei Schritte, vier… rund herum im Kreis. In der Mitte zwischen ihnen ist ein Loch aus dem eine Säule wie ein Baumstamm nach oben strebt, durch das Dach und weiter nach oben. Wie eine Bohnenstange, auf der ein Riese in einer Burg thront, hoch in den Wolken.

Steven fragt sich, ob er nach oben klettern sollte. ‚Nein', meint die Äbtissin. Steven sieht eine Swastika vor sich und eine Stimme sagt: ‚Der Priester bittet uns, dir diese Menschen zu zeigen, als sie hier waren.' Steven begibt sich wieder in die Persönlichkeit Mathildes.

Er befindet sich an einem Ort mit Kranken, vielleicht herrscht die Pest. Menschen sterben auf dem Boden. Eine SS-Schar geht im Kreis um einen Teich, der sich tief innen im Kloster befindet. Wasser fließt aus dem Teich durch einen Kanal, der in den Stein gehauen ist. Die Führerin ist wie ein Mann gekleidet, aber Steven weiß Bescheid. Jetzt kommt Himmler in seinem Stahlhelm ‚Tarn' mit zwei weiteren Männern. Sie gehen im Kreis herum, wie die zwergenhaften Menschlein in der Kirche darüber. Die Fürstäbtissin ist da. Sie schickt Steven einen Gedanken. „Gehe in das Wasser."

Steven folgt dem Gedanken. Er lässt seinen Geist ins Wasser hinein. Er kommt zum Styx, der Fluss, der zu Dianas Welt gehörte. Steven gleitet auf dem Wasser dahin – um ihn herum ist das Leben, Sex, die Stimulierung, die sich aus dem Wachstum ergibt. Steven weiß, wo er ist. Es ist wie in Leisel und er weiß, er muss sich wieder daraus entfernen. Er denkt an den unterirdischen Brunnen, der eingeschlossen gewesen war.

Mathilde wartet in dem Raum. Steven sieht sie an und plötzlich wird sie zu einer Zwergenkönigin. Die Zwergin kichert vor Vergnügen über seine Verwandlung. Sie kichert weiter und führt Steven in die Kirche darüber. Fünf SS-Leute stehen neben dem Loch, aus dem Vril nach oben fließt. Ist es wirklich Vril?

Von den Uniformierten kommt ein grauer Nebel, der in die nach oben ziehende Energie fließt. Ein Beweis für ihre Gedanken, ‚Deutschland ist eins, wir übersehen Deutschland aus der Luft, im Wind, in den Wolken. Wie Adler fliegen wir weit oben dahin, wir beobachten, warten darauf, uns auf unsere Opfer zu stürzen.'

Steven sieht Himmler an. Ebenso wie die Äbtissin verwandelt er sich plötzlich in einen zwergenhaften Mann. Der Zwerg fasst sich an den Helm und lacht. Die Zwergen-Königin gibt Steven wieder einen Gedanken ein. ‚Wir haben es dir gezeigt, geh weg, weg, gesell dich wieder zu deinem Priester.'

Steven hält noch immer das Mikrofon in der Hand. „Nun, um nicht die Erinnerung zu verlieren. Vril begibt sich in Richtung Polarstern, der wirkliche Norden kommt hierher – die Menschen wussten es. Die Zwerge und die Menschen haben hier lange davor zusammengelebt, vor dem Beginn der Zeit."

Die Zwerge drehen sich weiterhin im Kreis, sie müssen es ewig tun.

Steven öffnet die Augen. Die Zwerge sind weg, aber der Vrilstrom nicht. Die Energiesäule ist immer noch da, mit den Wurzeln, die unten an der Krypta wachsen. Mann, Frau und Spielzeughund. Der Hund mit dem ‚Warum'- und ‚Was'- Ausdruck in den Augen.

Eine Hand berührt leise Stevens Haar, dazu Alfreds Stimme. „Steven, es ist Zeit weiterzugehen, der Fremdenführer kommt gleich. Das deutsche Paar ist misstrauisch. Sie denken an Neonazis. Lass dir Zeit, ich werde mit dem Fremdenführer sprechen."

Steven begibt sich zurück in den dunklen Raum, auf den harten Boden. Alfred hat ihm den Rücken zugekehrt und bewegt seine Arme. Kathrin berührt noch seine Schulter und rät: „Pack die Dose ein und leg sie in den Beutel."

Das Café ist eigenartig. Der Tisch befindet sich an der abfallenden Straße zwischen zwei Steinwänden, es ist eine überdachte, uralte Passage. Das Tischtuch aus Plastik hat gelbe Blumen und türkis-grüne Blätter auf blauem Untergrund.

Steven zeichnet und schreibt auf die Rückseite der Broschüren, die Kathrin im Museum eingesammelt hat. „Ich muss mir Notizen machen, ich vergesse zu leicht."

„Hat mein Gebet geholfen?" fragt Alfred.

„Ja", antwortet Steven, während er weiterschreibt.

„Der Fremdenführer beruhigte sich, als er sah, dass ich Chinesin bin."

„Und dich entschuldigt hast", meint Alfred.

„Alfred, ich glaube, das Gebet hat geholfen. Ich habe die Zwerge getroffen. Sie gehören zu diesem Ort. Sie konnten sich in menschliche Gestalten verwandeln. Sie waren keine wirklichen Zwerge, also keine, wie in Berchtesgaden. Sie waren zu groß und zu hässlich und sie waren in mittelalterliche Kutten gekleidet. Wie ist es dir gelungen, sie kommen zu lassen, und was war dein Gebet?"

„Ich betete, nein, das ist nicht wahr, ich wandte mich an meinen Schutzengel. Ich bat darum, die Geistergestalten zu veranlassen, dir im Kloster zu zeigen, was Himmler und seine Leute hier machten. Und haben sie das getan?"

„Ich glaube schon. Ich sah Himmler mit seinem Stahlhelm und dann verwandelte er sich in einen dunklen Zwerg, der lachte, weil er mich getäuscht hatte."

„Alles ist schwierig." Alfred wird es unangenehm. „Meine Ausbildung zum Jesuiten hat mir gezeigt, dass andere Welten wirklich existieren. Wo die Nationalsozialisten enden und die anderen Welten beginnen, ist oft schwer zu sagen."

„Also, was ich erlebt habe, ist in Quedlinburg wirklich am 2. Juli 1936, oder ´39 oder ´42 passiert?"

„Was ist denn passiert?", fragt Kathrin.

Alfred sieht voller Erwartung zu Steven hinüber.

„Gibt es hier eine Quelle im Gebäude?"

„Eine Quelle?", wiederholt Alfred. „Ja, das ist sehr wahrscheinlich. Warum fragst du?"

„Weil ich Himmler und vier andere Männer um eine Quelle herumgehen sah, die aus einem Teich floss. Sie wollten die wachsenden Kräfte des Wassers sammeln. Dabei nahmen sie

die Position von zwanzig Zwergen ein, die um eine riesige Säule eine Art Foxtrott tanzten. Diese Säule dampfte durch das Dach der Kirche. Es erinnert mich an einen Baumstamm."

„Ja. Dieser Baum ist der Lebensbaum. Du hast es ja schon in der Kirche gesehen. Er verbindet den Himmel und die Erde mit der Unterwelt. Und was ist danach passiert?"

Steven denkt einen Augenblick nach. „Sie befahlen den Adlern, sie sollten Deutschland schützen – sich auf Eindringlinge herunterzustürzen, auf Feinde."

„Du siehst also, dass Himmler ein Zauberer war, was ich dir ja schon sagte."

„Glaubst Du mir?"

„Aber ja doch. Selbst wenn ich es nicht verstehe. Visionäre Erfahrungen sind wirklich, ich habe sie auch gehabt. Ich höre den Leuten zu, die LSD oder andere Drogen genommen haben und ihre Erfahrungen waren Wirklichkeit für sie."

„Aber", wirft Kathrin ein, „falls das, was Steven erlebt hat, wirklich ist, ist er dann in die Vergangenheit geführt worden und was ist dort wirklich geschehen?" Sie betont das Wort ‚wirklich'.

„Ja und nein. Ich glaube, mein Schutzengel hat getan, was er tun musste. Ich glaube, die Information in den Bildern, die du sahst, war wirklich, aber die eigentlichen Bilder sind die deinen. Sie kommen aus deinem Geist."

„Lass uns was zu essen holen", sagt Steven. „Ich habe genug vom analysieren der Träume." – der gemischte Salat, den ich auf dem Tisch eines älteren Paares sah, als wir hierher kamen – könntest du so einen holen?"

Alfred öffnet die Tür zum Foyer, „Ich habe gut 8500 Bücher. Aber das Buch, das ich dir zeigen möchte, ist alt und rar, also wird es auf dem Boden sein, weil es da sehr trocken ist."

„Wir sollten in der Küche warten", schlägt Kathrin vor.

Als Alfred kommt, schält sie gerade Kartoffeln. Er hält zwei Bücher in der linken Hand. Eins im weißen Umschlag, sowie Steiners Buch über die deutsche Volksseele, das Steven schon kennt. Alfred wischt den Tisch mit der rechten Hand ab und legt die Bücher vorsichtig hin.

„Ich möchte dir Illustrationen zeigen. Es hilft, die heutigen Erfahrungen in einem Jahr wirklicher erscheinen zu lassen."

„Hier ist Odin, der Herrscher, der König des Himmels mit seinem Speer und einem Auge."

„Wofür steht der Speer?", fragt Kathrin.

Alfred lacht leise. „Das ist der Speer, der Odin seine Macht gab. Er hatte seine Verträge darauf eingeritzt. Das ist ‚Die heilige Lanze', die Ravenscroft in seinem Buch beschrieb. Hier ist der Ring der Macht, mit dem Fluch darauf. Rackham, der Illustrator hat einen Drachen, einen Lindwurm, damit verbunden. Das ist dein Zwerg – der Nibelung Alberich, der mit den Rheinjungfrauen spielt. Sie lassen ihn das Rheingold stehlen, weil sie nicht ahnen, dass Alberich ihre Liebe verschmähen und dafür die Macht wählen würde. Und hier ist die Titelseite des Buches mit den Rhein-

jungfrauen und Alberich, dem Zwerg. Alle beanspruchen den Ring als ihren. Sahen die Zwerge, die du gesehen hast, auch so aus?"

THE·RHINECOLD
&·THE·VALKYRIE
BY·RICHARD·WAGNER
WITH·ILLUSTRATIONS
BY·ARTHUR·RACKHAM

„Nein", sagt Steven, „meine waren menschlicher. Sie trugen mittelalterliche Kleider, in dunklen, erdigen Tönen. Dieser Mann hier sieht ein bisschen wie ein Frosch aus. Nein, sie waren fast menschlich, aber klein."

„Kathrin, vielleicht könntest du etwas aus dem Buch fotografieren. Steven, hole die Gurke aus dem Kühlschrank. Kannst du Kartoffeln, Zwiebeln und Eier machen?"

„Aber klar. Mach dir keine Sorgen, ich werde kochen. Kathrin kann die Fotos machen."

„Gut. Nur zwei Dinge. Ich habe die Seiten mit gelben und roten Bändchen bezeichnet, die du in dem Steiner-Buch lesen solltest. Wir werden morgen darüber diskutieren.

„Und ich muss meine tägliche Meditation machen. Ich habe sie ein bisschen vernachlässigt. Morgen werde ich sie im Auto lesen, während du fährst."

„Wohin fahren wir?", fragt Kathrin.

„Zum Teutoburger Wald und der Wewelsburg", sagt Alfred. „Wir werden in einer Jugendherberge in Himmlers Schloss übernachten. Ich muss jetzt gehen. In vierzig Minuten werde ich zurück sein. Vielen Dank."

Steven und Kathrin sehen sich über den Tisch hinweg an, der voller Kräutersaucengläsern und anderen Flaschen mit Soße ist. Steven gibt zurück: „Und ich bedanke mich für den interessanten Tag."

Die Externsteine – Mittelpunkt Deutschlands

"Ich hatte wirklich nicht erwartet, in einem deutschen Wald ein Krokodil zu finden", sagt Steven.

„Das ist kein Krokodil, sondern Nidhogg, der Lindwurm, der Drachen, der die Toten frisst und nach menschlichem Blut sucht."

„Wirklich?", fragt Kathrin. „Ich habe gesehen, wie Krokodile Hühner fressen. Ist es so? Lebt er hier?"

„Ja und nein", antwortet Alfred. „Er lebt, aber im Untergrund, unter unseren Füßen. Macht euch keine Sorgen, er ist von christlichen Mönchen gezähmt worden. Ich bin gespannt, was Steven mit seinem Stein entdeckt."

Kathrin, „Wird es harmlos sein? Nach dem, was uns im Adlerhorst passierte, habe ich ziemliche Angst vor deutschen Würmern."

„Ich sagte, es ist nicht gefährlich. Und glaubt es mir, wir Christen haben die alten deutschen Mächte gezähmt."

Steven blinzelt und denkt an einen ironischen Kommentar, „Ich möchte es mit deiner Hilfe ausprobieren. Quedlinburg war gut."

„Später, dort drüben." Er zeigt auf die Säulen aus Kalkstein weiter unten auf dem Weg. „Zuerst werde ich erklären, warum dieser Ort so wichtig ist. Hast du das Steiner-Buch gelesen, den Teil, den ich mit dem gelben Bändchen markiert habe?"

„Ja. Ich habe mir eine Karte angesehen und den Zirkel über Paderborn und Detmold geschlagen. Seine Mitte wäre dann auf einem grünen Hügel und das ist der Teutoburger Wald."

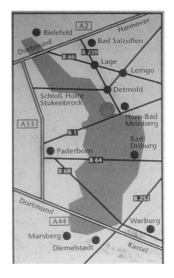

„Richtig. Du bist ein guter Schüler geworden. Du machst deine eigenen Nachforschungen und ziehst die Schlüsse daraus. Und was hast du noch gelernt?"

„Die Karte anzuschauen ist einfach, aber abgesehen davon sind Steiners Worte schwer zu verstehen. Ich habe versucht, seinen Erzengel die Deva der deutschen Volksseele zu nennen und das schien zu helfen."

„Du übertriffst Dich selbst!"

„Und dann habe ich versucht, die Volksseele als einen Riesenkreis um Detmold und Paderborn zu sehen."

„Du kommst immer näher dran", meint Alfred. „Nur pass auf, es ist nämlich so – der deutsche Adler hat den Gral hierher gebracht. Erinnerst du dich an das Gralssymbol am Altar meiner kleinen Kirche? Das Rad mit den gewellten Speichen?"

„Ja", sagt Steven. „Du sagtest, es war das Symbol der Götter, die in der Sonne lebten."

„Gut, gut. Also, der Gral war hier, gepflanzt sozusagen, in die Deva, die im Wald zwischen Detmold und Paderborn lebt. Von hier wanderte sie durch ganz Deutschland oder, wie Steiner es ausgedrückt hat, ‚in die deutschen Stämme'."

„Ist der Gral der Zeitgeist?"

„Nein, der neue Zeitgeist wirkt auf der ganzen Welt. Erinnere dich, es geht darum, dass der Mensch und die Naturgeister zusammenarbeiten."

„Ja. Also sind sie ziemlich verschieden?"

„Richtig. Der Gral kam hierher und verband sich mit den deutschen Stämmen, die zu ihren jahreszeitlichen Festen vor tausend, ja sogar zweitausend Jahren sich hier versammelten."

Kathrin sitzt rechts von Steven, lehnt sich rüber, „Ich habe das Steiner-Buch nicht gelesen, Punkt. Es ist zu schwer für mich und ich verstehe diese Diskussion nicht. Was ist der Gral? Haben wir nicht schon darüber gesprochen?"

„Ja, aber hier geht es um zwei Dinge. Himmler hat versucht, diese Inhalte nach der Wewelsburg zu bringen und er ließ den schwarzen Gral den Platz des Grals der weißen Sonne einnehmen."

„Das macht mich ganz konfus, wo ist denn der Gral jetzt?"

„Überall. Aber in der Wewelsburg ist mehr vom Schwarzen, und hier mehr vom Weißen. Sie sollten zusammengehen, damit sie sich harmonisieren. Ohne das Weiße kann das Schwarze für sich allein arbeiten. Das ist die Tragödie unserer Zeit."

„Ich bin verwirrt", sagt Steven. „Was ist schwarz, was ist weiß?"

„Ich erzähle es dir später. In der Wewelsburg werde ich dich den Stein nicht benutzen lassen. Es wäre zu gefährlich. Hier, in diesem christlichen Wald, bin ich mir sicher, dass dir nichts passieren kann."

„Was ist der weiße Gral?" fragt Kathrin.

„In einfachen Worten und nur für meine liebsten Schüler: der Gral bedeutet das Offensein, wie eine Schale, für Mitleid und Liebe. Schöne, frei fließende Liebe, die Fähigkeit diese Liebe zu geben und so auch Liebe zu empfangen."

„Ich bin immer noch konfus. Warum sollten die ‚deutschen Stämme', sich die Mühe gemacht haben, hier zu den Steinen zu kommen?"

Alfred lacht leise. „Es gibt ein englisches Wort, das du natürlich kennst. Es kommt vom australischen ‚Corroboree'. Nun sag du mir mal, was das bedeutet."

„Ich verstehe. Corroborees waren Zusammenkünfte, zu denen sich Stämme an heiligen Plätzen trafen. Es gab eine Menge zu essen und sie spielten Spiele, führten Rituale auf, hatten Sex, erzählten Geschichten."

„Korrekt. Du hast Recht, was den Sex betrifft. Ich hatte nicht dran gedacht, aber es hat zu genetischer Vielfalt geführt. Ich wollte, die Nationalsozialisten hätten verstanden, dass das Mischen der Rassen dazu führt, dass die Welt weitergeht."

„Kann ich euch Zwei mal allein lassen? Ich möchte auf die Felsen hoch."

„Wir gehen mit", sagt Alfred. „Es ist die rechte Zeit um Stevens, Stein zu benutzen. Ich bin neugierig, was die mittelalterlichen Christen hier gemacht haben. Vielleicht wirst du es herausfinden. Ich bitte meinen Schutzengel, dir dabei zu helfen."

Als sie in Richtung der Felsen marschieren, macht Kathrin Fotos. „Die Felsen sind seltsam, wie sie da oben sitzen mit all den Bäumen um sie herum."

Die Gruppe geht an den ersten vier Felsen vorbei und hält am letzten an. Alfred zeigt auf ein Relief im Stein. „Die Felsen sind aus weichem Marmor. Das hier ist vor ca. 900 Jahren herausgehauen worden, als die Christenpriester anfingen, die alten heidnischen Götter aus Deutschland zu vertreiben. Die Skulptur ist der Leib Christi, wie er vom Kreuz genommen wurde. Pass auf den Lebensbaum und unseren Wurmfreund Nidhogg darunter auf. Da ist auch eine Art Froschform darunter. Erinnert ihr euch an die Nibelungenskizze? Frösche haben immer

 etwas mit Transformation zu tun, Kaulquappe zum Frosch, Körper zur Seele. Da, um die Ecke herum, gibt es einen Sarg, der in den Stein gehauen wurde, vor dem westlichen See."

Alfred fährt fort. „Vorher stießen die deutschen Kelten gefangene Krieger von den Steinen, um Nidhogg zu füttern. Später kamen die Priester, um den Kriegerseelen zu helfen, in den Himmel zu kommen."

„Du weißt ja eine Menge über diesen Ort", meint Kathrin.

„Ich komme gelegentlich hierher. Ich mag es sehr. Viele Einsiedler und Priester haben hier gelebt und gebetet. Ja, ich mag es. Ich rede zu viel. Komm, Kathrin, wir werden Steven hier lassen und ich werde dich zu dem Altar nach oben führen."

Steven zwängt sich in den Eingang der Felsenkapelle, öffnet die Büchse, nimmt den Stein heraus und berührt seine glatte, geschmeidige Oberfläche.

Als Steven in Trance gesunken ist, bemerkt er, wie sein Körper in den Boden gezogen wird. Es geht fast zu schnell. Eine kleine runde Kapelle erscheint, Mönche in Kutten singen, Kapuzen am Hinterkopf. Ein säuselnder Wind fließt wie Gesang durch die weihrauchgeschwängerte Gruft. Kerzen werden um einen Behälter aufgestellt. Es ist ein Sarg.

Steven ist sich seines Körpers nicht gewahr. Sein Geist führt ihn in einen anderen sakralen Raum – hoch, eng, in gemeißeltem Stein. Und dann in ein kleines Gelass, tief mit Stroh bedeckt, darauf liegen Menschen. Tote oder Lebende? Er kann es nicht feststellen.

Ein Wald mit Bächen, die schnell zwischen Schilf und weichem Gras dahinfließen. Sanfte Klänge, fließendes Wasser, zwitschernde Vögel.

„Wo ist mein Körper?", denkt es in Steven. „Wo bin ich?"

Eine dunkle Stimme wird wahrnehmbar. „Ja, richtig, er muss krank sein. Was hält er in seinen Händen?" Steven öffnet die Augen und sieht eine große Frau in einem roten Parka. Sie steht vier Stufen weiter unten, ihre Augen auf der gleichen Ebene mit seinem Kopf.

Steven fragt sich verwundert, was er tun könnte. Er hört Alfreds Stimme. „Er ist mein Freund. Ich werde…"

Die Frau schaut Alfred auf der Treppe neben ihr an, dreht sich um und geht. Kathrin steht hinter Alfred.

Steven fällt es schwer, aufzustehen. Sein Körper scheint am Fels festzukleben. Er schließt die Büchse und stößt mit seiner rechen Hand an die Wand, um hochzukommen."

„Bist du in Ordnung?", fragt Alfred.

„Ich glaube schon."

„Gut. Kannst du die Treppen runter laufen? Lass uns zurück zum Auto gehen."

Er hält ihm die Hand hin, um Steven auf der Treppe zu helfen.

Der gewinnt wieder ein Gefühl für seinen Körper, als die Gruppe langsam zum Parkplatz zurück spaziert. Sie nehmen Steven in die Mitte und Kathrin fragt: „Du scheinst ok zu sein. Was ist passiert?"

„Ich bin wieder bei mir angekommen", antwortet er. „Es war eigenartig und schnell, mein Körper ging mir irgendwie verloren und ich besuchte eine oder zwei Kirchen. Es schien vor langer Zeit zu sein."

„Genau darum hatte ich gebeten", sagt Alfred. „War irgendetwas über Tod dabei?"

„Ja. Ich erlebte eine Beerdigung mit Rauch und Wind, der nach Tönen klang. Menschen waren auch da, vielleicht sechs oder acht, die auf dem Stroh in einem kleinen Raum starben."

„Gut, das habe ich hier auch erwartet. Erzähl mir mehr." Im Weitergehen öffnet Alfred seine Arme mit den Handflächen nach innen. „Deine Seele hat sich vom Körper getrennt, deshalb war es schwer für dich, wieder aufzustehen. Unter diesem Platz lebt Nidhogg. Er greift sich die Körper und das macht es leichter für deine Seele herumzureisen."

„Ja, mein Kopf war klar, aber warum bin ich in diesen Kirchen gelandet?"

Alfred lässt die Hände sinken und sagt: „Weil vor langer Zeit Verbindungen zu den Klöstern in der Gegend hergestellt wurden. Rituale fanden in dieser Felsen-Kapelle statt, die hinter dir in den Stein gehauen ist. Das war der Mittelpunkt. Die Klöster umringten sie. Die Templer haben so in Frankreich gewirkt."

Er geht langsamer und dreht sich nach Steven um. „Ich erforschte, dass das Mittelalter die Zeit von Todeskulten in Europa war. Tausende von Klöstern wurden gebaut, um den Menschen beim Sterben zu helfen. Die Zisterzienser bauten Todeszellen, um die Seelen der sterbenden Menschen vom siechenden Körper zu befreien. Es war quasi die Idee des Hospizes. Die Seele sollte zu den Sternen, der Körper in den Boden. Darum geht es hier auch. Wie sie das geschafft haben, weiß ich nicht, aber es ist hier. Wie du habe ich es auch gefühlt."

Minuten des Schweigens stehen zwischen der Dreiergruppe. Alfred unterbricht: „Es gibt eine wichtige Periode zwischen den Kriegen, weltweit, worüber selten gesprochen wird. Ich weiß nicht warum. Es geht um Drogen."

„Drogen?"

„Richtig, Drogen."

„Mir wurde gesagt, dass Hitler täglich Drogen nahm. Ab 1941 war er wahrnehmbar drogengeschädigt."

„Das ist wahr. Sein innerer Kreis wusste es genau." Alfred geht langsamer. „Lasst uns dort in der Nähe des Standes Platz nehmen und ich erzähle dir mehr."

Kathrin, „Das Schild zeigt Imbiss an, aber es sieht für mich wie ein Kiosk aus. Sie verkaufen Postkarten. Ich werde mal losgehen und stöbern."

Alfred beobachtet Stevens Gesicht von der Seite, „Ich glaube, Drogen erklären die Exzesse der Nazizeit – nicht um es zu entschuldigen, sondern um es zu begreifen. Drogen wurden damals in ganz Deutschland genommen."

Steven sieht Alfred nicht an. „Ja, ich weiß. Meine Mutter hat mir davon erzählt. Sie nahm Kokain und eine kleine Pille, wenn sie zum Skilaufen ging. Ich glaube, sie liebte ein bisschen lustige Gesellschaft. Und zu Hause habe ich kleine Dekorationen, rote Pilze mit weißen Punkten drauf, die aber kleine Männlein sind mit Flaschen in der Hand."

„Fliegenpilz!", gibt Alfred zurück. „Er wurde in Schnäpsen hausgebrannt. Es war eine Wintermedizin für die Bauern. Andere psychedelische Drogen waren auch beliebt. Nichts davon wurde für eine Sünde gehalten. Erinnerst du dich an das rote Bändchen auf der letzten Seite von Kapitel 5 in Steiners Volksmission? Es ging um Drogen und was schiefgehen kann, wenn man sie nimmt".

„Ich glaube, ich erinnere mich jetzt. Es ging darum, wie Leute die spirituelle Welt auf die falsche Weise zu erreichen suchen, indem sie Drogen nehmen. Das kann üble Folgen haben."

„Das ist richtig. Aber erinnerst du dich, dass Steiner mehr darüber gesagt hat? Er sagte, die gefährlichsten spirituellen Welten sind die, die das Überleben der Volksseelen zu fördern versuchen. Das bedeutet die Welt derer, die gerade gestorben sind. Es ist der Platz an dem Geister auf die Möglichkeit warten, in lebende Körper einzudringen und sie kontrollieren möchten."

„Hat Steiner das gesagt?"

„Ja. Ich habe es nur in einfacherem, modernen Englisch ausgedrückt. Verstehst du also, wie der Drogenmissbrauch die Nazizeit erklärt?"

„Hitler hat wirklich Drogen genommen?"

„Sein Arzt gab ihm jeden Tag eine Spritze mit einer Mischung aus Amphetaminen und anderen Medikamenten. Kokain war beliebt, ebenso Morphium. Aber Hitler war nicht der einzige. Drogen hatten damals einfach ein harmloses Image und waren sehr beliebt in der Zeit zwischen den Weltkriegen."

„War es der Zeitgeist?"

„Warum fragst du das?"

„Weil, naja, Amphetamin ist eine chemische Verbindung, die sich aus dem Periodensystem der Elemente erklärt. Das war ein Produkt des Zeitgeistes, und wie wir schon gesagt haben, der Zeitgeist, das neue Zeitalter, hat auch mit der Zusammenarbeit von Devas und Menschen zu tun."

„Das ist nicht richtig", meint Alfred. „Ich sehe die unmittelbare Erfahrung von Christus in unserem täglichen Leben als das Wichtigste im Neuen Zeitalter und das hat mit Drogen nichts zu tun. Es ist das genaue Gegenteil. Wie Steiner schon sagte, Drogen machen die Menschen anfällig für die Schrecken der Nachtoderfahrung. Der Platz an dem Nidhogg lebt, genau wie hier unter uns, und darauf wartet, jegliche menschliche Energie, die er erreichen kann, hinunterzuziehen."

„Ich frage mich doch, wie das mit den Lindwürmern war. Lebte Nidhogg etwa unter Hitlers Adlerhorst? Ich benutzte den Stein und war tagelang wie ausgelaugt, nachdem ich dort gewesen war."

„Nachdem wir nun mit den Drogen angefangen haben, sollten wir weitermachen."

„Wenn du möchtest", sagt Steven. „Aber lass uns gehen. Ich fühle die Würmer unter meinen Füßen. Hat Nidhogg nicht genug Blut geleckt in Auschwitz, in Polen, in Deutschland?"

Nach einer kurzen Pause entgegnet Alfred: „Es ist Zeit zu gehen. Ich hole Kathrin und wir können zu dem Kiosk am Eingang gehen, wo sie Souvenirs verkaufen. Bald werden wir wieder in Wewelsburg sein. Du wolltest die Beweise sehen – sie sind dort."

„Wenn du es für das Richtige hältst…"

Alfred und Steven finden eine Bank in der Sonne, von der aus sie den Kiosk sehen können, Kinder auf dem kleinen Spielplatz oder Eis essend.

„Ist es hier besser?", fragt Alfred. „Ja… und Kathrin ist glücklich, sie schaut sich die Sachen für Touristen an."

„Ich brauche nur zehn Minuten, dann fahre ich euch zur Wewelsburg."

Steven setzt sich mit der Sonne in seinem Rücken hin, „Himmler - das Buch von Frischhauer trifft es am besten. Aber selbst er hat den Teil über die Drogen ausgelassen, vollkommen, und ohne diesen Teil kann die Geschichte Nazi-Deutschlands nicht von einem Christen begriffen werden."

Alfred lässt seine Schultern fallen und beginnt: „Schau, es ist wirklich einfach. Sie arbeiteten daran, den neuen Menschen zu züchten, den arischen Supermann. Vergessen wurde jedoch, dass sie dazu Drogen benutzten, sowohl in geistiger als auch körperlicher Hinsicht aus Männern Superhelden zu machen. So haben sie das Amphetamin während der Olympischen Spiele 1936 in Berlin benutzt, wo sie ihre arische Überlegenheit demonstrieren wollten. Zunächst haben sie nicht verstanden, wie stark sie die Urteilskraft des Menschen beeinflussen. Nach einiger Zeit führt der Gebrauch von Amphetaminen und Kokain zur Unmoral, zu rasender Wut und zu Hass."

„Und das ist ‚Speed' unter anderem, nicht wahr? Eine Mischung aus Amphetaminen und Kokain."

Alfred nickt sein Einverständnis und fährt fort. „Deine Mutter muss wohl die kleinen Pervitin-Pillen genommen haben. Jeder Apotheker hat sie damals verkauft. Sie wurden an die Leute verabreicht und viele Millionen davon auch an die Soldaten. Es erklärt – was aber keine Entschuldigung bedeutet – die unsinnige Grausamkeit jener Zeit. Wenn man immer wieder Amphetamine nimmt, verliert man schließlich die seelische Kontrolle."

„Meine Mutter war ein bisschen paranoid, ich habe mich oft gefragt –"

Alfred ignoriert Steven und spricht weiter. „Und diese riesigen Kundgebungen, wo sich Hunderttausende versammelten, um Hitler sprechen zu hören. Sie waren aufgeputscht mit Amphetamin. Genau wie ein modernes Techno-Rave mit Ecstasy aufgeheizt wird. Von der Chemie her ist es fasst das gleiche. Ja, Flutlicht, Musik und Würstchen mit Amphetaminen. Das chemische Wunder des Dritten Reiches unter ihrer Wursthaut."

Alfred lässt sich mit dem Rücken gegen die Bank fallen, um die Spannung in seinem Körper loszuwerden. „Ich rede mal wieder zu viel. Ein guter Lehrer würde jetzt Pause machen. Aber ich muss Himmler erklären, bevor wir zur Burg fahren."

„Sollen wir hier bleiben oder im Auto sprechen?", fragt Steven.

„Kathrin ist noch schwer beschäftigt", sagt Alfred. „Also werde ich weitermachen. Erinnerst du dich, dass Ravenscroft in dem ‚Speer'-Buch geschrieben hat, dass Hitler eine Pilz-Initiierung von einem alten Einsiedler in den Wäldern in der Gegend von Wien unterlief?"

„Ich erinnere mich schon, glaube ich."

„Ein ‚glaube schon' reicht nicht", bohrt Alfred. Er wartet bis Steven fortfährt.

„Ich glaube, dass Hitler in einem Boot die Donau hinauffuhr, um einen alten Mann im Wald zu treffen. Der verschaffte ihm eine psychedelische Erfahrung mit Drogen."

„Richtig. Du hast es dir gut gemerkt. Ich habe über diesen Teil des Buches nachgeforscht und herausgefunden, dass Ravenscroft das Ganze erfunden hat, um zu erklären, wie das Böse in Hitler reinkam. Was du mir über Berchtesgaden und Braunau erzählt hast, ist ausreichend, um seine frühen politischen Fähigkeiten zu erklären. Hitlers täglicher Drogenverbrauch erklärt sein späteres Zusammenbrechen. Hitler war ein ‚speed freak'. Er hatte nichts am Hut mit Psycho-Drogen. Während Himmler auf der anderen Seite…"

Steven spürt, dass Alfred jetzt eine Frage erwartet, „Machst du einen Unterschied zwischen den stimulierenden Drogen und den Psychedelika, wie LSD?"

„Richtig. Die ersteren haben mit dem Körper zu tun und das ist der Teil, den Nidhogg haben möchte. Die letzteren dagegen nehmen den Geist aus dem Körper und lassen ihn irgendwo, vom Himmel bis zur Hölle. Aber meistens eher in der Hölle.

Soweit ich weiß, ist eine psychedelische Erfahrung näher an der Abramelin- oder Jesuitenerfahrung angesiedelt. Wochen, Monate der Gebete mit Konzentration auf das Göttliche und dann bringt dich der Lehrer an den richtigen Platz, wenn dein Geist den Körper verlässt. Das ist Initiierung und so hat sich mein heiliger Schutzengel bei mir bekannt gemacht. Verstehst du, was ich sage?"

„Ich frage mich, was die Abramelin- und die Jesuitenerfahrung mit Himmler zu tun haben."

„Du machst dich über mich lustig, das ist nicht so gut. Also machen wir mit Himmler weiter."

„Wir waren uns einig, dass Himmler ein Zauberer war. Das hast du ja selbst in Quedlinburg erlebt. Seine Geschichte ist interessant. Sein Vater war Schuldirektor an einem Gymnasium der Jesuiten, also muss er sowohl begabt als auch religiös gewesen sein. Heinrich war ein guter Schüler und hatte gelernt, auf wissenschaftliche Art in Kategorien zu denken. Sein Gedächtnis war ausgezeichnet. An der Universität hat er Agrarwissenschaft studiert. Und es war wohl dort, wo etwas passiert sein muss. Drogen, psychedelischer Fliegenpilz zumindest und wer weiß, was noch. Studenten experimentieren ja gerne. Getrocknetes Agaricum in hausgemachten Küchlein – eine Bauernmedizin für lange Winter. Etwas Unschuldiges wie das war nicht mal eine Sünde für einen guten Katholiken."

„Was immer es auch war, die Erfahrung war so einschneidend, dass er aufhörte ein frommer, praktizierender Katholik zu sein. Er fing an östliche und westliche esoterische Literatur zu lesen."

„War es eine Initiierung?", fragt Steven.

„Das ist das Problem. Himmler war nicht geführt worden, er fiel einfach in einen Ort, in eine Nahtoderfahrung. Dort wurde er von den Geistern beeinflusst, die, wie Steiner es ausdrückte, mit der Förderung und Erhaltung der Volksseele zu tun hatten. Sie haben seine Psyche vereinnahmt."

„So", sinnt Steven mit nachdenklicher Stimme. „Ich hatte also Glück, dass mir Albert mit dem Stein half."

„Bitte erzähl mir später darüber. Aber erinnere dich daran, du bist nur in geringer Gefahr, weil dein heiliger Schutzengel immer bei dir ist. Himmler hatte dieses Glück nicht. Sein Leben wurde nicht von den guten Geistern geführt."

Alfred lehnt sich in eine entspanntere Position auf der Bank zurück und erklärt weiter: „Auf der Universität studierte Himmler vor allem Düngemittel und dort liegt auch die Erklärung dafür, dass er sich zu biodynamischen Anbaumethoden hingezogen fühlte. Er heiratete eine Krankenschwester,

die in der Homöopathie zuhause war. Das brachte ihm ein neues Grundverständnis und erklärt sein späteres Interesse an potenzierter Asche. 1926 versuchte er es zunächst mit Hühnerfarmen. Später sah man ihn oft in Konzentrationslagern demonstrieren, warum die Juden aus der deutschen Rasse ausgesondert und getötet werden müssten. Die Form des Kopfes war nicht in Ordnung, die Nasen auch nicht, schwarze Haare, die Proportionen der Körperteile stimmten nicht und so weiter."

„Entsetzlich! Hühner und Menschen, gezüchtet für ihre Farbe, für arische Merkmale, Knochen für Fleischproportion."

Alfred unterbricht, „Ich glaube, dass Himmler mehr Drogenerfahrungen hatte und später die wirklichen Initiierungen von Menschen in der NSDAP oder unter seinen Angestellten erfuhr. Es gab eine Menge Leute um ihn herum, die ihn in dunkle Gänge und Unterwelten führten."

„Warum gerade die Unterwelt?"

„Es ist leichter, viel leichter, und die Ergebnisse sprechen für sich selbst."

Steven sitzt genußvoll in der Sonne und fragt sich, was in der Welt wohl vor sich ging. Kathrin zog es zum Drehständer mit Postkarten. Eine Frau im leuchtend roten Parka geht vorbei, Alfred winkt ihr zu und sagt: „Die da fragte, ob du krank seist." Die Frau sieht aber starr geradeaus und tut so, als ob sie weder Alfred noch Steven gesehen hätte.

Steven, „Sie denkt wohl, dass wir etwas komisch sind, ich glaube, sie wollte uns nur helfen."

Alfred, „Oder ob du vielleicht Drogen genommen hättest. Weiter im Takt. Kathrin ist noch nicht soweit, also habe ich Zeit. Ich erzähle dir jetzt von zwei Expeditionen, die Himmler nach Tibet schickte."

„Wirklich? Warum das?"

„Ah. Warum? Sie erzählten, dass sie herausfinden wollten, ob die Tibeter arische Schädelmasse hatten. Als ob man die Brustgröße mongolischer Hühner messen würde. Die Leute glaubten es. Nein, sie suchten nach dem Schlüssel zur Pforte der Unterwelt, wo die Geister leben, die die Kraft haben, den Feind zu zerstören. Die Tibeter verwendeten Worte, Mandalas und Töne, mit denen man Kämpfe gewinnen kann."

„Lass mich mal eine Verbindung herstellen. Wenn man den richtigen Schlüssel hätte, und die richtigen Worte und das richtige Symbol, dann würde Nidhogg die Feinde zerstören?"

„Im Prinzip richtig. Wie du das sagst, lässt es nur etwas zu einfach erscheinen. Es braucht mehr dazu. Die Kelten glaubten zumindest, dass man dem Lindwurm Kriegerblut geben müsste, damit er die Feinde abschreckt."

„Ich hab das im Adlerhorst erlebt."

Alfred lächelt. „Siehst du, die Nazis haben Magie gegen ihre Feinde verwendet."

Steven kontert, „Ich? Hitlers Feind? Ich habe den Mann ja nie getroffen. Ich frage mich, warum die diese Faszination mit Römern hatten."

„Es gibt viele Gründe dafür", sagt Alfred, „aber ja, du hast Recht, sogar Hitlers Heils-Gruß ist eine Nachahmung des römischen ‚Ave'. Versuch es mal selber und du wirst sehen, dass es eine Verbindung zum Boden unter deinen Füßen herstellt."

„‚Heil' bedeutet Segen, nicht wahr?"

„Das ist es. Es war eine Art Segen oder vielleicht war es ein Fluch aus der Welt der Fast-Toten. Leider öffnete die Nazizeit die Türen, die zur Unterwelt der Macht führen. Das bedeutete, dass die alten Geister wieder frei waren und sich in der Welt frei bewegen konnten."

„Sind sie noch da?", fragt Steven.

„Ich glaube schon." Er hält inne und sagt dann: „Sie sind noch in den Köpfen von Millionen Menschen."

Unter Himmlers Schwarzer Sonne

Alfred fährt den alten Mercedes mit der Konzentration eines Truckers. Steven entspannt sich, den Blick in den glänzenden Blättern verloren. Der Wald um die Externsteine ist dick, feucht, jung. Die Vergangenheit mit ihren großen alten Bäumen wurde zerstört. Allein der dichte Schleier von Blättern, über die Straße hängend, scheint ein Überrest aus alter Zeit.

Alfred nimmt die Auffahrt zur A33 und erhöht die Geschwindigkeit. „Wenn du Macht willst, wenn du den Ring der Macht an Deinem Finger möchtest, ist es eine große Versuchung, mit dem Bösen zu arbeiten. Es ist einfach, mit Nidhogg Blutgeschäfte zu machen. Alberich kommt und flüstert dir von Gold ins Ohr. Die Zeitgeister der Vergangenheit erzeugen ihre Wünsche in deinem Geist. Wie Himmler gehst du nicht mehr zur Beichte und bald kann dir nichts mehr helfen. Die Wewelsburg ist als ein Ort des Bösen geplant worden. Nimm deinen Stein nicht, ein Loch in die SS-Energie von Himmlers Burg zu öffnen, wäre dumm. Zu viel kann uns allen passieren."

„Ich verspreche es dir", versichert Steven.

Wewelsburg wirkt wie ein Vorort irgendwo auf der Welt. Die typisch-deutschen Häuser, ihre kleinen, ordentlichen Gärten. Doch bald merkt Steven, was Alfred meinte. „Es fühlt sich dunkel an. Es sieht dunkel aus. Ein Geruch von Düsternis hängt in der Luft."

„Hier wurden Menschen verbrannt und der süßliche Geruch des Fleisches sättigte die Luft. Die Toten konnten nicht gezählt werden, weil man ihre Asche in alle Winde zerstreute."

Kathrin erschrickt. „Das ist schlimm, Steven, riechst du die Geister?"

„Warum ist dieser Platz schlimmer als Auschwitz?"
„Aus zwei Gründen. In Auschwitz halfen Gebete. Aber hier macht Himmlers Zauberei eine Heilung unmöglich. Du wirst es merken, wenn wir zur Jugendherberge kommen. Wir werden dort übernachten, sie ist in der Burg."

„Du scheinst den Weg zu kennen", sagt Steven. „Ich habe kein Schild gesehen. Verstecken sie die Burg?"

Alfred fährt langsam die enge Dorfstraße hinunter und macht einem riesigen Traktor Platz. Während er wartet, meint Alfred: „Die Burg ist vor 400 Jahren für den Prinzen, der hier regierte, erbaut worden. Hier war das Herzogtum des Bischofs, der gleichzeitig weltlicher Fürst war. Er ließ täglich eine Messe in der Turmkapelle lesen, die Himmler wieder aufbauen ließ."

„Du hast mir über das Zimmer mit der schwarzen Marmorsonne erzählt, war es das vielleicht?", fragt Steven.

„Richtig. Das ist der Raum. Der Turm erinnert mich an die Säulen der Externsteine mit ihren Altären und der Totenkammer – erinnerst du dich noch, wo du gesessen hast – dahinter."

„Also das hast du gemeint, als du sagtest, dass Himmler Spuren hinterlassen hat, die man sehen kann."

„Richtig, du brauchst deinen Stein nicht zu benutzen, um wahrzunehmen, dass etwas Dunkles und Schwarzes passiert ist."

„Warum kamen denn keine Menschen hierher?"

„Brauchst du darauf wirklich eine Antwort?" Alfred fährt den Wagen vorsichtig weiter. „Zwei Dinge: Schwarze Magie riecht nicht gut, deshalb bleiben die Leute weg und wir Deutschen schämen uns. Das Museum ist ein Ausdruck unserer Reue, aber die Sünde geht trotzdem nicht weg."

„Ist es nicht überall in Deutschland so?"

„Eine gute Frage. Hier sind die Beweise. Eine große Burg mit „Sigrun"-Blitzen in die Türen geschnitzt. Die SS brannte das Gebäude aus bevor die Amerikaner kamen. Nur das Turmzimmer ‚Die Halle der Obersten Führung', wie es Himmler nannte, und die unterirdische Krypta blieben unberührt. Übrigens wurde das alles von Zwangsarbeitern gebaut."

„Sklavenarbeit", fragt Kathrin, „meinst du das?"

„Ich sage es immer wieder", in Alfreds Stimme schwingt Ungeduld, „dass römische Ideen, römische Zeitgeister sich eingeschlichen hatten. Alle Menschen wurden zu Sklaven gemacht, die nicht gewollt waren. Juden, Polen, Russen, Zigeuner, Zeugen Jehovas, Schwule und Kommunisten. Und sie benutzten als Entschuldigung, dass das gut für die Wirtschaft sei. - Ich rede zu viel. Hier werde ich immer wütend und traurig, sehr traurig."

Im Wagen herrscht Schweigen.

Ein kleines Schild mit dem Hinweis ‚Jugendherberge' zeigt zur Brücke über den Burggraben. Alfred übersieht das ‚Keine Einfahrt' Schild und fährt in den dunklen, dreieckigen Hof durch die Türen mit den SS-Runen. „Sie haben viele Zimmer mit 6, 8 oder 10 Betten und nur wenige Besucher. Ich werde beten, dass ihr heute Nacht gut schlafen könnt."

Ritterrüstung und Bernhardiner behüten den Eingang. Der Hund ist zutraulich und gutmütig – typisch für seine Rasse. Die Rüstung strahlt dagegen kalt und erschreckend.

Kathrin sitzt andern morgens sichtlich ungemütlich herum. „Ich hoffe, Alfred kommt bald. Hier mag ich nicht warten."

„Ich finde auch, dass alles hier Stahl und Zement und Kälte ist, selbst im Sommer. Ich frage mich, wie es zu Zeiten Himmlers war. Ravenscroft hat viel davon in seinem ‚Lanzen'-Buch beschrieben. Es sollte eine Schule für SS-Offiziere werden und für die, die Alfred die Oberste Führung nannte. Jeder hatte eine Wohnung in der Burg, mit antiken Möbeln ausgestattet, um an einen deutschen Volkshelden zu erinnern. Und ja, man muss hier nicht raten, Ravenscroft schreibt, dass Himmler die Zeit von König Heinrich I. wieder in seiner Wohnung gestaltet hat."

Kathrin hält inne, „Wenn Alfred Recht hat und alle Drogen nahmen, dann wäre dieser Platz ideal gewesen, um Drogenerfahrungen anzugehen."

„Aber schlechte Trips", antwortet Steven, „es fühlt sich dunkel und unheimlich an. Vielleicht war es früher noch schlimmer. Ich frage mich, was sie getan haben, dass es so wurde?"

Steven geht zu dem Stand mit den Touristenbroschüren.

Kathrin versucht, dem Bernhardiner die Pfote zu schütteln.

Alfred kommt endlich die Treppe herunter, streichelt dem Hund den Kopf und sagt: „Wie war euer Frühstück?"

„Nicht gut, ich hasse amerikanische Müslis, Milch und Saft aus der Dose. Konntest du gut lesen oder beten?"

„Meditation", antwortet Alfred. „Danke, dass du mir die Stunde gegeben hast. Lasst uns die Sonne genießen und den Hügel zu Fuß hinunter gehen."

Der Pfad führt weg von der Burg und das dichte Sommerlaub der Bäume hält den Weg schattig. An der Straße nehmen sie Alfred wieder in ihre Mitte.

„Es tut mir leid, wegen des Frühstücks, aber die Jugendherberge war die beste Lösung."

„Was meinst du damit?", fragt Steven.

„Es ist der beste Platz, an dem man in der Stadt bleiben kann. Und es ist wichtig, weil es als Privatbesitz trotzdem der Burg eine öffentliche Kontrolle garantiert."

Der Weg am Bach entlang hat ein Schild. ‚Alte Mühle… Biergarten'. Alfred verläßt die Straße. „Der Biergarten hat mehr als Bier im Angebot. Wir können auch unseren Morgen-Kaffee trinken – ich war hier früher schon." Alfred ist entspannt. „Ich glaube, Himmler wusste, was er hier machte. Da gab es nichts Zufälliges. Es war ein durchdachter Plan. Himmler wollte ein Plagiat von Steiners Goetheanum einrichten."

Alfred realisiert Stevens Aufmerksamkeit und fragt: „Weißt du noch, wie ich dir von Darré erzählt habe, dem Minister für Landwirtschaft, und wie er Steiners Ideen über biologisch-dynamische Landwirtschaft verbreitete? Also, Darrés Schwester Ilse war mit dem SS-Obersturmbannführer Manfred von Knobelsdorf verheiratet, der das Burgprojekt von Anfang an mitbestimmte. Ich bin mir sicher, dass er durch Ilse Zugang zu allen Papieren von Steiners geheimen ‚Schriften für die innere Gruppe', dessen ‚Erste Klasse' hatte."

„Weißt du, was darin enthalten war?", fragt Steven.

„Ja, das Material ist heute erhältlich."

Alfred bleibt bei seinem roten Faden. „Kurz nach der Machtergreifung begann Himmler das Wewelsburg-Projekt. Ja, er hatte alles durchdacht. Steiner starb 1925. Unter anderem wird auch vermutet, dass er von Hitleranhängern ermordet wurde und ich frage mich, ob er den schrecklichen Zweck, für den seine Lehre missbraucht wurde, vorhergesehen hat."

„Wovon sprichst du?" Stevens Stimme klingt verwirrt.

„Steiners Unterricht für seine erste Klasse ist voll von machtvollen Mantras und sie sollten im Turmzimmer vorgetragen werden, in der Halle der Obersten Führung, einer Art Gruppenbindungsinitiierung. Ich werde dir morgen mehr erzählen. Hoffentlich werden wir in das Zimmer gelassen."

„Hast du hoffentlich gesagt?"

„Korrekt. Nicht alle werden von den Museumsangestellten hineingelassen. Es gibt immer wieder politische Wirrköpfe, die denken, hier einen faulen Zauber zustande zu bringen."

„Ich verstehe, warum du mir verboten hast, den Stein zu benutzen."

Die zwei Männer gehen weiter. Ein trauriges Schweigen breitet sich zwischen ihnen aus, bis Kathrin sie am Eingang des Biergartens trifft. Sie ist fröhlich, „Vielleicht magst du richtigen Kaffee? Der wird dir gut tun nach dem billigen Instantgesöff, das du heute zum Frühstück getrunken hast."

Alfred nickt und entscheidet mit einem Wink nach oben, „Lass uns an diesem Tisch sitzen, mit dem Blick auf die Burg."

Steven setzt sich vorsichtig auf den Klappstuhl. Kathrin dreht sich zu Alfred, „Bitte setz dich doch. Ich werde den Kuchen holen. Keiner von euch mag Schokolade, richtig?"

Alfred schweigt. Er scheint ins Gebet versunken.

Kurz darauf kehrt Kathrin zurück. „Ich habe bestellt. – Schau dir den Mann mit der Brille und den kurzen Hosen an. Er hat eine schwarze Sonne aufs Bein tätowiert. Meinst du, ich könnte ihn fragen, ob er was gegen ein Foto hat und was die Tätowierung bedeutet?"

Alfred schaut in die Richtung des Mannes, „Ja, falls er nicht darüber sprechen wollte, würde er lange Hosen tragen. Falls

er kein englisch spricht, kann Steven dir helfen."

Kaffee und zwei Stücke heller Vanillekuchen, jedes Stück verziert mit Schlagsahne, werden von der Kellnerin auf den Tisch gestellt. Kathrin hat für sich Obsttorte bestellt. „Ich erzähl dir mal, was er gesagt hat, aber zuerst werde ich es aufschreiben, während du deinen Kuchen isst."

Kathrin gibt ihr Schreiben Alfred, der es auf den Tisch zwischen die leeren Teller legt. Beide Männer lesen gleichzeitig: „Bitte erzählen Sie mir über die Tätowierung auf Ihrem Bein."

„Es handelt sich um die schwarze Sonne. Die schwarze Sonne befindet sich hinter der Sonne und ist von Wolken bedeckt. Diese kurvigen, schwarzen Linien sind Strahlen, die überall hin gehen – nicht gut. Man muss sich auf die Sonne konzentrieren, die man sehen kann."

„Danke."

Alfred lobt sie, „Da hast du gute Arbeit geleistet."

Steven schweigt zunächst, dann, „Lass mich das Kameradisplay anschauen. Ich interessiere mich für die ‚kurvigen Linien'. Steven vergrößert die Tätowierung mit dem Zoom. „Das hast du uns gestern im Auto erklärt. Er weiß, was die Zacken bedeuten. Du hast sie Blitze genannt und dass sie ‚nicht gut' sind und ‚überall rauskommen'. Bedeutet das, dass er ein Neonazi ist?"

Alfred versichert ohne lange zu überlegen: „Ich habe Menschen wie ihn bei der Beichte erlebt, in Hamburg. Sie sind gute Menschen, aber sie bewundern die Nazi-Kräfte, die immer noch leicht in Deutschland zu finden sind. Hast du das Feuer gesehen, das in einem Kreis brannte? Es wird angezündet und ruft alte, romantische Gedanken hervor. Für sie ist es ein Erlebnis, weder eine Sünde noch ein Verbrechen. Die wirklichen Magier haben Tätowierungen, wie japanische Gangsterbosse. Sie bleiben im Hintergrund, kümmern sich um sich selbst und gehen zu keiner Beichte."

„Siehst du", sagt Alfred und zeigt auf das Bild der Burg, das nach dem Krieg gemacht worden war. „Der Turm mit seiner ‚Haupt-Halle' und die unterirdische Krypta sind noch unverändert. Die SS konnte alles andere noch zerstören, bevor die Amerikaner kamen. Dieses kleine Gebäude war das Haus der Wachmannschaften."

„Kurz bevor 1939 die polnische Invasion begann, hatte Himmler die Oberste Führung auf der Burg versammelt. Er sagte ihnen, dass sie Wege finden müssten, 30 Millionen Polen zu vernichten. Das war seine Idee des ‚Neuen Deutschland'."

Steven, „Das war wohl ganz Polen."

„Man kann es nicht fassen." Alfred dreht sich um und geht in den nächsten Raum. Er wartet vor einem Modell der Burg.

„Das ist es, was Himmler in der Wewelsburg bauen lassen wollte. Himmler sagte oft, dass die Halle der Obersten Führung das neue Zentrum Deutschlands werden würde. Seht her, das ganze Design hat das Turmzimmer als Mittelpunkt und wie die Pfeilspitze ihre Spitze am Turm hat."

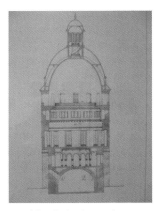 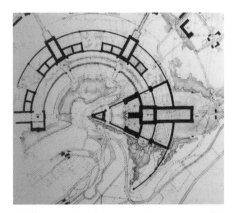

Alfred dreht sich vom Modell weg, zu Steven. „Du musst dir vorstellen, dass all das als Magie gemeint war. Die Krypta und das Turmzimmer waren die Eingänge zu anderen Wirklichkeitsebenen, zur deutschen Volksseele und den Mächten der Schwarzen Sonne. Ihre Absicht war ein neues Zentrum für die Erde zu kreieren, einen Leitstern für das Tausendjährige Reich. Gott sei Dank ist nichts daraus geworden."

„Ich sehe schon, dass es dir ernst damit ist." Steven ist immer noch damit beschäftigt, was Alfred gerade sagte."

„Todernst. Nichts konnte ihn von seinem Willen abbringen, nicht einmal 30 Millionen Menschen."

Alfred schließt sich Kathrin an, die vor einem silbernen Ring in einer Vitrine steht. Er wartet auf Steven, bevor er sagt: „Hier haben wir ein weiteres Stück des Puzzles, den berühmten ‚Totenkopfring'. Diese Ringe interessieren mich sehr. Wie die Relikte in Kirchen stellen sie eine Verbindung zu den Toten her."

„Was bedeuten die Symbole?", fragt Kathrin.

Steven zugleich, „Warum sind sie berühmt?"

„Diese Ringe interessieren mich, weil sie auf die Magie deuten, mit der Himmler hier in seiner Schule für Schwarze Magie arbeitete. Zum einen sind die Ringe aus Silber, also einem Metall, aus dem all die religiösen Medaillons gemacht sind, weil sie Verwünschungen und Flüche bannen oder verhindern."

„Das klingt nach Hexerei. Ich hätte erwartet, dass du von ‚Gebeten' oder ‚Segnungen' gesprochen hättest."

„Lass mich fortfahren", Alfred ist ungeduldig. „Odin und Thor hatten Ringe und hier gibt es historische deutsche Ringe, in die Runen graviert sind um die Krieger zu stärken und Runen, du erinnerst dich, sind Zauberworte der germanischen Götter."

Kathrin wirft ein, „Warum ein Totenkopf?"

„Er hat zwei Bedeutungen. Einmal: Wir bleiben zusammen und kämpfen bis an unser Ende und zweitens: Wir sind alle zusammen initiiert worden, wie beim dritten Grad der Freimaurer, der den Gesellen in einen Meister verwandelt. Dort spielt das Totenkopf-Symbol auch eine Rolle. Ich sollte mich um die Erlaubnis kümmern, die Turmräume zu besichtigen. Wir werden einen Führer brauchen."

Kathrin sucht die Nähe Alfreds, „Bitte, kannst du mir noch sagen, was die Symbole bedeuten?"

Alfreds Stimme verrät, dass er angestrengt versucht, die Geduld zu bewahren. „Du kennst bereits die Swastika. Das SS-Symbol verleiht Thors Macht. Die zwei nach hinten gerichteten ‚N' auf jeder Seite des Kopfes bedeuten den Zusammenhalt der Gruppe. Alle, die diesen Ring trugen, gehörten zusammen - im Leben und bis in den Tod. Der sechsarmige Stern ist die erste Hälfte der Schwarzen Sonne. Es verbindet die innere Macht der Schwarzen Sonne mit dem Träger. Die Rune auf der Rückseite des Rings deutet daraufhin, dass die SS den Segen aus der Vergangenheit, ‚Heil' bedeutet auch Segen, in die Zukunft Deutschlands bringen wird."

„Gibt es darüber noch mehr?", fragt Steven.

„Eine gute Frage", sagt Alfred. „Die Antwort dazu ist ‚Ja'. Himmler hatte seine Signatur in jedem Ring neben der des Besitzers. Ich glaube auch, dass ein Bann hineingegeben wurde, der den Besitzer des Rings im Leben und im Tod an ihn band. Die Ringe haben diesen magischen Aspekt, wie bei einem Hochzeitsring, der Mann und Frau vom Leben bis in den Tod begleitet."

„Im Leben und bis in den Tod?", fragt Kathrin.

Alfred geht nicht auf ihre Frage ein. „Ich muss wirklich mit dem Museumsdirektor sprechen, damit wir die Krypta und den Mantraraum besichtigen können. Sie kennen mich hier als Pfarrer, also sollte es ok sein. Georg sagte, dein Onkel war in Dachau. Ich werde es ihnen sagen, wenn es dir recht ist?"

Steven nickt, Alfred dreht sich herum und verschwindet die Treppe hinunter. „Ich wusste nicht, dass es so schwer ist, in die Hölle zu kommen."

Steven wandelt in dem unterirdischen Gemach im Kreis. Es ist seine dritte Runde. Er ist sowohl entspannt und meditativ als auch verwirrt. Ohne den Stein ist es schwer für ihn, in die Vergangenheit zurückzugehen oder unter die Oberfläche der Gegenwart zu kommen. Alfred dolmetscht für Kathrin. „Wir erlauben Chören hier zu singen. Der Raum hat eine…"

Jemand hat Steven auf die Schulter geklopft. Hinter ihm steht ein Mann mit langem, schwarzen Haar. Er hält ein Tuch in der Hand und sagt in gutem Schulenglisch: „Schauen Sie sich das an. Vierzig Grad Abweichung von draußen."

Steven beugt sich über einen großen Kompass, eingewickelt in einem Wollschal. „Hm?"

Der Mann schaut weiter auf den Kompass. „Vierzig Grad ist der Unterschied zwischen drinnen und draußen, was bedeutet das? Ich weiß es auch nicht. An keltischen Orten besteht immer dieser große Unterschied."

„Ich bin Steven. Australier."
„Ich bin Holländer, ja, keltisch. Dieser Ort ist wie die Hügelgräber in Wales, in die sie durch ein Loch in der Decke gefangene Krieger warfen. Die sind dann dort unten gestorben."
„Um die Unterwelt zu füttern?", fragt Steven.
„Es war ihre Religion", meint der Langhaarige.

Der Führer, der in der Krypta auf und ab geht, schaltet sich ins Gespräch ein. „Manche Leute behaupten, dass die Urnen mit den zurückerstatteten Totenkopfringen der SS-Männer, die hier gestorben waren, an den Wänden entlang arrangiert werden sollten. Ja, zwölf Urnen, und in der Mitte sollte eine ewige Flamme brennen."

Der Holländer berührt Stevens Schulter und sagt: „Quatsch! Kein keltisches Grab hatte jemals ein Feuer brennen. Es gibt gar keinen Rauchabzug."

Alfred zieht Steven sanft am Arm zur Wand der Krypta. „Hier im Zentrum sollten die Aschen der Ringträger homöopathisch potenziert und in einer Urne im Zentrum des Raumes vermischt werden. Es würde ein Arcanum entstehen, wesensverwandt dem, was Himmler sozusagen diametral entgegengesetzt in Dachau hergestellt hatte."

Kathrin flüstert Alfred zu, „Gibt es da noch mehr zu erzählen?"

„Wenn du mich fragst, ja", sagt Alfred. „Offensichtlich war der Krieg zu Ende bevor Himmler diese Idee umsetzen konnte. Mein Schutzengel gab mir ein, dass der Zweck der Asche war, die Toten miteinander zu verbinden. Einige katholische Orden praktizieren das ebenfalls."

Steven ignoriert, was der Führer gesagt hat, „Also deshalb ist die Mitte noch unvollendet."

„Korrekt."

„Wenn man an die Reinkarnation glaubt, und Himmler vertrat das offen, würden sie als Gruppe reinkarniert, wieder und wieder, 1000 Jahre lang."

Die Stimme des Führers schallt laut in der Krypta. „Wir werden nun das Turmzimmer oben aufsuchen. Um dorthin zu kommen, müssen wir wieder zum Burggraben zurück."

Der Raum ist perfekt. Weißer Marmor verbindet sich mit Grauem, als wären sie zusammengewachsen. Es gibt zwölf Bögen und einen kleinen Türdurchgang. Der Fremdenführer spricht langsam und gedämpft, trotzdem verwischt die Raumakustik seine Worte.

„Hier versammelten sich die obersten SS-Führer zu Besprechungen. Angeblich saßen sie wie die zwölf Ritter in der Tafelrunde über der Schwarzen Sonne in der Mitte des Raumes. Vergessen Sie nicht, dass dies der zentrale Punkt des Neuen Deutschland sein sollte", betont der Führer und zeigt auf den grauen Marmor in der Mitte des Mandalas. „Es heißt, Himmler hätte das Symbol der Schwarzen Sonne auf einer Kriegermedaille aus dem siebten Jahrhundert gefunden. Es sollte dem Krieger in der Schlacht Kräfte verleihen."

Alfred murmelt in Stevens Ohr. „Alles Unsinn. Dieser Raum hat ein solches Echo, dass es unmöglich ist, sich über den Tisch hinweg zu unterhalten."

Steven gestikuliert Zustimmung und verklickert der neugierigen Kathrin alles ganz schnell.

„Moment, er erzählte noch, dass Himmler neunzehn Mal seit dem Anfang im Jahr 1933 hierherkam. Aber ich glaube nicht, dass der Fremdenführer diesen Angaben traut."

Alfred lässt Steven aussprechen und flüstert erneut. „Dieser Raum war nur für das Sprechen der Mantras bestimmt. Ich habe mich überzeugen lassen, dass Himmler Steiners Initiation der Ersten Klasse und ihr System imitiert hatte. Ich habe hier Mantras gesprochen. Die Wirkung war enorm. Diese Halle scheint geradezu konstruiert für Intonationen."

„Auch tibetische Mantras?"

„Warum nicht?", sagt Alfred. „Der Fürstbischof, der hier lebte, hatte die Messe in diesem Zimmer gelesen."

„Der Fremdenführer erlaubt mir nicht, hier zu singen", fährt Alfred fort, „aber nachher im Hof werde ich dir ein Mantra vortragen. Man muss es korrekt tun, damit es wirkt. Ich glaube, es könnte sogar dort draußen funktionieren."

Wieder nickt Steven kurz. Er konzentriert sich auf das graue Marmor-Mandala. Nichts geschieht.

Kathrin, „Wie kommt dir das alles vor?"

Steven zuckt die Schultern. „Ich müsste den Stein benutzen, falls hier etwas geschehen ist, dann ist alles weggeschlossen worden und versteckt. Oder es ist nichts passiert, ich kann es nicht sagen."

Kathrin, „Es erinnert mich an eine Atomexplosion."

Der Fremdenführer winkt ihnen, dass es Zeit ist nach Hause zu gehen.

Im dreieckigen Hof, sagt Steven zu Alfred, „Es schien alles zu schlafen, hat hier jemals etwas stattgefunden? Ich frage mich, ob der Stein mich etwas sehen lassen würde."

„Nein, denk' nicht mal daran! Während meines letzten Besuches war ich für ein paar Minuten allein. Ich betete, sprach einen Psalm und sang ein paar Mantras. Der wirkungsvollste war einer den Steiner für seine Initiaten geschrieben hatte, ich rezitiere ihn und wir können es für Kathrin übersetzen. Entspann' dich jetzt und stelle es dir vor. Stell' dir vor, was die Worte bedeuten.

> Fühle wie die Erdentiefen
> Ihre Kräfte deinem Wesen
> In die Leibesglieder tragen
> Du verlierst dich in ihnen
> Wenn du deinen Willen machtlos
> Ihrem Streben anvertrauest,
> Sie verfinstern dir das Ich.

Stevens innere Schau sieht die Erde sich nach oben aufstülpen, um den Hof des Schlosses zu verschlingen.

Alfred spürt Stevens tiefen Eindruck und wendet sich an Kathrin. „Die Worte sind schwer zu übersetzen. Sie bedeuten etwa, ‚Fühle die Mächte, die aus der Erde kommen und deinen Körper beherrschen wollen... Du musst es dir in deiner Vorstellung vor Augen führen... In deutscher Sprache und da drin gesprochen –", Alfred zeigt aufs Portal, „– es hallt hin und her zwischen den Wänden und im Inneren deines Schädels."

Der grosse Ritus

Georg legt die Dokumentenmappe aus Kunstleder mit dem Volksbank-Logo auf den Tisch. „Ich habe dir ein Souvenir zum Abschied aus Worms mitgebracht. Nein, Geld ist es nicht. Ich werde es dir gleich zeigen. Morgen fahren wir zum Flughafen und hier ist was drin, was du noch in dein Gepäck tun kannst."

„Unsere Reise konnte aufgrund deiner Anstrengungen Wirklichkeit werden, durch das Auto und deine Kontakte."

„Und das Extrageld", fügt Kathrin dazu.

„Das könnt ihr mir später zurückzahlen", wehrt Georg ab, „-wenn ich euer Buch veröffentlicht habe - das Buch mit den Antworten zum sogenannten Dritten Reich."

Steven sieht aus dem Fenster. Er beobachtet eine Muslima, die ihren bedeckten Kinderwagen durch den Regen schiebt. „Ich habe keine Antwort, nur Eindrücke und ein paar Informationen. Aber das Ganze - wer weiß das schon? Ich frage mich immer noch. Danke, dass du uns nach Auschwitz mitgenommen hast, wenigstens erklärt das meinen Albtraum, aber Alfred hat neue kreiert. - Was ist hier drin?"

Georg lacht, „Sag' mir zuerst, was deine Frage war?"

„Das ist einfach", meint Steven, während er sich nach der Mappe streckt. „Warum konnte Nazi-Deutschland entstehen und warum so schnell? Die Orte, die ich besucht habe, erklären Himmler und Hitler, aber das ‚warum'... verstehst du es?"

Georg lacht wieder. Mit einem Grinsen holt er einen großen Papierumschlag hervor. „Ich glaube, das hier wird dir beim Verstehen helfen. Das ist Sozialgeschichte. Ich habe eine Freundin im Stadtarchiv Worms. Sie hat mir diese Sachen gegeben." Er öffnet den Umschlag, legt die großformatigen Fotos vor Kathrin und Steven, die ihm gegenüber sitzen und meint: „Häng' sie in dein Büro, wenn du das Buch schreibst."

„Und meine Antwort?"

Kathrin, „Steven, siehst du es denn nicht? Die Arbeiter auf den Fotos sehen hypnotisiert aus."

Georg, „Kathrin hat Recht. Aber ich habe auch noch eine andere Antwort auf deine ‚Grundsatzfrage'. Vielleicht ist es die bessere Antwort für dich und sie ist hier in Worms. Am Grab eines berühmten jüdischen Rabbiners. Wir werden deinen Stein zum ‚Heiligen Sand' mitnehmen und du kannst dort den Rabbi selbst befragen."

„Im Regen?", fragt Kathrin.

„Es ist nur ein kurzer Gang."

Kathrin sieht nicht überzeugt aus.

„Und wie wird mir das helfen?", fragt Steven.

„Schau' dir die Fotos an und ich werde es dir erklären. Diese Frauen in ihren weißen Kleidern sind die Wassergeister, die dem Rhein entstiegen sind, um Deutschland mit seiner mystischen Vergangenheit zu verbinden. Die Funtionärsgruppe hinter dem Dom hat Göring im Mittelpunkt. Es ist nur wegen ihm und Himmler, dass der jüdische Friedhof hier ist. Himmler hat ihn, wenn auch ungewollt, vor der Zerstörung durch die Wormser Stadtverwaltung bewahrt."

Nachdem Georg die vielen Fotos wieder geordnet hat, fragt Steven, „Und warum sollten wir zum Friedhof gehen?"

„Noch dazu im Regen?", betont Kathrin abermals.

„Weil er vor der Zerstörung bewahrt wurde und das ist wichtig. Für dich, Steven, wird es wie eine heilige Stätte der Aborigines wirken. Selbst heute benutzen wir Deutschen unsere Gräber für Alltagsmagie. Sie helfen uns dabei, unsere toten Verwandten oder Freunde zu besuchen. Gräber sind unsere Message Stones in die Vergangenheit. Und das Grab vom MaHaRIL ist von größter Bedeutung."

„Also werde ich dem toten Rabbi meine nächste Frage stellen können?"

„Ja, und es gibt sogar ein Ritual dafür. Du schreibst deine Frage auf ein Stück Papier und legst es oben auf den Grabstein."

Georg gibt Steven seine Serviette und holt einen Kugelschreiber aus der Tasche. „Schreibe deine Frage auf und ich werde für die Snacks bezahlen. Lasst uns gehen!"

„Wie weit ist es?", fragt Kathrin.

„Nicht mehr als zehn Minuten."

Der Gang aus der Altstadt zum Friedhof ‚Heiliger Sand' führt die Gruppe vorbei an der alten Stadtmauer, dem Dom, vor dessen Westchor Görings Foto mit seiner Entourage gemacht worden war. Vielleicht waren sie damals auf genau dem gleichen Weg zum Friedhof gegangen. Die Stadtmauer links, das Relikt des tausendjährigen Burggrabens auf der rechten Seite.

Der Regen, ein unaufhörlicher europäischer Regen – so anders als die vorsichtigen, unentschlossenen Regenschauer in Australien – fällt beständig und durchnässt alles.

In dem durchgeweichten, offenen Eingang zum Friedhof stoppt die Gruppe. Steven stellt sich unter Georgs Schirm, „Und wer ist dieser Rabbi, den wir treffen wollen?"

„Du wirst ihn nicht treffen, er ist fast sechshundert Jahre tot."

„Also werden wir seinen Geist treffen. Gibt es den hier noch?"

„Ja", sagt Georg. „Es ist der Rabbi, der mein Buch geschrieben hat."

„Welches Buch?", sagt Steven. Der Regen durchnässt seinen billigen Mantel und er hat das Gefühl, als ob er sein Gehirn aufweicht.

„Die großen egyptischen Offenbarungen. Als ‚der Abramelin' bekannt."

„Was bedeutet das?", fragt Steven. Sein Kopf ist nass , „Dass der Rabbi hier begraben ist und zugleich der Autor des Abramelin war, dieses Buches der Magie, das Crowley verwendet hatte um im Krieg Deutschland ausspionieren zu können?"

„Wie sollte ich das wissen?", fragt Georg , während er seinen Schirm hochhält und näher an Steven herantritt. „Ja, ich bin überzeugt, der MaHaRIL hat den Abramelin geschrieben. Warum?"

„Das ist das Buch, das Lorraine und ihre Freunde verwendet haben – und deshalb wollten sie versuchen, den Stein zu stehlen. Ich werde morgen nach Australien zurückkehren und den Stein hierlassen."

Georg sieht auf seine nassen Schuhe. „Ist dir der Friedhof unangenehm? Das ist zu viel, du kannst ihn hierlassen, aber er gehört dir, weshalb du ihn bei dir behalten solltest. Warum machst du dir Sorgen? Dein Schutzengel wird sich um dich kümmern."

Steven kämpft damit, eine klare Aussage zu machen, er ist sehr bewegt. „Lorraine ist ein Agent der Regierung und war verzweifelt bemüht, den Stein zu besitzen, um an die Könige heranzukommen, die im Abramelinbuch versteckt sind. So, wie Himmler das Grab Heinrich des Voglers benutzte, der schon vor tausend Jahren gestorben war."

„Ich glaube, dass du Ängste gespürt hast, die überall in Deutschland herumgeistern. Mach dir keine Sorgen, viele Leute würden gern deinen Stein benutzen, selbst ich bin neugierig und deshalb habe ich dich hierher geführt."

„Es geht um mehr als das. Lorraine sagte, dass ihre Freunde versuchen wollten, die Crowley-Magie mit dem Abramelin-Ritual durchzuführen. Ihr Freund Jim, der hohe Regierungsbeamte, hat mich mit einer Razzia der Polizei geschreckt und deshalb habe ich Canberra verlassen. Und jetzt stehe ich hier, durchgeweicht, auf einem Friedhof, auf dem ihr magischer Held begraben liegt. Und hier stelle ich dir eine Frage, und das würde Himmler vielleicht auch tun, wenn er es noch könnte."

„Du hast den Stein um eine Antwort zu finden."

Steven, der sich unsicher fühlt, kann nicht antworten. Georg bringt seinen Schirm in Ordnung. „Deine Reise ist sehr gut verlaufen. Glaubst du, alles wurde von Crowley in die Wege geleitet oder von dem Rabbi MaHaRIL? Und dass du seine Antwort in deinem Buch aufschreiben wirst?

„Ich möchte noch nicht daran denken," meint Steven. „In Australien sagte mir Pfarrer Paul, dass, seiner Meinung nach, der Stein ein ‚Wishing Stone' wäre und mehr Unheil verursachen würde als Gutes und deshalb gab er ihn mir. Ich möchte mit diesen Verrücktheiten nicht weitermachen. Ich werde den Stein hierlassen."

„Nein," widerspricht Georg. „Der Stein hat dich gefunden, damit du über die Nazizeit schreiben konntest und damit ich es veröffentlichen kann."

Kathrin niest. Man kann es deutlich durch die Stille des Nieselregens hören. Sie nähert sich mit ihrem Regenschirm den beiden Männern. „Mir ist kalt und es ist nass. Hört auf zu reden und lasst uns zum Hotel zurückgehen, damit ich eine heiße Dusche nehmen kann."

Durch das feuchte Gras wandern sie zum Grabstein des MaHaRIL. Kleine Steine halten Papierfetzen fest, die durchnässt sind, Wachstropfen liefen auf den Boden unter das Grab.

Georg und Steven stehen unter einem Baum nahe dem Grab. Georg beginnt, „Ich weiß viel über Abraham von Worms, den MaHaRIL, ich habe das Buch über ihn herausgeben. Es ist wahr, Crowely hat die Magie, die in dem Buch beschrieben wird, benutzt."

Steven, „Das ist Vergangenheit. Ich habe keine Angst mehr; es ist wohl das einzig Richtige, das man tun kann – diesen jüdischen Heiligen zu fragen, warum diese schrecklichen Dinge meinen Verwandten widerfahren sind."

Georg sagt: „Er war schon zu Lebzeiten hoch angesehen, das war vor 600 Jahren. Sein Grab ist so gelegen, wie er es verfügt hatte, nach Jerusalem hin ausgerichtet. Es ist das einzige auf diesem Friedhof, denn alle anderen zeigen in die Richtung der Synagoge von Worms. Er war seiner Zeit weit voraus. Ja, ich glaube, er ist immer noch da."

Steven holt die Serviette, auf die er seine Fragen notiert hat, heraus und gibt Kathrin die Kamera. Sie steht angelehnt an die trockene Seite eines Baumstammes. Er geht zum Grab. Georg folgt ihm und legt die Notiz auf die dort liegenden feuchten Papiere. Er legt einen anderen Stein auf die Notizen.

Steven findet einen Baum, lehnt sich dagegen, holt die Büchse heraus, hält den Stein in seiner linken Hand und stellt den Recorder an.

„Hier ist ein starker, dünner Sog vor dem Grab, ganz eng, wie eine Zypresse geformt, er reicht weit in den Himmel hinauf, bis man ihn nicht mehr sieht. Ich schließe meine Augen, entspanne mich und versuche, ihn zu erreichen. … Ich bin ein Boot in einem Sturm, ein kleines Schiff, vielleicht ein griechisches. Ich frage mich, ob ich sterben werde. Ich fühle, wie das Boot herum schwingt … es saust weg, wie eine Einkaufstüte in einem plötzlichen Windstoß.

Es ist vor langer, langer Zeit. Ich habe das Gefühl, ich wäre ein Rabbi, halb so alt wie ich, der Wind zerrt an mir und stößt mich herum.

‚Die Juden sind das erwählte Volk.' … Es ist nicht so, dass Gott sie extra schützen möchte oder lieben. Es hat damit zu tun, dass sie reisen müssen. Sie sind wie Samen, die zu anderen

Kulturen und Orten gesandt werden … die Juden bringen neue Kräfte in die Kulturen der Welt. Die jüdische Erfahrung ist es, vertrieben zu werden, um die Welt zu befruchten … im Bezug auf die Kultur und auch genetisch … um Möglichkeiten neuer Verbindungen zu den Göttern herzustellen, sodass die Welt mit neuen Ideen bereichert werden kann. … Also wurden die Juden auserwählt zu arbeiten, und nicht um gesegnet zu werden. … Die Nazis haben sich mit den alten Kräften, mit den Göttern der Unterwelt verbunden. Sie hassten die Juden für ihr Bedürfnis, mit dem Neuen zusammenzuarbeiten, sei es in der Kunst, in der Wirtschaft, in der Wissenschaft, in der Religion. Marx war ein Jude und ebenso Christus – die Antisemiten hassten alle beide. … Sie haben die Juden vertrieben. Und es war das Schicksal der Juden, ihr Samenkorn an neuen Ideen überall in die Welt zu tragen. … Und deshalb ist alles so schnell gegangen. Die ‚Auserwähltheit' der Juden war in Österreich und Deutschland, in der Kunst, in der Wissenschaft, in der Politik - überall zu spüren. Während die Nazis sich den Weg zurück bahnten zum alten römischen Reich und die Kräfte der Unterwelt dabei freisetzten. … Die Nazis und die Juden waren wie Öl und Wasser…"

Kathrin kommt und berührt Stevens Schulter. „Es ist sehr nass. Es ist Zeit zu gehen, genug ist genug und der Winter ist im Anzug."

Hat Dir das Buch gefallen?

vielleicht möchtest Du wissen wie alles begann.

Der erste Band

Message Stone, Das Vermächtnis

beschreibt wie Steven O. Guth zu dem geheimnisvollen Stein kam, dessen Eigenschaften kennen lernte und in die Geheimnisse der Aborigines eingeweiht wurde.
Du erfährst auch, warum die Regierung so großes Interesse daran fand und was passierte, daß Steven nach Deutschland kam.

Im für 2013 geplanten dritten Band
verbindet Steven das Wissen der keltischen Kulturen
mit seinen Aboriginal-Erfahrungen.
Eine Reise nach Frankreich führt ihn in die ureuropäische Megalithkultur.

A R A K I

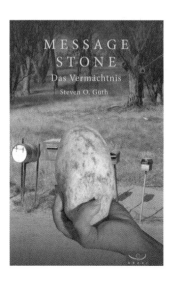

Steven O. Guth wurde in USA, GB und Australien bereits bekannt durch die Übersetzung von Georg Dehns Ausgabe „Buch Abramelin" ins Englische. Das Original mit 500 Fußnoten und kommentierenden Kapiteln gibt es im Araki Verlag, Leipzig.

Die Geschichte eines jüdischen Magiers der Renaissance, dessen Werk die hermetische Tradition bis heute beeinflußt.
Aus dem Inhalt:
Der Kontakt mit dem persönlichen Schutzengel. Das Ritual. Das magische Öl, die Räuchermischung zum Kontakt mit den Geistern und unerlösten Seelen.
Ein Teil des Buches wurde auch im 6. & 7. Buch Moses verwendet. Lies hier im Original und finde einen der machtvollsten Wege zur Selbstvervollkommnung.

Buch Abramelin, Leinen, SU, Lesebändchen und Goldprägung. 416 S.
ISBN 978-3-936149-00-5
in jeder guten Buchhandlung.

Ziegler, Leopold. *Die Welt als Organismus*

Schon 1922 geschrieben, nimmt der Autor viele Fragen und ihre Beantwortung vorweg, die erst in den letzten 20 Jahren Eingang in die Philosophie, konstruktive Gesellschaftskritik und ethische Auseinandersetzung um ganzheitliche Standpunkte fanden. Die Leichtigkeit, mit der hier von Darwin bis Einstein soziokulturelle aber auch existentielle Themen behandelt werden ist außergewöhnlich und zeugt von einer längst fälligen Neubewertung dieses Denkers.   156 S. Ln. m. SU. ISBN 978-3-941848-12-2

*

Güttler, Werner Walter. *Steine auf dem Weg*

Harun irrt durch die winterlich kalten Felsenhöhlen von Petra. Er ist verzweifelt und sucht den Tod. Eine geheimnisvolle Bruderschaft zelebriert hier Rituale und entdeckt ihn. Seine Aufnahme führt zur Selbsterkenntnis und Meisterschaft.   642 S. Hardcover, SU, 17 Illus. v. Michael Blümel. ISBN 978-3-936149-05-5

*

Weiland, *Ein Messias aus Galiläa. Was Christen nicht wissen - aber sollten*

Jeshua der Nazarener wird nüchtern und umfassend recherchiert dargestellt. Was fasziniert uns heute noch zu Recht oder Unrecht an ihm? Paulus, dem politischen Organisator einer neuen Religion gilt die besondere Aufmerksamkeit. Weiland enthüllt unliebsame Wahrheiten. Der Autor hat 30 Jahre für das Buch recherchiert.   Leinen, Schutzumschlag, 644 S., viele Abb. Register. ISBN 978-3-936149-07-7

*

Saunders, Anne. *Reisen in die Traumzeit. Eine Aboriginal-Einweihung*

Anne hat in langjährigen Kontakten mit australischen Aborigines deren Vertrauen gewonnen und nimmt teil an den Träumen, Zeremonien, Reisen und Heilritualen. Anne reist in ganz Australien, Neuseeland bei den Maoris und findet am Ende einen unerwarteten Zugang zu ihren eigenen keltischen Wurzeln.   Paperback, 200 S. ISBN 978-3-936149-37-1

*

William Peasley, *Die letzten Nomaden*

Mudjon überredet den alten Doktor Peasley zu einer Expedition, die zwei verschollene Aboriginals heimbringen soll. Sie erleben die Wüste und den Busch, die einstige Heimat des Stammes. Allein die beiden Verstoßenen führen nach über 30 Jahren das traditionelle Leben der Urmenschen. Die abenteuerliche Suche in einem der entlegensten Gebiete der Welt beginnt. Spannend geschriebenes Sachbuch. 173 S. Paperback, viele Farbfotos aus der Gibson Desert. ISBN 978-3-936149-38-8

*

Eire Rautenberg, *Traumgeboren*

Lyrik, die Dunkelheit ins Licht setzt. Wortschaffende Sprachgestalten entführen in ein Meer geistiger Entdeckungen, die weniger romantisch als philosophisch und doch von undinischer Tiefgründigkeit schlafraubend sind.   111 S. Paperback. ISBN 978-3-941848-01-6

*

Heine, Kerstin. *Chakrenphysik*

Die dipl. Physikerin beschreibt die Existenz und Wirkung der Chakren als elektromagnetischem Phänomen. Ein Beitrag zur alternativen Heilkunde.
Sachbuch, Pb. 117 Seiten, viele farbige Abb. im Text. ISBN 978-3-936149-55-5

*

Tolli, Federico. *Thelema Im Spannungsfeld zwischen Christentum, Logentradition und New Aeon*

Ein theologischer Begriff, dessen Bedeutung bei Augustinus nicht weniger gewürdigt wird als bei dem häretischen Außenseiter Crowley und dessen großem Vorbild Rabelais. Eine philosophische Kontroverse um Selbstbestimmung und eine humane Gesellschaft. Sachbuch, 113 S. Pb, ISBN 978-3-936941-35-6

*

Heinrichs, Johannes. *Hyperion. Revolution aus Geist und Liebe*

Hölderlins einziger Roman, erstmalig durchgehend philosophisch kommentiert. Der komplette Text, neu gesetzt. Heinrichs, Prof. em. der Humboldt Uni. Berlin hatte jahrelang das Studium Universale inne. Er promovierte über Hegel und schreibt hier als Experte über dessen mißverstandenen Freund und Kommilitonen.   Sachbuch, Hardcover, 650 S.   Steno Verlag im Vertrieb bei Araki. ISBN 978-954-449-311-0

www.araki.de
Lob, Kritik, Manuskripte
bitte an
redaktion@araki.de

Gesellschaft für Integrale Ökologie & Sozialforschung

„Mitwelt" kennzeichnet das neue Bewußtsein für den Planeten als sich selbst regulierenden Gesamtorganismus. Dieses „Große Wir" ist in ständiger Resonanz mit dem äußeren Kosmos und den inneren Welten.

Die daraus folgende ganzheitliche „Integrale Ökologie" löst im bereits angebrochenen Zeitalter des Bewußtseins die Aufklärung des 18.Jh ab. Technokratie und materialistisches Denken waren deren Hauptfolgen und sind für die heutigen Krisen verantwortlich.

Wie die Psychologie gibt es viele wissenschaftlich basierte Disziplinen die an den Lehrstuhl gehören, weil sie aus systematischer Naturbeobachtung kommen. Dazu zählen u.a: Analytische Astrologie, Psychosomatik, Homöopathie.

Wir arbeiten an diesem Weg und am Nachlass der Ideengeberin Leni Rüegg (1910 - 2006). Die Schauspielerin und Lebenskünstlerin, eine der ersten Journalistinnen der Schweiz, hatte sich der Völkerverständigung und der sozialen Gerechtigkeit verschrieben.

Die australischen Aborigines als älteste Ethnie und Zivilisation der Erde lehren uns urbanen Menschen im Norden, was verloren ging. Dafür engagieren wir uns für deren Überlebenschancen. So wurde der Stamm der Nyungah vor wenigen Jahren von ihrem verbrieften Stammesgelände vertrieben. Ein Naturdenkmal, der Owlstone, konnte bereits vor einem Steinbruch gerettet werden. Unsere weltweite Vernetzung als NGO bis hin zur UNO dabei.

Die großen Aufgaben sind neues Bewußtsein (Werte, Ethik, Spiritualität), umfassender verwirklichte Demokratie (zB in der Wirtschaft), Mitmenschlichkeit (Mitgefühl, gleiche Rechte) und nachhaltige Selbstorganisation (dezentrale Strukturen).

Die Gesellschaft für Integrale Ökologie & Sozialforschung ist als gemeinnützig anerkannt. Wir freuen uns über Spenden, Praktikantenanfragen und Ideen.

Mit dem eingegliederten ARAKI Verlag haben wir eine Möglichkeit gefunden, unsere Ideen zu publizieren und Öffentlichkeit herzustellen.

Interessenten sind willkommen:

info@integralecology.eu
www.integralecology.eu
Postfach 211163, 04112 Leipzig